힘내세요
돈 까밀로

Ciao, Don Camillo
by Giovannino Guareschi

*신부님 우리들의 신부님 8

힘내세요 돈 까밀로

8

G. 과레스키 연작소설

주효숙 옮김

서교출판사

들어가기 전에

지은이는 이 시리즈의 주인공인 바싸 사람들을 이해하려면, 뽀 강을 따라 펼쳐진 마을에서 어느 정도 살아볼 필요가 있다고 말한다. 머리 위에 내리쬐는 7월의 태양을 느껴볼 필요가 있고, 8월의 어느 저녁 둑 위로 거대하고 붉은 달이 솟아오르는 것을 볼 필요가 있다며….

'이탈리아 중북부의 산골짜기 농촌 마을인 바싸 마을에서는 모든 것이 정지한 것 같다. 인적이 드문 이 변두리 시골 마을, 작은 창문이 나 있는 붉은 벽돌의 푸른 지붕 집 안에서는 아무 일도 일어나지 않을 것 같다. 그렇지만 사람들이 많이 몰려드는 산이나 도시에서보다 더 많은 일이 이곳에서 발생한다. 왜냐하면 뜨겁게 작열하는 태양이 바싸 주민들의 피 속을 흐르기 때문이다. 이 마을의 붉고 광대한 달은 다른 지역에서 흔히 볼 수 있는 차가운 달이 아니다. 밤마다 떠오르는 펄펄 끓는 달은 살아있는 사람들의 머리를 돌게 하고 죽은 자들의 뼈를 덥히며, 영혼의 안식을 방해한다. 겨울의 매서운 추위로 인해 대지가 꽁꽁 얼어붙고, 짙게 내리깔린 안갯속에 앞이 잘 보이지 않을 때조차도 사람들의 머릿속은 여전히 멍하다. 여름 내내 쌓인 더위가 아직도 가시지 않았기 때문이다. 그렇다 보니 사람들은 여름 동안 벌어진 사건들에 대해 다시 생각해볼 정도로 충분히 명쾌하지도 못하다…'

신비로운 바싸 마을의 풍경과 분위기가, 다혈질이지만 인정 많은 사람들의 또 다른 이야기를 만들어냈다. 사소한 문제 하나로 서로 죽일 듯 싸우다가도 금세 화해하고 서로 낄낄거리며 웃어대는 사람들에게는 한 치의 악의도 찾아볼 수 없다. 자연과 함께 생활하면서 때 묻지 않은 순수한 마음을 가지고 있기 때문에 가능한 일이리라.

작가 길버트 체스브론은 '돈 까밀로' 연작에 대해 이렇게 논평했다. '이 책은 일종의 통증 완화제나 마취제와 같기 때문에 굉장히 위험하다. 꼭두각시 같은 등장인물들이 우스꽝스런 꼭두각시 공연을 펼치며 시대의 비극을 감소시키고 있다.' 이에 대해 과레스키는 이렇게 답한다. '그 꼭두각시들은 뼈와 살로 이루어진 사람들이고, 이야기에 소개되는 일화들은 모두 사실(fact)들이다.'

과레스키는 자신이 창조한 현실세계의 복사판인 '작은 세상'에서 벌어지는 일들을 우스꽝스럽게 그려내면서 우리 인간이 살고 있는 넓은 세상의 사건들을 말한다. 우리는 소설 속 인물들에게서 나와 내 이웃의 모습을 발견하고 자신의 모습을 돌이켜보면서, 작가가 작은 세상 사람들을 통해 인간의 여러 모습을 정확하게 그려내고 있는 것에 탄복한다. 또한 그는 웃음을 머금고 현실을 유머러스하게 묘사하면서 더 나은 세상에 대한 희망의 등불을 놓지 않는다. 반세기가 흐른 지금까지도 과레스키가 수많은 독자로부터 열광적인 사랑을 받는 이유는, 그가 가진 밝고 희망적인 시선을 독자들이 진정으로 동감하기 때문일 것이다.

《돈 까밀로 힘내세요》에 실린 여러 에피소드 중 '용병은 없다', '벼락은 공평했다', '음악회 대결'에서는 돈 까밀로와 빼뽄네가 주요 등장인물로 이야기를 이끌어 나간다. 그러나 '미인 콘테스트', '꼬마 신사', '피는 물보다 진하다' 등에서는 단순한 엑스트라로 등장할 뿐이며, 돈 까밀로와 빼뽄네가 아예 등장하지 않는 이야기들도 있다. 하지만 이 두 주인공이 등장하든 등장하지 않든, 저자가 자신의 이야기를 통해 세상에 표현하고자 하는 메시지는 항상 한결같다. 그는 '인간적이고, 정 많은 사람들'의 이야기를 따뜻한 시선으로 풀어나가며, 박애 정신과 인간의 본성적인 선함에 대해서도 빼놓지 않는다.

사랑하는 사람을 잃을까 두려워 자신이 아프다는 것을 숨기려고 하는 자존심 센 꼬마 신사, 재물보다 소중한 자신의 신념을 위해 최선을 다하는 젊은 의사, 공장주와 노동자로서 대립할 수밖에 없지만 결국엔 서로 협력하게 되는 등장인물들을 보면서 우리는 현실을 살아가며 마음속에 꽁꽁 감춰두기만 했던 '사랑의 문화'에 대해 다시 한 번 생각하게 된다. 그러면서 독자들은 이 소설을 통해 단순한 재미뿐 아니라 가슴 벅찬 희열까지 느낄 수 있게 되는 것이다.

이 책은 이탈리아 리졸리 출판사에서 출판한 《차오, 돈 까밀로(Ciao, Don Camillo)》를 텍스트로 삼았다. 이 책의 출판을 위해 여러모로 애써주신 서교출판사 편집진과 이탈리아문화원 문화담당관 시모네타 데 펠리치스 님께 다시 한 번 감사 드린다.

– 옮긴이

차례

COOPERATIVA SOCIALISTA

외로운 투쟁

"기독교 반동분자들에겐 몽둥이가 약이야. 그러나 지령이 지령이니만큼 이번에는 전략을 바꾸어보기로 하지."

뻬뽀네는 부하들에게 이렇게 말한 다음 그들을 끌고 소비조합으로 시찰을 나갔다. 소비조합은 기독교 반동분자들까지 포함해 모든 노동자를 위해 마련한 것이었다.

"신부가 강론대 위에 있을 때는 건드릴 수가 없단 말이야." 뻬뽀네가 말했다.

"말문이 막힌다 싶으면 그놈의 성경 얘기로 사람들의 혼을 빼놓으니 말이야. 십계명이니, 천당이니 지옥이니 하면서. 그러나 소비조합의 계산대 위에 섰을 때는 얘기가 달라질 거다.

그러니 우리는 거기서 신부를 공격해야 해."

돈 까밀로에게 있어 '인민소비조합'은 오랫동안 골칫거리였다. 그뿐만 아니라 그가 만든 '민주소비조합' 도 마찬가지였다. 빨갱이들이 만든 소비조합에선 식료품이나 생필품만 파는 게 아니라 술도 팔고 담배도 팔고 텔레비전도 팔았다. 게다가 주유소까지 운영했기에 도저히 맞서 싸울 수가 없었다. 대규모 소비조합이었는데도 장사가 아주 잘되었다.

반면 돈 까밀로네가 만든 소비조합은 초라하리만큼 운영이 부실했다. 그래서 빨갱이들의 소비조합에 대한 얘기를 들을 때마다 돈 까밀로의 속은 푹푹 썩어갔다.

그런 와중에, 공산당의 지령에 따른 새 판매전략이 실행에 옮겨지자 돈 까밀로는 더욱 궁지에 몰렸다. 새 판매전략이란 가격 인하 전략이었다. 오늘 베이컨의 값을 내렸다면 내일은 치즈값을 내리고, 그다음 날에는 기름값을 내린다는 식이었다.

돈 까밀로는 이런 식의 할인 가격 정책에 대항해 싸울 수가 없었다. 하루하루 적자를 메꾸기에만 급급했는데, 그 짓에도 한계가 있는 법이어서 더는 버틸 여력이 없었다.

그는 마음이 괴로워 제단 앞의 십자가상 앞에 서서, 팔을 벌리고 구슬프게 말했다.

"예수님, 예수님도 현재의 제 처지가 어떻다는 걸 잘 아실 겁니다. 그렇다고 제 조그만 상점을 어떻게 해달라는 것은 아닙니다. 그저 제가 화병에 걸리지 않도록 절 좀 도와 주십시오."

돈 까밀로의 부탁이 얼마나 간절했던지 예수님이 도와주셔서 그는 화병에 걸리지는 않았다. 그런데 소비조합에 신상품이 들어와 그 물건만을 파는 코너가 새로 생겼다는 말을 듣자 다시 속이 부글부글 끓기 시작했다.

그는 소문을 확인해 보고자 직접 그 조합에 가보았다. 채소들을 진열해 놓았던 곳에 새로운 상품들이 놓여 있었다. 그런데 그 새로운 상품들이라는 것들은 다름이 아니라 세례식이나 영성체, 결혼식 때 쓰는 성구용품들이었다. 그 물건들이 촛불에 둘러싸여 멋지게 진열되어 있었다. 진열된 물품 앞에는 이러한 글귀가 적힌 종이가 붙어 있었다.

"값을 비교해 보시고 어느 쪽이 더 선량한 기독교 노동자들을 위해 일하고 있는지 판단해 주십시오."

그 종이는 기독교 노동자였던 성 요셉 상의 발 앞에 놓여 있었다. 또 그 바로 곁에는 이 모든 상품이 '인민소비조합에서 제공' 하는 것이라는 홍보 문구가 거창하게 붙어 있었다.

그때 마침 스미르초가 소비조합의 문 앞에 나타나 돈 까밀로의 귀에 대고 속삭였다.

"신부님이 저 초를 사시면 훨씬 싸게 살 수 있습니다. 현직 사제에게는 15퍼센트를 할인해 주고 있으니까요. 저희가 좀 손해를 보더라도 오로지 성당을 돕고 싶다는 일념에서 벌이는 행사입죠."

돈 까밀로는 울화가 치밀었지만 사람들이 많이 모여 있었기 때문에 화를 낼 수가 없었다. 그래서 그가 할 수 있는 일이라곤 스미르초의 모자챙을 잡아 턱까지 푹 잡아당기는 것뿐이었다. 그러나 스미르초는 이에 굴하지 않고 한마디 더 했다.

"항복해야 할 거요, 신부님. 이제 종교의 시대는 갔소!"

다음 날 아침, 돈 까밀로는 성모마리아상 밑에 화려하게 장식된 촛불 세 개가 봉납되어 타고 있는 것을 보았다.

촛불은 그다음 날 여섯 개로 늘어나 있었다. 그 인간들이 그를 약 올리기 위해 갖다 놓은 것이 분명했다. 그래서 돈 까밀로는 범인을 잡기 위해 고해실에 숨어 있었다.

아니나 다를까, 점심 무렵 한 노인이 나타났다. 그는 성당에 들어오더니 성호를 긋고 성 안토니오 상 앞으로 다가왔다. 그리곤 외투 안에서 초를 꺼내더니 불을 붙여 촛대에 꽂았다.

돈 까밀로는 빠른 걸음으로 고해실에서 나와 그 노인 곁에 섰다. 그런데 놀랍게도 그는 빨갱이가 아니고 신앙심이 두터운 마태오 프로 씨였다.

"마태오!" 돈 까밀로가 외쳤다.

"당신이 이런 불경스러운 짓을 할 줄은 몰랐소!"

"불경스러운 짓이라니, 성 안토니오 상 앞에 촛불을 밝히는 게 어찌 불경스러운 짓이란 말이오?"

마태오가 놀라 물었다.

"그 초를 켜는 게 불경스러운 짓이 아니란 말이오?"

"이 초가 어때서요? 30리라나 절약할 수 있었는데…. 이 초나 신부님 가게에서 파는 초나 알고 보면 다 같은 곳에서 만든 게 아닙니까?"

마태오가 돌아간 후 돈 까밀로는 제단 위의 예수님 앞으로 가서 하소연을 했다.

"인심이 점점 각박해져 가고 있습니다, 예수님. 유다는 예수님을 은전 30냥에 팔았는데 저 불쌍한 사람은 겨우 30리라에 팔려고 합니다."

"누구 얘기를 하는 거냐, 돈 까밀로?"

"마태오 말입니다. 방금 성 안토니오에게 촛불을 밝혔던 사람 말입니다."

"돈 까밀로, 너는 내게 너희 성물판매소 일에는 관여하지 말라고 했지 않았느냐? 벌써 잊었느냐?"

"아닙니다, 예수님. 제가 잠깐 분별을 잃었나 봅니다."

돈 까밀로는 공손하게 말하고 나서 고개를 숙였다.

힘은 들었지만 결국 돈 까밀로는 냉정함을 되찾아 이 문제에 이성적으로 대처하기 시작했다.

그는 강론대에서는 물론 어디에서고 자신의 생각을 밝혔다. 소수의 사악한 무리가 진실한 신자들을 기만하고 있다는 것이었다. 즉 사탄은 인간의 영혼을 타락시키기 위해 온갖 수단을 쓰고 있는데, 주로 재물과 돈을 이용해 유혹한다는 것이었다.

그러나 사탄의 유혹에 빠져들지 않은 사람은 돈 까밀로 혼자 뿐이었다. 그는 소금이 떨어졌을 때에도, 그냥 맨밥을 먹을지언정 '인민소비조합' 에서 구입하지 않았다.

어느 비 오는 날에는 담배를 사려고 8마일이나 떨어진 토리첼라까지 자전거를 타고 갔다 오기도 했다. 그가 뻬뽀네에게 대항할 수 있는 방법이라곤 그것밖에 없었다.

그러던 어느 날, 보육원과 양로원을 위한 기부 문제로 외출했다가 난처한 일을 당하게 되었다.

여느 때처럼 그날도 돈 까밀로는 필로티에게 트럭을 빌려 한 소년과 함께 기부 받은 물건들을 걷으러 다녔다. 트럭에 밀이며 옥수수, 감자, 사과와 장작 등이 가득 찼다.

모두 흔쾌히 기부해주었기 때문에 그는 마음이 한껏 즐거워져 마을로 차를 몰았다. 그날따라 날씨도 화창하고 따뜻했다. 차는 어느새 마을길로 접어들었다. 그 길은 '인민소비조합' 앞을 지나게 되어 있었는데 소비조합은 성당에서 200여 미터밖에 떨어져 있지 않았다.

그런데 '인민소비조합' 에서 30미터쯤 떨어진 곳에 이르렀을 때 트럭이 갑자기 바람 빠진 풍선처럼 털털거리기 시작했다. 이것은 사탄의 장난임이 분명했다. 그렇지 않고서야 하필이면 빨갱이의 주유소 앞에서 차가 멈춘단 말인가.

돈 까밀로는 차에서 내려 보닛을 열고 기름 탱크를 살펴보았다.

"기름이 떨어졌구나!"

돈 까밀로가 소년에게 말했다.

"그래요? 다행이네요."

소년이 웃으며 대답했다.

"바로 여기 주유소가 있잖아요."

돈 까밀로는 조용히 하라는 듯 입술에 손가락을 갖다 댔다. 그러나 이를 지켜보던 빼뽀네는 이미 모든 상황을 알아차렸다. 그는 소비조합의 문 앞에 앉아 따뜻한 가을 햇볕을 쬐고 있었다. 그는 귀가 밝아 둘의 대화를 모두 들었을 뿐만 아니라 기계에 대해서라면 모르는 게 없는 사람이었다.

"안녕하시오, 신부님."

빼뽀네가 상냥하게 말했다.

"안녕하신가, 읍장 나리."

돈 까밀로도 이를 악물고 대답했다.

곧바로 빼뽀네의 부하들이 문밖으로 쏟아져 나오더니 빼뽀네를 둘러싸기 시작했다.

"웬일이요, 대장?"

스미르초가 끼어들었다.

"기름이 떨어졌다네."

빼뽀네가 대답했다.

"마을 밖에서 떨어지지 않은 게 유감이군요."

스미르초가 말했다.

"여기서는 100리라 정도만 있으면 기름을 살 수 있을 테니 말입니다."

"이봐, 그 돈으로 어떻게 저 트럭의 기름통을 채우나?"

비지오가 중얼거렸다.

"넣어달라고 떼를 쓸 게 틀림없어."

스미르초가 조롱하듯 웃으며 말했다.

"당신은 신부들이 얼마나 뻔뻔스러운 구두쇠인지 모를 거야."

그들은 이제 돈 까밀로에게 등을 돌리고 자기들끼리 이야기했다. 그러나 들으라는 듯이 큰 소리로 떠들어댔기 때문에 마을 끝에서도 들을 수 있을 정도였다.

이쯤 되면 돈 까밀로의 화가 폭발할 만도 했지만, 신통하게도 그는 화를 꾹 눌러 참고 소년과 함께 트럭에 앉아 의논하고 있었다.

뻬뽀네와 그의 부하들은 여전히 떠들어댔다.

"떼를 쓴다고? 아니야, 신부님은 우리 기름을 한 방울도 안 쓰실 걸세. 이건 사탄의 기름이니까 말이야. 만일 한 숟가락이라도 썼다간 당장에 파문당하고 말 걸세."

"그럼 신부님은 어떻게 해야 합니까, 대장?"

스미르초가 물었다.

"그야 쉽지."

빼뽀네가 주위의 부하들에게 말했다.

"신부님의 차는 두 가지 힘으로 움직인다네. 하나는 기름으로 움직이고, 또 하나는 기도발로 움직이지. 신부님께서 열심히 기도한 다음 시동을 걸면 성령의 도우심으로 엔진이 돌아간단 말이야."

'와!' 하는 웃음소리가 터져 나왔다.

돈 까밀로는 이제 더 이상 참지 못했다. 그는 빼뽀네에게 종주먹을 들이대며 말했다.

"성령들의 도우심을 받을 필요도 없네. 나 혼자 움직이겠네!"

"말씀이야 쉽지만."

스미르초가 재빨리 끼어들었다.

"막노동자도 아닌 신부님께서 그런 일을 하실 수 있겠소이까?"

돈 까밀로는 화가 나 제정신이 아니었다.

"핸들을 잡아라!"

그가 소년에게 소리쳤다. 그리고 트럭의 뒤쪽으로 가 밀기 시작했다.

'삐걱' 하는 소리가 났다. 돈 까밀로의 뼈가 내는 소리였는지 트럭의 부속품이 내는 소리였는지 알 수 없었다. 아마 둘 다 함께 내는 소리였을 것이다. 돈 까밀로는 이미 점잖은 신부가 아니라 막노동자처럼 보였다.

빼뽀네와 그 일당들은 숨을 멈추고 지켜보았다. 둘 중 하나

일 것이다. 트럭이 움직이든지 돈 까밀로의 뼈가 으스러져 버리든지….

그러나 하느님이 도와주셨는지 트럭이 천천히 움직이기 시작했다. 뻬뽀네와 그 일당들은 기가 막힌 듯 넋을 잃고 그 뒤를 따랐다. 50미터쯤 갔을까, 돈 까밀로가 숨을 몰아쉬며 멈추었다. 그가 주위를 둘러보며 말했다.

"자네들 중 누가 됐든, 네 사람이 힘을 합해도 좋으니까 내가 온 만큼 움직일 자신이 있다면 도전해 보게."

물론 네 사람이 나서지는 않았다. 그 대신 뻬뽀네가 혼자 도전했다. 그는 돈 까밀로에게 질 수 없다는 듯 결의에 찬 표정으로 트럭의 뒤쪽으로 갔다.

다시 한 번 삐걱거리는 소리가 났다. 그러나 이번에도 부러진 것은 아무것도 없었다. 트럭이 천천히 앞으로 움직였다.

10미터 20미터… 100미터가 넘어가도 트럭은 멈추지 않았다.

뻬뽀네의 부하들은 기뻐 어쩔 줄 모르며 고함을 지르고 난리를 쳤다. 거리는 어느새 구경꾼들로 북새통을 이루었다. 뻬뽀네는 정말이지 대단한 장사였다. 그는 100미터를 넘어 마침내 성당 앞까지 트럭을 밀고 왔다.

사람들이 우레 같은 박수갈채를 보냈다. 돈 까밀로는 의연하게 주위를 둘러보며 사람들의 함성이 가라앉을 때까지 기다렸다. 잠시 후 그는 팔을 올려 조용히 하라는 몸짓을 했다.

"정말 고맙네."

돈 까밀로가 말했다.

"이곳까지 트럭을 옮겨 줄 일꾼을 찾고 있었는데 정말 고맙네."

"나는 신부님의 일꾼이 아니오."

뻬뽀네가 외쳤다.

그의 부하들이 머리를 맞대고 쑥덕이더니 갑자기 스미르초가 트럭에 올랐다. 그는 소년을 옆으로 밀어붙이고 핸들을 잡았다. 그러자 나머지 일당들이 차를 주유소까지 다시 밀고 갔다.

원래의 자리로 돌아오자 그들은 차를 세웠다. 돈 까밀로가 화를 내며 뭔가 말하려고 하자 뻬뽀네가 앞으로 나섰다.

"최후에 웃는 자가 진짜 웃는 자요. 사제관까지 가려면 힘 좀 써야 할 거요. 자, 어서 가보시지요, 신부님."

돈 까밀로는 침착하게 여송연에 불을 붙였다.

"기름이 있으십니까, 신부님?"

스미르초가 기름펌프 쪽으로 가며 물었다.

"고맙네, 조금 있다네."

돈 까밀로가 운전석에 올라타면서 말했다. 그는 비상용 밸브를 열고 시동을 걸었다. 그러자 트럭은 언제 그랬냐는 듯 성당 앞까지 달려갔다.

뻬뽀네의 부하들은 입을 딱 벌리고 서서 서로의 얼굴만 마주 보았다. 뻬뽀네가 모자를 벗어 내동댕이치며 소리쳤다.

"저 망할 놈의 신부한테 또 당했어!"

스미르초가 그를 달래며 말했다.

"대장, 신부는 50미터밖에 못 갔지만 대장은 150미터나 가셨지 않습니까? 그러니 1대 3으로 이긴 셈이오. 그게 얼마나 자랑스러운 일입니까."

그 말을 들은 일당은 스미르초의 말이 맞다며 모두 박수를 쳤다.

이날의 일화는 그 뒤로도 종종 사람들의 입에 오르내리곤 했다.

미인 콘테스트

그들은 인민의 집에서만 100번도 넘게 마주쳤다. 시위가 있으면 언제나 맨 앞에 서서 데모했고, 공산당 지지 서명을 받으러 다닐 때면 늘 한 조를 이루어 돌아다녔다. 그러던 어느 날 저녁, 그 사건은 우연히 일어났다.

"줄리아, 우리 참 호흡이 잘 맞는 것 같지 않아?"

인민의 집을 나서던 로미오가 물었다.

"나도 그렇게 생각해."

줄리아가 맞장구쳤다. 두 사람 사이에는 더 이상 아무런 말도 필요 없었다.

다음 날 저녁, 로미오는 브루스코의 집 앞에 있는 다리까지

산책을 나섰다. 줄리아가 난간에 앉아 그를 기다리고 있었다.

그날부터 역사가 시작되었다. 마을 사람들은 이를 담담하게 받아들이는 눈치였다. 사실 말이지, 브루스코의 딸 줄리아와 로미오는 그림처럼 잘 어울리는 한 쌍이었다. 그들은 동갑내기에다 생각도 비슷했다.

줄리아가 마을에서 가장 아름다운 처녀라면 로미오 또한 마을 최고 미남이었다. 그리고 결정적으로는, 둘 다 정치라는 이름의 심각한 열병을 앓고 있다는 공통점이 있었다. 한번 몰두하기 시작하면 다른 모든 것을 잊어버릴 정도로….

"로미오, 내가 널 좋아하는 이유가 뭔지 알아? 넌 나를 여자로만 보지 않고 당당한 동지로 대접해 주기 때문이야. 그래서 대화가 잘 통하는 거고."

"줄리아, 우린 같은 신념을 가지고 있잖아. 남녀 차이가 뭐 그리 대수겠어?"

둘의 대화는 항상 이런 식이었다.

계절이 한 번 바뀌는 동안, 그들은 일주일에 네 번씩 꼬박꼬박 집 근처 다리 앞 난간에서 만났다. 어느 비 내리는 저녁이었다. 무슨 바람이 불었는지, 줄리아의 어머니 즉, 브루스코의 아내가 둘에게 다리에서 멍청하게 비를 맞고 서 있지 말고 현관 아래로 와서 비를 피하라고 외쳤다.

다시 계절이 바뀌었다. 줄리아의 어머니는 이번에는 한발 더 나아갔다. 고집스럽게 현관 아래에만 있지 말고 집 안으로 들어오라고 말이다.

브루스코의 아내는 그저 집안일에만 신경을 쓰는 평범한 시골 아낙네였다. 그녀에게 있어 다리 너머의 세상은 전부 낯선 땅이었다. 다리 너머에서 벌어지는 일에는 도무지 관심이 없었다. 그러나 다리 안쪽만큼은 그녀의 영토였다. 이 마을에서는 모든 것이 20년 전이나 30년 전이나 변함이 없었다.

로미오가 초대를 받아들여 부엌으로 들어서자 브루스코의 아내는 찬장 옆에 있는 의자를 가리키며 말했다.

"편히 앉아요."

그리고 딸을 그의 앞에 마주 앉게 한 다음, 자신은 벽난로 앞 의자에 앉아 뜨개질을 했다. 줄리아와 로미오는 현관 아래에서 시작했던 이야기를 계속 주고받으며 두 시간은 족히 앉아 있었다.

로미오가 나가자 줄리아는 2층 자기 방으로 올라갔다. 어머니는 딸에게 한 마디도 건네지 않았다. 하지만 속으로는 답답할 정도로 할 말이 잔뜩 쌓여 있었다. 그래서 그녀는 브루스코가 돌아오자 속사포처럼 말을 퍼부어댔다.

"그 젊은이가 집에 왔었어요."

"아! 그랬어? 어떤 것 같아?"

"젊은 사람이 그리 주변머리가 없어서 어디 쓰겠어요."

"에이, 당신이 잘못 안 거야…. 얼마나 예의 바르고 싹싹한데."

"당신이 잘못 본 거예요. 칠칠맞은 사람이라고요."

아내가 되풀이해서 말했다.

"그 젊은이는 두 시간 동안 정치, 정당, 언론, 러시아, 미국 등 쓸데없는 얘기만 했어요. 당신 딸내미는 또 어떻고요! 둘 다 어쩜 그렇게 똑같이 변변치 못한지!"

브루스코는 별말을 다 듣겠다는 듯이 어깨를 으쓱했다.

"그럼 당신은 그 애들이 무슨 얘기를 했으면 좋겠어? 요즘 젊은 애들 관심 분야가 정치인 걸 나더러 어쩌라고…."

"맨날 정치에 대해서만 그렇게 떠들어대서는 결혼할 가망이 없어요. 남녀가 만났으면 어서 빨리 한 가족을 이루어야지. 정당을 창당할 것도 아닌데…. 암튼 난 그런 타입은 영 마음에 안 들어요."

브루스코는 층계를 올라가면서 말했다.

"당신이 결혼할 것도 아니잖아. 그래 보여도 그 애는 썩 훌륭한 젊은이라고."

"당신같이 말이 안 통하는 사람과 같은 정당에 속해있는데 어떻게 훌륭한 젊은이일 수가 있겠어요?"

아내가 대꾸했다.

"당신 딸도 나와 같은 정당에 속해있어. 아니, 그럼 당신 생각엔 당신 딸도 별 볼 일 없단 말이야?"

"흥, 그 애가 뭘 봐서 내 딸이에요? 당신 딸이지."

아내는 자리에 누웠지만 잠이 오질 않았다. 이불 속에서 한참을 뒤척였다. 갑자기 한 가지 생각이 머릿속을 스쳐 지나갔다. 자기가 그들의 얘기를 듣고 있었기 때문에 그런 쓸데없는 얘기만 주고받은 게 아니었을까? 적어도 단둘이 있을 때는 사랑의 밀어를 나누지는 않을까?

다음 날 저녁 로미오가 들어와 찬장 옆에 있는 의자에 앉자마자, 여인은 피곤하니 자기는 올라가서 잠이나 자야겠다고 말했다. 2층으로 올라간 그녀는 침대에 눕는 대신 낮에 구멍을 뚫어둔 바닥에 눈을 갖다 댔다. 그 구멍을 통해 딸과 로미오를 관찰할 심산이었다.

로미오와 줄리아는 10분 정도 그렇고 그런 화젯거리에 대해 이야기를 나누었다. 그러다 갑자기 로미오가 눈을 가늘게 뜨고 주변을 쓱 훑어보더니 작은 목소리로 소곤거렸다.

“자, 이제 너희 어머니가 주무시러 갔으니 편하게 얘기할 수 있겠어.”

“그래, 이제 본론을 말해봐.”

“삐뽀네 대장이나 너희 아버지가 주장하는 나약한 방책이 계속되면 아무것도 얻는 게 없어. 돼지처럼 욕심 많은 대지주 놈들한테는 강하게 나갈 필요가 있다고.”

“나도 네 생각에 전적으로 동의해.”

줄리아는 작지만 단호한 어조로 대답했다.

“다음 회합 때 삐뽀네 아저씨한테 얘기해야겠어. 로미오, 우리 아빠 내가 오래전부터 설득하고 있는데 소용이 없어. 이미 늙으셨어. 한물간 구세대 사고방식을 가지고 있다고.”

아내는 숨을 죽이고 그들의 대화를 들었다. 둘은 어제저녁보다 더 어처구니없는 얘기를 나누고 있었다.

"얘네들이 진짜…. 흥, 놀고 있네!"

아내는 이내 엿듣기에 싫증이 났다.

침실로 들어서던 브루스코가 바닥에 난 구멍에 귀를 대고 있는 아내를 발견했다. 아내는 몸을 일으켜 세우며 퉁명스럽게 말했다.

"당신 딸이 저 변변치 못한 녀석에게 당신에 대해 뭐라고 했는지 알아요? 당신하고 빼뽀네가 대지주의 장난에 놀아나는 멍청한 늙은이들이랍디다."

브루스코는 고개를 저었다.

"열정에 불타는 아이들이야. 아직 너무 젊어서 극단주의라는 함정에 걸려들었을 뿐이지, 당에는 무척 헌신적이야."

별다른 진전 없이 몇 날, 몇 주, 몇 달이 흘렀다. 브루스코의 아내는 줄리아와 로미오에게 관심을 접은 지 이미 오래였다. 그녀는 로미오가 나타나면 이렇게 중얼거리며 자리를 뜰 뿐이었다.

"쯧쯧, 정치 집회가 또 시작되겠구먼."

그러던 어느 날 저녁, 새로운 변화가 일어났다. 브루스코와 그의 아내가 저녁 식사를 하고 있을 때 잔뜩 흥분한 줄리아가 뛰어들어와 잡지를 펼쳤다.

"아빠, 이것 좀 보세요! 최종 결선에 참가하게 됐어요!"

줄리아가 아버지 앞에 의기양양하게 기사 하나를 펼쳐 보이며 소리쳤다. 브루스코는 말없이 기사를 꼼꼼히 살펴보더니 사진 한 장을 가리키며 아내에게 물었다.

"이 여자 왠지 낯이 익은데?"

"어머, 진짜 줄리아랑 닮았네요."

"닮은 게 아니라 바로 저예요! 사진 아래 내 이름이 적혀 있잖아요."

줄리아가 깔깔거렸다.

영문을 모르는 아내가 줄리아에게 물었다.

"네 사진이 왜 여기 나왔다니?"

"왜긴요. '미스 신작로' 경연대회 최종 결선에 제가 뽑혔으니까 나왔죠."

아내는 잡지를 들여다보더니 고개를 저었다. 도저히 무슨 일인지 알 수가 없었다.

"이게 대체 무슨 일이니…. 아닌 밤중에 홍두깨라더니."

줄리아가 짜증을 냈다.

"아이참, 엄만…. 별로 복잡한 일도 아니니 일단 제 설명을 들어보세요. 매년 우리 당에서 발행하는 잡지 〈신작로〉 주최로 '미스 신작로'를 뽑는 경연대회가 열려요. 이탈리아 전국의 여자 당원들이 사진을 보내면 그걸로 1차 심사를 하죠. 심사를 통과한 몇 명만 로마의 본선에 참가할 자격을 얻어요. 그리고 그

중 하나가 '미스 신작로'로 선택되는 거예요. 그런데 운 좋게도 제가 로마로 가는 여덟 명의 최종 결선 후보에 끼게 됐어요."

아내는 한 가지만 빼고 다 이해를 한 것 같았다.

"아니 그런데, 그건 왜 뽑는다니? 무엇 때문에? 대체 무슨 경연대회길래?"

"미인 경연대회예요. 그리고 우리 당을 선전하기 위해 잡지사가 당의 이름을 걸고 주력하는 행사 중의 하나고요."

줄리아가 자랑스레 말했다.

"게다가 심사위원은 법조계, 예술계, 출판계의 유명인사들로 이루어져 있어요. 가장 아름다운 미인으로 뽑히면 멋진 상품도 있고요."

아내가 브루스코를 돌아보았다.

"여보, 당신은 당신 딸이 이대로 로마까지 가게 내버려 둘 거예요?"

브루스코는 안 될 것 없다는 듯 어깨를 들썩했다.

"이런 걸로 괜히 문제 삼지 마. 널리고 널린 게 경연대회인데, 안 될 것도 없지. 미인대회란 건 옛날부터 있었던 거잖아."

"그래요, 그리고 머리가 텅 빈 여자애들도 옛날부터 있었죠."

아내가 퉁명스레 대꾸했다.

"요즘도 이런 대회에 열광하는 경박한 애들이 있다니, 정말 한심하네요."

줄리아는 펄쩍 뛰며 표독스럽게 소리쳤다.

"엄마! 말씀이 너무 지나치세요!"

아내는 꼼짝 않고 식사를 하고 있는 남편을 잠시 노려보았다. 그러더니 자리를 박차고 일어나 2층 침실로 휑하니 올라가 버렸다. 때마침 식사를 마친 브루스코도 본부에서 회합이 있다며 밖으로 나섰다.

줄리아는 식탁을 정리하며 로미오를 기다렸다. 그는 정확히 약속시간에 맞춰 도착했다.

"로미오, 이거 봤어?"

줄리아가 잡지를 자랑스럽게 내밀며 물었다.

"사진 잘 나왔네. 하지만 진짜 사진을 보낼 줄은 몰랐는데…."

"최종결선에 오른 다른 여자들이랑 비교해봐. 네가 보기엔 누가 가장 예쁜 것 같아?"

로미오는 잡지를 한참 들여다보다가 적당히 얼버무렸다.

"너도 알잖아…. 잡지에 실린 사진만으로 평가하긴 어렵다는 걸."

"맞아, 바로 그래서 우리를 로마로 부르는 거야. 미모와 인격을 전부 꼼꼼히 심사하려고."

"그래서…, 너도 로마에 갈 거니? 26일이라고 적혀 있는데…. 불과 사흘 뒤야. 긴 여행이 되겠네."

"말도 마! 장장 600킬로미터나 가야 한다고. 게다가 난 로마에 가본 적이 한 번도 없거든. 여행 경비, 숙소, 식사 모두 제공

한대. 아, 기대된다. 이번 기회를 이용해 여행까지 할 수 있을 거야."

잠시 망설이던 로미오가 한마디 했다.

"그렇지만 내 생각에 이 미인대회는 음…. 말하자면 부르주아적인 발상 같아."

줄리아가 웃음을 터뜨렸다.

"풋, 부르주아적이라고? 그렇지 않아. 아름다움은 어느 시대, 어느 나라에서나 통하는 보편적인 가치야."

"그럴지도…. 하지만 줄리아, 러시아에서는 이런 미인대회가 열리지 않는다고."

로미오가 응수했다.

"러시아는 상황이 완전히 다르니까!"

줄리아는 단호했다.

"거기에서는 공장 노동자들이 파업도 하지 않아. 왜냐하면 러시아에서는 모든 게 인민에게 좋은 방향으로 돌아가거든. 러시아엔 공산당이 콧구멍이 세 개인 괴물이라고 선전해대는 못된 부르주아들도 없어. 그래서 당에서는 이렇게 아름다운 당원들이 있다는 걸 알리기 위해 이 '미스 신작로' 대회를 여는 거야. 그런 목적이 없다면 당에서 이런 대회를 승인할 이유가 없지. 당이 무슨 일을 하든 거기에는 다 정당한 이유가 있어."

로미오는 고개를 떨구었다. 어쨌든 당은 항상 옳으니까. 그러나 그는 마음속 깊은 곳에 숨어있는 고민을 말하지 않고는 배길 수 없었다.

"줄리아, 더는 못 참겠어. 솔직히 말할게. 난 네가 대회에 나가는 게 싫어."

줄리아가 화난 목소리로 대꾸했다.

"로미오, 무슨 소릴 하는 거야? 너도 결국 다른 남자들처럼 밴댕이 소갈딱지였니?"

"내 말을 오해하지 마."

로미오가 대답했다.

"난 항상 네가 다른 여자들과 다르다는 것을 높이 평가하고 좋게 생각했어. 허영심도, 쓸데없는 야심도 없었으니까…. 그런데 네가 미인대회에 참가한다는 말을 들으니 혹시 너도 허영심과 야심에 넘어간 게 아닌가 하는 생각이 들어."

줄리아는 당당하게 버티고 섰다.

"당이 추진하는 사업이라면 당연히 당에도 이익이 되는 일이야. 그 일에 내가 앞장서는 것은 당원으로서의 의무라고 믿어. 너는 그렇게 생각하지 않니?"

로미오의 얼굴이 붉어졌다.

"미안해, 줄리아. 오해한 것에 대해서는 사과할게. 하지만 네 사진이 잡지에 실린 것도, 네가 로마로 가는 것도 난 내키지 않아, 진심이야."

줄리아는 냉소를 띠었다.

"정신 차려, 로미오! 너도 여자 사진을 보면서 엉큼한 생각만

떠올리는 바보였니? 흔한 남자들처럼 어리석게 굴어서 날 실망시키지 마. 처음에는 우정인 척 다가서다가 가까워지고 나면 결국엔 본심을 드러내 어떻게 한번 해볼까 치근거리는 멍청한 남자들하고 똑같이 굴지 말란 말이야."

당황한 로미오가 외쳤다.

"줄리아, 이젠 아예 대놓고 모욕을 주는구나."

줄리아가 대꾸했다.

"흥, 모욕을 준 건 너야. 나뿐만 아니라 우리 아빠까지. 잘 알아둬. 아빠는 내가 이 대회에 참석한다고 말했을 때 사심 없이 축하해 주셨어."

"자, 잠깐. 난 아무도 모욕할 생각은 없어. 내가 바라는 건 그저 네가 로마에 가는 걸 포기했으면 하는 것뿐이야. 미스 신작로의 여왕이 아닌 나만의 여왕으로는 만족할 수 없겠니? 줄리아, 제발…."

로미오는 좀 전과는 달리 조용하고 달콤한 목소리로 줄리아를 설득해 보려고 했다. 줄리아는 그런 로미오를 불쾌하게 여기며 소리를 질렀다.

"바보 멍청이!"

아까보다 얼굴이 더 창백해진 로미오가 그녀를 향해 손을 뻗었다. 그녀는 그를 매몰차게 내쳤다.

"당장 꺼져! 그리고 더는 내 눈앞에 나타나지 마, 속 좁은 자식!"

그녀가 문을 가리키며 소리치자 로미오는 충격을 받고 얼굴이 새파래졌다. 그는 고개를 숙이고 힘없이 문을 향해 걸어갔다. 그대로 문을 열고 나가나 싶었는데 갑자기 몸을 확 돌려 거친 목소리로 말했다.

"줄리아, 난 네가 도시로 가는 걸 막을 거야! 미인 경연대회니 뭐니 하는데 나가는 거 싫어. 너희 아버지는 어리석은지 몰라도 난 아니야."

줄리아가 두 손을 옆구리에 올리고 로미오 앞에 버티고 섰다. 그녀가 고함을 질렀다.

"막는다고? 네가 나를? 무슨 권리로? 네까짓 게 뭔데?"

"너를 사랑하는 사람!"

로미오가 침착함을 잃고 소리쳤다.

"난 마누라를 쇼윈도에 전시해놓고 시시덕거리는 밸도 없는 놈팡이가 아니야!"

로미오의 말을 들은 줄리아가 깔깔거리며 배를 잡고 웃어댔다. 로미오는 그녀를 바라보더니 주먹을 불끈 쥐고 말했다.

"넌 로마에 절대로 못 가!"

줄리아는 웃음을 그치고 그를 쏘아보았다.

"흥 웃기고 있네. 난 사흘 후가 아니라 내일 아침 당장 출발할 거야! 수영복 심사도 받을 거야! 수영복도 벌써 준비해뒀어. 자, 얼마든지 봐!"

그녀가 서랍을 열어 종이 포장지에 싼 것을 꺼냈다.

"비키니 수영복이야. 끈으로…."

로미오는 그녀가 말을 끝내도록 두지 않았다. 껑충 뛰어 그녀의 손에서 물건을 빼앗은 다음, 바닥에 내동댕이치고 발로 짓밟아버렸다.

"무슨 짓이야? 그런다고 날 막을 수 있을 것 같아? 다른 수영복을 사면 돼! 더 예쁜 걸로 사야지."

줄리아가 애써 침착한 표정을 지으며 소리쳤다.

"내가 수영복을 입고 찍은 사진을 잡지에서 보게 될걸? 두고 보라고. 잡지마다 실릴 테니까. 이제 우리 집에서 꺼져버려! 로마에서 보내는 멋진 엽서나 기대하셔."

로미오는 약이 잔뜩 올라 주변을 두리번거렸다. 벽 귀퉁이에 사냥가방과 탄약통, 사냥총이 놓여 있었다. 그리고 그 바로 옆, 벽난로 위에서 반짝거리는 어떤 물체가 순간 그의 눈길을 끌었다.

쇳덩이도 찌그러뜨릴 만한 손힘을 가진 로미오가 무기를 집어 들고 그녀의 머리에 첫 번째 공격을 가했다. 줄리아는 무슨 일이 벌어지는지 알아챌 겨를도 없었다. 그녀는 미처 비명을 지르지도 못하고 정신을 잃고 말았다.

잠시 후 정신을 차린 줄리아는 눈을 들어 로미오를 쳐다보았다. 그녀는 무슨 일이 벌어졌는지 아직 알아채지 못하고 있었다. 그저 허전한 느낌이 들었을 뿐이다. 그런 느낌이 드는 것은 당연했다. 왜냐하면 로미오가 그녀의 머리카락을 짧게 잘라 버렸기 때문이었다.

비단결처럼 길게 물결치던 머리칼은 먼지와 뒤섞여 처참하게 바닥에 흐트러져 있었다. 로미오는 머리를 자른 가위를 줄리아의 발치에 내던지며 소리쳤다.

"어디 그 꼴로 한번 로마로 가보시지!"

그러고는 문을 빠져나가 유유히 사라졌다. 브루스코의 아내는 위층 바닥에 뚫린 구멍으로 이 모든 광경을 하나도 놓치지 않고 지켜보았다.

"거봐, 괜찮은 젊은이라고 내가 말했었지?"

한참 전에 뒷문으로 집에 들어와 아내 옆에 엎드려 이 비극을 함께 지켜본 브루스코가 그녀의 귀에 대고 속삭였다.

다음 날, 마을 사람들 모두가 이 사건에 대해 알게 되었다. 어떻게 알게 되었는지, 누구한테 들었는지는 따로 설명할 필요가 없다. 바싸 마을에서는 이웃에서 벌어지는 모든 일을 다음 날이면 누구나 다 알게 되니까 말이다.

줄리아는 오후에 찾아온 친구로부터 마을 사람들이 이 사건을 낱낱이 알고 있다는 소식을 전해 들었다.

"줄리아, 아직 아무도 너를 직접 본 사람은 없어. 두세 달 동안 네 삼촌 댁으로 가 있는 게 어때? 손수건이나 머플러 같은 걸로 머리를 가리고 있으면 상관없잖아. 머리카락은 금방 다시 자랄 테니 말이야."

"고마워."

줄리아가 대답했다. 그녀는 친구가 돌아가자 오후 내내 방안에 틀어박혀 꼼짝도 하지 않았다. 그러나 저녁 식사를 하고 난 뒤는 다리에 나가 뽀 강을 바라보며 난간에 앉아 있었다.

둥근 달이 높게 걸린 8월의 저녁이었다. 다리는 대낮처럼 환하게 빛나고 있었다. 브루스코의 집 앞 다리를 지나던 사람들이 줄리아의 머리를 보고는 집으로 달려가 가족에게 소식을 전했다. 사람들이 모여들기 시작했다.

그때 로미오가 구름처럼 나타났다. 그가 다리 위로 올라오지 않고 머뭇거리자 줄리아가 큰 소리로 말했다.

"뭐하니? 이쪽으로 안 올 거야?"

로미오는 침을 꿀꺽 삼키고 나서 대답했다.

"줄리아, 나에게 화풀이를 하고 싶으면 마음대로 해. 기꺼이 감수할 테니까. 제발 총만 쏘지 말아줘."

"너를 쏜다고? 내가 왜?"

줄리아가 엉덩이를 털며 자리에서 일어났다.

"널 총으로 쏴버리고 나면 나 같은 빡빡머리 여자랑 결혼할 바보를 어디 가서 찾으라고?"

줄리아는 결혼식에 회색 양복에 넥타이를 매고 나타났다. 돈 까밀로는 로미오와 줄리아의 머리 모양을 번갈아 보더니 당황해서 물었다.

"둘 중 누가 신랑인가?"

"어휴, 신부님도…. 이 사람이오!"

줄리아가 한숨을 내쉰 후, 검은 베일을 머리에 덮어쓰며 대답했다.

젊은 의사의 지혜

오랫동안 읍내에서 단 하나뿐인 진료소를 운영해오던 늙은 의사가 은퇴했다. 새로 진료소를 맡은 젊은 의사가 부임했을 때, 마을 사람들은 의심의 눈초리를 거두지 않았다.

"티눈 따위라도 제대로 치료할 수 있으면 다행이게."

값비싼 스포츠 재킷과 꽃무늬 남방을 입고 나타난 의사는, 마치 멋쟁이 아가씨들과 휴가를 왔다가 갑자기 퍼붓는 비를 피하느라 어쩔 수 없이 마을에 머물게 된 풋내기 의대생 같은 모습을 하고 있었다.

사흘 뒤에는 젊은 의사의 어머니가 도착했다. 그녀는 진료소에 딸린 작은 아파트에 짐을 풀고 의사 선생의 뒷바라지를 시작했다.

마을 사람들은 역시나 하는 표정으로 말했다.

"그럼 그렇지. 저렇게 고이 키운 아들을 엄마 품에서 멀리 떠나보낼 수가 있었겠어."

사실 마을에는 당장 치료를 필요로 하는 사람들이 여러 명 있었다. 하지만 다들 웬만하면 젊은 의사의 첫 환자가 되는 것만큼은 피하려 했다. 젊은 의사의 실력도 잘 모르면서 덜컥 치료를 허락했다가 괜히 더 큰 병을 얻으면 어쩌나 하는 걱정이 앞섰기 때문이다.

그러나 환자가 언제까지고 병원에 가지 않고 버틸 수도 없는 노릇이었다. 마침내 젊은 의사의 첫 번째 환자가 되는 슬픈 운명을 받아들일 수밖에 없는 사람이 등장했다. 바로 바딜레라고도 불리는 자코모 마초였다.

자코모 마초의 나이는 쉰 살가량으로, 두뇌 회전이 무척 빠르고 몸집이 건장한 중년남자였다. 어느 날 갑자기 그의 얼굴에 원인 모를 두드러기가 불쑥불쑥 돋기 시작했다. 처음에는 그냥 가라앉겠지 하고 별생각 없이 방치해 두었는데, 날이 갈수록 증세가 나아지기는커녕 점점 심각해졌다. 결국 자코모는 내키지 않은 발걸음으로 진료소를 향했다.

진료소에 도착하자, 머리를 올백으로 빗어 넘긴 젊은 의사가 하얀 가운을 입고 잔뜩 점잖을 빼며 책상에 앉아 있었다. 자코모는 거침없이 본론으로 들어갔다.

"의사 선생, 얼굴에 두드러기가 돋아서 며칠째 들어갈 기미가 보이질 않소. 좀 봐주시오."

젊은 의사는 무관심한 시선을 자코모 마초의 얼굴에 던진 뒤 책상 앞에 놓인 의자를 가리키며 대답했다.

"앉으시죠."

그리고 흰 종이 한 장을 꺼내 들고 기록할 준비를 했다.

"성함은?"

자코모 마초는 이름과 성씨, 출생날짜와 출생지, 직업, 집 주소를 꼬치꼬치 캐묻는 질문에 차례로 대답해야 했다. 그런데 젊은 의사의 질문은 거기서 끝나지 않았다.

"그간 어떤 병을 앓으셨죠? 정확하게 하나도 빼놓지 말고 말씀해 주세요."

자코모가 어이없어하며 콧김을 내뿜었다.

"의사 선생, 난 바쁜 사람이오. 난 지금 걸린 병 때문에 여기 왔지 내가 앓았던 병 때문에 온 게 아니란 말이오! 내 얼굴을 망가뜨리고 있는 이 두드러기를 치료할 약이나 주시오."

"잠깐만요. 자코모 씨, 병을 치료하려면 원인을 잘 규명해야 합니다. 만약에 충치가 생겼다면 땜질하기 전에 썩은 부분을 긁어내야 하는 거나 마찬가지죠. 원인을 치료하지 않고 임시방편으로 땜질했다가는 더 큰 병으로 진전된다고요."

자코모는 자신이 살아오면서 앓았던 병에 대해 한참을 떠들었다. 젊은 의사는 이에 만족하지 않고 이번엔 간, 위장, 심장

등 몸 곳곳에 이상은 없는지 아주 상세한 설명을 요구하더니, 한술 더 떠 엉뚱한 질문까지 던지기 시작했다.

"그리고 부모님은요?"

자코모는 눈을 크게 뜨고 의사를 노려보았다.

"우리 부모님이 어쨌는데요?"

"아, 부친과 모친께서 어떤 병을 앓으셨느냐는 말씀입니다."

환자가 꽥 소리를 질렀다.

"우리 부모님이 대체 내 병과 무슨 상관이라고? 아픈 건 바로 나지 그분들이 아니오. 그분들은 잘 계시오. 왜냐하면 두 분 다 옛날에 돌아가셨거든. 아, 그분들의 영혼이 편히 잠드시기를."

"어떤 병으로 돌아가셨죠? 돌아가셨을 때의 연세는요?"

참다못한 자코모가 벌떡 일어나 젊은 의사에게 다가갔다.

"이것 보시오, 의사 양반. 당신이 무슨 경찰서장이라도 되는 줄 아는 거요? 내 가족의 일은 내 일이오. 당신은 상관 말고 얼굴에 난 이놈의 두드러기를 고칠 약이나 주는 게 좋을 거요."

단호한 어조였다. 얼굴이 하얗게 질린 젊은 의사가 자코모의 얼굴을 자세히 살펴보더니 조심스레 말했다.

"이전에 이렇게 앓은 적이, 그러니까…."

"그러니까 대체, 무슨 말을 하고 싶은 거요?"

젊은 의사는 한참 동안이나 설명을 했다. 이를 들은 자코모는 화를 벌컥 냈다.

"대체 사람을 뭐로 보고, 지저분한 병에 걸릴 짓이나 하는 잡놈으로 보이쇼, 내가? 도대체 무슨 의도로 그런 질문을 하는 거요. 에잇! 치료는 무슨! 다 관두시오, 관두라고."

"의, 의사는 환자에 대한 모든 것을 알아야 합니다."

젊은 의사는 얼굴이 창백해지며 말을 더듬거렸다.

"자코모 씨, 자동차를 수리하러 가보신 적이 있으시죠? 정비소에 가면 몇 킬로미터를 달렸는지 마지막 점검은 언제였는지 오일은 다 떨어졌는지 등등을 묻지 않습니까. 마찬가지로…."

"내가 무슨 자동차요? 난 어떻게든 살아보려고 아침부터 저녁나절까지 소처럼 일하는 사람이란 말이오!"

젊은 의사는 자코모가 속에 있는 말을 전부 퍼부어댈 때까지 참고 기다렸다.

"제가 보기에는 선생님은 간에 이상이 있는 것 같습니다."

자코모가 으르렁거렸다.

"이 양반, 정말 어처구니없는 말을 하시네. 난 나를 그냥 내버려두는 한 어느 누구에게도 해를 끼치지 않아. 물론, 나를 못살게 구는 돼먹지 않은 놈들은 간이 배때기 밖으로 나올 정도로 혼쭐을 내주지만!"

젊은 의사는 아니라는 듯 고개를 저었다.

"제 말을 잘못 이해하셨군요. 자코모 씨 얼굴에 난 두드러기는 간에 문제가 생겨 그렇다는 얘깁니다."

자코모가 어이없다는 듯 피식 웃었다.

"그렇게 멍청한 소리를 하면서 의대는 어떻게 졸업했나? 내

간은 세계에서 가장 튼튼해. 난 앉은 자리에서 1킬로그램의 살라미 소시지를 먹어치우고, 거기다 포도주 여덟 병을 더 마실 수도 있소. 내 간은 제자리에 잘 붙어 있으니 쓸데없는 말씀하지 말고 얼굴이나 치료하시오."

젊은 의사는 처방전을 적어 환자에게 내밀었다.

"여기 있습니다. 피마자기름을 하루에 두 번씩 드세요."

자코모는 밖으로 나가기 위해 몇 걸음 걷다 말고 책상 앞으로 되돌아왔다. 그가 의사에게 말했다.

"다 끝났으면, 이제… 내 진료카드를 내놔요."

당황한 젊은 의사는 멍하니 그를 바라보았다.

"하, 하지만 이 진료카드는 제게 필요한 건데요?"

의사가 말을 더듬었다.

"환자마다 각각 진료카드를 작성해 둬야 나중에 다른 병에 걸려도 쉽게 원인을 찾을 수 있어요."

"그런 거야 내가 알 바 아니고…. 어쨌든 그건 내가 보관하는 게 더 좋겠소."

카드를 움켜잡으며 자코모가 낮은 목소리로 말했다.

"내 개인적인 기록과 우리 가족의 병력을 남이 알게 되는 건 달갑지 않거든."

자코모가 방문한 뒤로도 젊은 의사의 넘치는 의욕과는 달리 환자들은 도무지 진료소를 찾을 생각을 하지 않았다. 그는 텅 빈 진료소를 바라보며 문제점을 곰곰이 되짚어 보았다. 그리곤 진료소의 시설을 보강하는 데 필요한 물품을 적은 보고서를 읍장에게 보냈다.

그 보고서는 솔직히 너무 길고 지루해 읽다가 잠이 올 지경이었다. 그래서 뻬뽀네는 절반쯤 읽다가 던져버리고는 의사를 불러오라고 사람을 보냈다.

"선생의 보고서를 받았소."

뻬뽀네는 젊은 의사가 모습을 보이자마자 기다렸다는 듯 입을 열었다.

"여기 처음 와서 진료소 사정을 잘 모르시는 모양인데, 최신형 구급차를 구입해 넘겨준 게 작년의 일이요."

젊은 의사가 당혹스러워했다.

"물론 구급차는 최고 수준이죠. 하지만 진료소의 비품은 전혀 다른 얘깁니다."

"그게 그렇지 않소. 진료소에 부족한 모든 설비를 대체한 게 구급차요. 특별 치료가 필요한 환자의 경우 구급차에 태워 도시에 있는 병원으로 실어가니까."

뻬뽀네가 설명하자 젊은 의사가 대답했다.

"때때로 즉각적인 조치가 필요할 때도 있지 않습니까? 환자를 항상 도시의 병원까지 옮길 수 있다는 보장이 어디 있습니까."

"염려하지 마시오, 의사 선생. 그런 것도 다 염두에 두었소.

우리 마을에는 말이오, 비록 정치적으로는 아주 교활하지만 종교적으로는 유능한 신부가 있소. 아주 위급한 경우엔 그가 직접 개입해서 운송 불가능한 환자의 보호를 하느님께 간구한다, 이 말씀이오."

젊은 의사는 어이가 없다는 듯 양팔을 벌렸다.

"상황이 그렇다면 저로선 성당의 신부님이나 장의사와 함께 일을 처리할 수밖에 없겠군요."

다음 날 뻬뽀네는 다시 한 번 더 젊은 의사를 호출했다. 이번엔 읍사무소의 참모들 모두가 뻬뽀네와 함께 자리했다.

"여기 모인 직원들에게 선생의 의견을 설명하고 계획을 말씀해 보시오."

뻬뽀네가 말했다.

젊은 의사는 자신의 계획을 일목요연하게 설명했다. 뻬뽀네와 그의 부하들은 이론적으론 모두 맞는 말이라고 결론을 내렸다. 그러나 실질적으로 진료소의 재정비를 감당해낼 예산을 무슨 수로 마련하느냐는 문제가 남아있었다.

젊은 의사는 잠시 생각을 하더니 이렇게 말했다.

"이 문제는 단적으로 여러분들이 인간의 목숨을 얼마나 중요하게 평가하는가에 달려 있습니다. 예를 들어, 여러분께서 사람 목숨이 1,000리라라고 여기신다면 진료소의 설비를 재정비하는 데 드는 100만 리라는 절대로 마련할 수 없을 겁니다."

간부들은 당혹스러워했다. 뻬뽀네가 볼멘소리를 냈다.

"헛소리 마시오! 인간의 생명에 가격을 매길 수 없다는 걸 누가 모르나? 문제는 우리가 아니라 읍 예산이 부족하다는 거요. 흥, 약값은 다른 사람들이 내고 본인은 처방전만 쓰는 의사 선생께서는 무슨 말씀을 못 하실까. 어디 한번 내 입장이 돼보라고."

"기꺼이 그러죠. 읍장님이 제 대신 환자를 치료하신다면요!"

삐뽀네는 테이블을 주먹으로 쾅 내리치며 소리쳤다.

"계속 이럴 텐가? 당신은 이 마을에 의사로 온 거지, 주민들을 선동하러 온 게 아니잖소!"

젊은 의사는 얼굴이 창백해져 아무 말 없이 그 자리를 떠날 수밖에 없었다.

하지만 일은 여기서 끝난 게 아니었다. 이틀 후에 삐뽀네가 진료소에 급하게 들이닥쳤다. 정신이 반쯤 나갈 정도로 어금니가 아팠기 때문이다.

"이 망할 놈의 이 좀 뽑아주시오!"

젊은 의사는 신중하게 어금니를 살펴보더니 고개를 저었다.

"안 됩니다. 이를 뽑아드릴 수 없습니다. 치과에 가세요."

"아니, 무슨 놈의 의사가 이래?"

삐뽀네가 고함쳤다.

"옛날 의사는 눈이 나빠도 이를 잘 뽑더구먼. 의사가 이 하나 뽑을 줄 모른다는 게 말이 되오?"

"알긴 알죠. 하지만 이건 뽑아야 할 이가 아닙니다. 썩은 곳을 갈아내고 땜질해야 할 충치란 말입니다."

"이건 내 이빨이야! 뽑든 말든 내 맘이오!"

빼뽀네가 화가 나 소리쳤다.

"마음대로 하세요. 하지만 의사로서의 양심을 굽힐 수는 없으니까."

젊은 의사가 대꾸했다. 화가 머리끝까지 치솟은 빼뽀네가 젊은 의사의 멱살을 잡고 으르렁거렸다.

"당장 이빨을 뽑지 않으면 목을 비틀어 버리겠어."

젊은 의사는 공포로 얼굴이 새하얗게 질렸지만 애써 태연한 표정을 지었다.

빼뽀네가 손목의 힘을 풀었다.

"좋아. 언젠가는 꼭 대가를 치르게 해주지."

빼뽀네는 아픈 이를 으드득 갈며 진료소를 떠났다.

빼뽀네가 보름 뒤 다시 진료소에 모습을 드러냈다. 그는 젊은 의사에게 다가가 입을 벌린 다음 손가락으로 어금니를 가리켰다.

"솜씨가 제법 깔끔한데요."

땜질한 이를 찬찬히 들여다본 젊은 의사가 말했다. 빼뽀네는 입을 닫고 주위를 둘러보았다. 그러고 나서 젊은 의사에게 퍼부어댔다.

"흥, 100만 리라? 말은 간단하지! 우리가 어디서 그 많은 돈을 구한단 말이야? 줄일 건 줄이고 다시 정리해서 가능한 가격대로 낮춰 보시오!"

젊은 의사는 기다렸다는 듯 책상 서랍에서 종이 쪽지 한 장을 꺼내 뻬뽀네에게 내밀었다.

"110만 리라! 며칠 새 10만 리라가 더 올랐단 말이야?"

뻬뽀네가 고함쳤다.

"몇 가지 중요한 걸 빠뜨린 게 있었어요."

젊은 의사가 침착하게 설명했다. 뻬뽀네는 고래고래 고함을 질러대며 진료소를 나섰다.

그날 읍사무소에서는 밤을 꼬박 새운 마라톤 회의가 열렸다. 마침내 응급수술을 할 수 있는 응급실과 입원회복실을 갖춘 진료소의 설비를 위한 108만 리라의 예산이 책정되었다.

"자네 말을 믿어서가 아니야. 혹시 나중에 무슨 일이 생겼을 때 '내 말대로 했으면 괜찮았잖아.' 라고 구시렁거리는 소리를 듣지 않기 위해서지. 자네가 말한 대로 되면 정말 가슴 아플 것 같거든."

뻬뽀네가 젊은 의사에게 설명했다.

"요전 날 이를 뽑아드리지 않은 건 죄송했습니다."

희멀건 얼굴을 붉히며 젊은 의사가 대꾸했다.

*

어느 날 진료소에 체사리노 델피오란 소년이 나타났다. 소년은 자신의 어머니가 많이 아프다며 왕진을 부탁했다. 젊은 의사는 자신의 소형 자동차를 타고 피아나 농지로 달려갔다. 열네 살의 체사리노 델피오는 자기 할아버지네 집에 어머니와 함께 얹혀살고 있었다.

체사리노의 아버지는 델피오 노인의 세 아들 중 막내였는데 7년 전에 죽었고, 현재는 델피오 노인이 피아나 농지를 일구며 생계를 꾸려가고 있었다. 젊은 의사는 델피오 집안사람들을 한 번도 만난 적이 없었다. 하지만 보리타작 마당 안으로 들어서자마자 한눈에 노인이 이 누추한 오두막의 주인이라는 것을 알아차렸다.

노인이 그에게 말했다.

"의사 선생, 위험한 병이라면 망설이지 말고 얼른 말해 주시오."

젊은 의사는 여인을 진찰했다. 여인은 체사리노 같은 큰아들을 둔 것에 비해 무척 젊어보였다. 그는 그녀에게 마음을 편히 가지라며 몇 가지 약을 처방해주었다. 그리고 부엌에서 그를 기다리고 있던 노인에게 다가가 말했다.

"상황이 아주 위급합니다. 당장 수술을 하지 않으면 다음 발작이 왔을 때 목숨을 잃을 수도 있어요."

노인은 그럴 리가 없다는 듯 고개를 저었다.

"아픈 사람 몸에 칼을 대봐야 명만 재촉할 뿐이야! 수술은 무슨 수술, 약이나 좀 놓고 가시오."

젊은 의사가 대꾸했다.

"농담하십니까? 이럴 여유가 없어요. 다른 의사에게 가봐야, 제 말과 똑같은 말을 들으실 거라고요. 굉장히 어려운 수술인 만큼 이 분야에 가장 훌륭한 전문의에게 수술을 받는 편이 좋아요. 저희 교수님에게 소개장을 써드릴 테니 당장 도시로 가세요. 이 분야 최고 권위자이시기도 하고, 워낙 양심적인 분이시라 성공할 확신이 없다면 수술 자체를 아예 거절하실 거예요."

노인은 고개를 저으며 한숨을 내쉬었다.

"수술비가 얼마나 들지 누가 아나!"

젊은 의사는 주변을 둘러보았다. 그는 초라한 오두막과 남루한 옷을 걸친 비쩍 마른 노인을 번갈아 바라보았다. 그리고 개집처럼 남루한 침대에 누워있던 환자를 떠올렸다.

"제가 특별히 부탁드려 볼게요. 인정 많은 분이라 부자들한테 받는 만큼 청구하시지는 않을 거예요."

의사가 말했다. 노인은 양팔을 벌렸다.

"하느님도 무심하시지. 어떻게 이런 일이! 선생도 보시다시피 아들이 죽고 난 뒤부터는 그저 내가 버는 걸로 가족이 먹고 사는 터라…."

젊은 의사는 다음날 다시 오겠다는 약속을 하고 집을 나섰다. 돌아오는 길에 읍사무소에 들렀다. 그는 읍장님을 만나러

왔다며 집무실로 들어갔다. 빼뽀네가 사무적인 자세로 그를 맞이했다. 젊은 의사는 안타깝다는 듯이 말을 꺼냈다.

"읍장님, 절실하게 도움을 필요로 하는 주민이 있는데…. 읍장님께 의논을 드리는 게 도리가 아닐까 싶어 찾아왔습니다. 아들 하나를 둔 불쌍한 과부가 몹시 아픕니다. 당장 수술을 받지 못하면 이대로 숨을 거둘지도 몰라요. 제 스승님께 개인적으로 부탁을 드려볼 생각이긴 한데… 수술비가 적잖이 들 것 같아서 말입니다. 혹시 읍사무소에서 수술비를 지원받을 수는 없을까요?"

빼뽀네가 물었다.

"의사 선생, 대체 누굴 말씀하시는 겁니까?"

젊은 의사는 주머니에서 수첩을 꺼내 적힌 이름을 읽었다.

"델피오 가문의 미망인 마리아 테레사 프라스키니입니다."

빼뽀네는 한동안 물끄러미 그를 바라보았다. 그리고 밖으로 나가더니 잠시 후 토지대장을 가지고 돌아왔다.

"어디 보자, 상황이 어떠하냐면…. 지금 선생이 불쌍하다고 주장하는 그 과부는 카를로 델피오의 며느리올시다. 그 영감, 겉으로는 피아나 농지를 임차해서 농사짓는 소작농처럼 보이지만 실제로는 10만여 평에 해당하는 카사로사 농지와 15만여 평의 피오파 농지, 20만여 평의 자릴레 농지 그리고 8만여 평의 칸토네 농지의 소유주이기도 하오. 내 말인즉슨, 델피오 영감은 자기 며느리 한 명이 아니라 이 지방의 며느리들 모두의 수술비를 다 대고도 배불리 먹고살 재산을 가지고 있다는 거요. 의사 선생의 좋은 의도는 잘 알겠소만, 사정도 모르고 끼어들었다가 마을 사람들의 놀림거리가 되지 않도록 신중하게 처신하기 바라오."

젊은 의사는 얼굴이 발갛게 물들어 황급히 자리를 빠져나왔다. 그는 더 이상 델피오 노인을 상대하고 싶지 않았다. 그러나 노인의 며느리가 위독한 지경에 처해 있는 것만은 사실이었다. 그녀의 야윈 얼굴이 도무지 머릿속에서 떠나지 않았다.

다음날, 여인을 진찰하고 난 의사가 노인에게 전날 했던 얘기를 목소리를 높여가며 되풀이했다.

"당장 수술해야 합니다! 그렇지 않으면 다음 번 발작이 일어날 때 죽는다니까요. 당장 자동차에 실어서 병원에 데려가잔 말입니다. 수술비용은 생각만큼 비싸지 않아요. 20만 리라면 충분할 겁니다."

노인의 눈이 휘둥그레졌다.

"20만 리라라고? 정신이 나가지 않고서야 누가 병원비를 그렇게나 많이 쓴단 말인가? 더 이상 말도 꺼내지 말게."

"맘대로 하세요. 하지만 앞으로 벌어질 모든 일의 책임은 영감님에게 있습니다. 아시겠어요?"

"의사는 내가 아니라 당신이오."

"전 할 수 있는 데까지 했습니다. 만일 제가 그 수술을 할 능력이 있었다면 이 궁벽한 촌구석에 봉사하러 오는 대신, 유럽 최고 외과의가 되는 길을 선택했을 겁니다. 입씨름하고 싶지 않습니다. 지금 말씀드린 모든 내용을 진찰 소견서로 작성해서 보내드리도록 하지요."

자리를 뜬 젊은 의사는 약속했던 대로 진찰 소견서를 적어 델피오 노인에게 보냈다. 강력한 경고로 델피오의 마음을 움직여보려는 시도였다. 하지만 노인으로부터는 아무런 연락이 없었다.

한 달 후 어머니가 아프다는 전갈을 가지고 소년이 다시 찾아왔다. 의사는 급히 왕진 가방을 챙겨 달려갔다. 그리고 주사 몇 대를 놓아 간신히 파국을 막을 수 있었다.

젊은 의사는 여인이 누워 있는 방에서 나와 노인에게 소리쳤다.

"오늘 살아난 건 기적입니다. 당장 병원에 데려가시라니까요. 며느님이 죽어가는 걸 이대로 보고만 있을 겁니까?"

"20만 리라! 20만 리라! 그 돈이 하늘에서 떨어지나 땅에서 솟아나나? 우리 며느리는 아직도 젊은데, 왜 자꾸 죽는다그래. 며느리가 죽기 전에 내가 먼저 죽을 테니 쓸데없는 걱정은 그만두라고."

젊은 의사는 기가 막혀서 대꾸도 않고 진료소로 돌아왔다. 그러나 탐욕스런 수전노 노인에게 시달리는 그 불쌍한 여인을 그냥 놓아둘 수는 없었다. 뭔가 대책을 찾아야 했다.

젊은 의사는 돈 까밀로를 찾아가 상황을 낱낱이 설명하고 결론을 말했다.

"신부님, 그 수전노 영감탱이를 설득해 주세요. 사람 목숨이 왔다 갔다 하는 일입니다. 그 영감을 설득할 수만 있다면 신부님께서는 아픈 며느리의 목숨을 살리는 동시에 그 수전노의 사악한 영혼도 구하시는 셈이니까요."

돈 까밀로는 자전거를 집어타고 델피오 노인을 찾아갔다. 들판에 있는 그를 발견한 돈 까밀로가 곧바로 용건을 꺼냈다.

"영감님, 의사 선생님 얘기는 들으셨지요? 더 이상 지체할 시간이 없어요. 며느님을 당장 병원에 보내자고요. 수술을 집도할 외과의사가 뛰어난 솜씨를 가지고 있다니 모든 게 다 잘 되지 않겠소?"

노인은 돈 까밀로를 빤히 쳐다보더니 교활하게 말했다.

"신부님, 내 몸뚱이라면 내 맘대로 하겠지만 며느리 몸인 걸 어쩝니까. 수술을 할지 말지는 내가 결정하는 게 아니라 며느리에게 달려 있지요. 며느리가 미성년자도 아닌데 이래라 저래라할 수 없는 노릇이잖습니까."

돈 까밀로는 뭐라고 대꾸를 해야 할지 몰랐다.

"그렇다면 수술하라고 며느님을 설득해보시지요."

"그러겠습니다, 신부님. 성심성의껏 한번 해봅지요."

돈 까밀로는 의사에게 달려가 델피오의 말을 전했다. 젊은 의사가 미소를 지으며 기분 좋게 말했다.

"정말 그렇게 말했습니까? 자기가 얼마나 고약하게 굴고 있었는지 깨달았나 보군요. 내일 다시 한 번 찾아가야겠어요."

그리고 다음 날 아침, 젊은 의사는 피아나 농지 입구에 자신의 승용차를 세웠다. 델피오 노인이 거기 서서 그를 기다리고 있었다.

"의사 선생. 며느리에게 상황이 어떠한지 설명해 주었소. 어디 한번 만나보시오."

젊은 의사는 층계를 올라가 여인의 방으로 들어섰다.

"좀 어떠세요?"

"한결 나아진 것 같아요."

여인이 대답했다.

"며칠 동안 병원에 입원하셔야 한다고 시아버님한테 들으셨나요?"

여인이 고개를 끄덕였다.

"그럼 기분이 좋으시겠네요. 이제 모든 일이 잘될 테고 부인께선 괜찮아질 거예요. 수술만 마치고 나면 다시 태어난 기분이 드실 겁니다."

그를 물끄러미 바라보던 여인이 대답했다.

"아니요."

"아니라니 뭐가요?"

"수술받고 싶지 않아요. 저는 이대로가 좋아요."

젊은 의사는 여인의 머리맡에 앉았다. 그리고 그녀의 상태를 친절하게 설명한 다음, 간절한 목소리로 이렇게 덧붙였다.

"부탁입니다. 이성적으로 생각하세요. 당장 병원에 가서 수술을 받지 않으면 부인은 죽어요. 다른 방법이 없어요."

"그냥 이대로가 좋아요. 병원에는 안 갈 거예요."

젊은 의사는 달래도 보고 간청도 하고 윽박지르기도 했다. 여인은 고개를 돌려 젊은 의사의 불타는 눈을 외면했다.

잠시 후 여인은 눈물이 그렁그렁 고인 두 눈으로 의사를 바라보며 낮은 목소리로 울먹였다.

"선생님, 그냥 평화롭게 죽을 수 있도록 내버려 두세요. 전 이대로 죽어야 해요. 시아버지가 말하기를 제가 병원에 가면 제 아들을 이 집에서 쫓아버리고 유산은 한 푼도 주지 않겠대요. 당신은 우리 시아버지가 어떤 사람인지 몰라요. 제발 이제 그만 돌아가세요. 그리고 아무에게도, 아무 말씀도 하지 마세요. 제 소원이니까…."

젊은 의사는 고개를 푹 숙인 채 집 밖으로 나왔다.

델피오 노인이 물었다.

"뭐랍디까?"

"어쩔 도리가 없네요. 며느님께서 수술을 받고 싶어 하지 않는군요."

젊은 의사는 이를 악물며 대꾸했다.

노인이 한숨을 내쉬었다.

"허, 정말 큰일이로군. 당사자의 뜻을 거슬러가며 수술을 감행할 수는 없잖소."

젊은 의사는 자신이 타고 온 승용차를 향해 걸어갔다. 승용차에 올라타려는데 노인의 손자가 나타났다. 소년이 협박하듯 말했다.

"할아버지를 괴롭힐 생각을 하지 말아요. 울 엄마 병을 핑계로 돈을 벌고 싶다면 실수한 거예요."

깜짝 놀란 젊은 의사가 소년을 바라보았다. 소년이 계속해서 말했다.

"도시에 있는 의사와 한 패죠? 그 의사한테 수술할 사람을 보내고 나중에 돈을 반반씩 나누는 거죠?"

"누가 너한테 그런 말을 하던?"

젊은 의사가 물었다.

"난 다 알아요. 아니라면 아저씨가 수술을 직접 할 거 아녜요?"

"일반 수술과 달리 이 경우엔 전문의가 필요하단다."

"엄마는 수술 안 할 거예요. 울 할아버지가 늙었다고 속임수를 쓸 생각이라면 내가 가만두지 않을 거예요!"

소년이 단호하게 말했다. 젊은 의사는 얼른 그 자리를 떴다. 괴로워서 심장이 터질 것만 같았다. 무지와 탐욕에서 비롯된 이 무시무시한 이야기를 누군가에게 털어놓고 싶었다. 하지만 여인의 목소리가 귓가를 맴돌았다.

'아무에게도, 아무 말씀도 하지 마세요. 제 소원이니까….'

다시 일주일이 지났다. 한밤중에 누군가 의사를 깨우러 왔다. 그 소년이었다. 엄마가 다른 때보다 훨씬 더 아프다는 것이었다. 신부님을 모셔오라고 할 정도로 말이다.

돈 까밀로가 황급히 달려오자 젊은 의사가 말했다.

"진정제를 놓아주었습니다. 다시 깨어나지 않을까봐 걱정이네요."

그 자리에 있던 소년이 앞으로 나섰다.

"어머니를 살려 주세요, 으흑."

젊은 의사는 무표정한 얼굴로 말했다.

"너무 늦었다. 이제는 밀라노까지 옮겨갈 수도 없어. 가는 도중에 숨을 거두실 거야."

"가여운 것, 지긋지긋한 고통도 이젠 끝이겠구먼, 에휴!"

노인이 한숨을 내쉬었다.

그의 목소리가 너무도 위선적으로 들려 젊은 의사와 돈 까밀로는 동시에 노인을 돌아보았다. 둘 다 그를 흠씬 두들겨 패주고 싶은 심정이었다.

여인의 숨소리는 끊어질 듯 가늘었다. 당장 뭐라도 하지 않으면 얼마 안 가서 곧 숨이 넘어갈 게 분명했다.

"아무것도 해보지 않고 이대로 죽게 내버려 둘 수는 없어."

돈 까밀로가 중얼거렸다. 얼굴이 창백해진 젊은 의사가 반짝거리는 눈으로 신부를 바라보았다. 땀으로 흠뻑 젖은 부인의 머리카락을 쓸어 넘기며 돈 까밀로가 말했다.

"하느님께서 부인과 함께하실 겁니다."

젊은 의사가 뭔가 단단히 결심했는지 층계를 달려 내려가며 미친 듯이 고함쳤다.

"지금 당장 돌아가서 구급차를 보낼 테니 즉시 여인을 진료소로 옮겨주세요!"

그의 소형 승용차가 어두운 거리를 질주했다. 진료소에 도착한 의사는 구급차를 출발시킨 뒤 수술실의 전화기에 달라붙었다.

"위급 상황입니다. 목숨이 달린 일이에요. 하느님, 빨리 연결해주세요!"

여인이 들것에 실려 수술실로 옮겨졌을 때 수화기 건너편 밀라노에서 응답이 들려왔다. 수화기를 든 채 의사가 소리쳤다.

"환자를 저기 눕히고 다들 물러서세요!"

여인이 수술실 침대에 눕혀졌다. 젊은 의사가 떨리는 목소리로 말했다.

"교수님, 교수님, 접니다. 마리오 파렐리요! 예, 마리오 파렐리!"

젊은 의사가 마음을 가라앉히며 침착하게 여인의 상황을 설명했다.

"교수님, 당장 수술하지 않으면 이 환자는 죽습니다. 교수님이 집도하실 때 제가 보조의사로 있었던 것 기억하시죠? 요 며칠 동안 교수님의 책을 다시 공부했습니다. 교수님께서 전화로

저를 이끌어주신다면 제가 이 여인을 수술할 겁니다."

"파렐리, 미친 짓일세. 불가능해!"

수화기 너머로 교수의 목소리가 들려왔다.

"하느님께서 저와 함께 하십니다."

젊은 의사가 단호하게 말했다. 잠시 시간이 흐른 뒤에 교수가 대답했다.

"그럼 나도 자네와 함께 하겠네."

의사의 어머니가 수술실로 내려왔다. 젊은 의사가 가운을 걸치고 수술용 장갑을 끼며 명령했다.

"엄마는 제게 전화기를 대주세요!"

그러고는 지금까지도 회자되고 있는 그 놀라운 동화 같은 얘기가 시작되었다. 전화기로 1천 킬로미터나 떨어져 있는 전문외과의사의 지시를 받으며 수술용 메스가 움직였다. 수술을 지켜보는 사람들은 마치 풍랑이 높게 이는 바다 한가운데 떠 있는 배의 선실에 있는 기분이 들었다. 의사는 모든 것을 완벽하게 처리해 냈다. 그는 질환 부위를 설명했고 교수는 눈을 질끈 감고 그 고통스러운 환자의 몸을 정확하게 그리며 마치 젊은 의사의 어깨너머에서 바라보듯이 수술용 메스 끝을 좇아갔다.

한편 돈 까밀로는 진료소 앞 딱딱한 자갈 포장도로 위에 무릎을 꿇고 앉아 있었다. 깜깜한 밤하늘을 향해 기도하며 가끔씩 이렇게 되풀이해 말했다.

"예수님, 그를 도우소서! 주님, 그녀의 병이 낫도록 도와주소서!"

잠시 후 진료소 문이 열리며 의사가 모습을 드러냈다.

"하느님께서 저를 도와주셨습니다, 신부님. 이제 회복되기만을 기다리면 됩니다."

아득한 목소리로 젊은 의사가 말했다.

여인은 이틀 동안 회복실에 남아있었다. 그러고 나서 구급차가 그녀를 집으로 다시 옮겨다 주었다. 밀라노의 신문들은 전화로 지시를 받아 행해진 이 수술에 대해 대서특필했다. 뻬뽀네는 마치 자신이 직접 그 수술을 집도한 듯 의기양양해했다.

의사가 수술로 인해 받았던 긴장이 풀리는 데는 꼬박 일주일이 걸렸다.

*

어느 화창한 아침, 여인이 잘 회복되고 있는지 알아보기 위해 그는 델피노의 집을 찾아갔다.

"모두 좋습니다."

젊은 의사가 밖으로 나오며 노인과 소년에게 말했다.

"기쁜 일이군. 그러면 어디 보자, 이제 계산을 할 필요가 있겠구먼. 의사 선생, 얼마나 내야 하겠소?"

델피오 노인의 말에 의사가 미소를 지으며 말했다.

"밀라노에 통화한 전화비만 내시면 됩니다. 2천835리라 입니다."

노인이 조끼에서 지갑을 꺼내 셈을 하며 말했다.

"맙소사! 무슨 전화비가 이리 비싸."

소년이 낄낄거리더니 할아버지의 말에 대답했다.

"유명한 외과의사가 한 것보단 훨씬 싸잖아요, 할아버지. 이제 의사 둘이 10만 리라 대신 1천400리라씩만 나눠 갖겠네요!"

젊은 의사는 그 소리를 듣고 울컥해서 소년의 머리통을 한 대 쥐어박고 싶었지만 그럴 수가 없었다. 돈 까밀로가 솥뚜껑만한 손으로 그의 떨리는 어깨를 꽉 붙잡고 있었기 때문이다.

"안녕히들 계시오."

젊은 의사를 잡아끌어 밖으로 나서며 돈 까밀로가 퉁명스럽게 말했다. 돈 까밀로의 집채만큼 큰 덩치가 의사의 작은 승용차를 가득 채웠다.

"어제 밀라노에서 편지 한 통을 받았어요."

젊은 의사가 말했다.

"스승님이 계신 병원에서 저를 필요로 한대요. 저는 이제 이 지긋지긋한 마을을 떠날 생각이에요."

"아니, 읍사무소에서 그 많은 예산을 쓰게 한 뒤에 말인가? 자네가 가진 의사로서의 윤리는 모두 어디로 갔나? 게다가 도시는 여기와는 달라. 물론 하느님은 도시에도 계시긴 하지만 이곳은 도시보다 훨씬 덜 복잡하고 덜 시끄럽지 않나. 여기서 주님을 부르면 그분은 우리 목소리를 더 잘 들으신다네."

젊은 의사는 잠시 침묵했다. 그러더니 분통이 터진다는 듯이 부르짖었다.

"다시 기회가 온다면 그땐 읍장님 이빨을 주저 없이 확 뽑아 버리겠어요!"

"허허, 그 또한 밀라노에서는 절대 가질 수 없는 즐거움이지. 돈으로는 살 수 없는 즐거움 아닌가."

돈 까밀로가 빙그레 웃으며 말했다.

"하긴, 그 또한 그렇죠."

돈 까밀로의 한 마디에 그간 겪어온 젊은 의사의 마음고생이 봄눈 녹듯 사라지고 있었다.

투표

빼뽀네는 인민의 집에서 열리는 집회에 참석하기 위해 식탁에서 일어서는 중이었다. 하지만 그의 아내는 빼뽀네가 그대로 자리를 떠나도록 내버려 두지 않았다.

"여보, 가기 전에 할 말이 있어요."

"바빠. 본부에서 부하들이 나를 기다리고 있다고."

빼뽀네가 대꾸했다.

"흥, 기다리긴 뭘 기다려요. 당신은 나랑 결혼한 거지, 그 사람들하고 결혼한 게 아니잖아요. 당신하고 얘기한 게 얼마나 오래됐는지, 이젠 기억조차 가물가물하다고요."

빼뽀네는 넌더리를 내며 말했다.

"이거야 원 마리아, 제발 이런 일로는 바가지 좀 긁지 마. 내가 놀러 가는 게 아니란 걸 당신도 잘 알잖아. 지금은 선거에 온 신경을 집중해야 한다고! 며칠밖에 안 남았어. 이번 일만 잘되면 이제 앞으로 5년 동안은 선거에 대해 더 이상 왈가왈부할 일 없을 테니까. 그다음에 이야기하자고."

"좋아요. 그런데 말이에요, 한 가지 문제가 있어요. 지금 나는 중대한 고민에 빠져 있거든요. 만약 내가 이대로 선거를 맞이하게 된다면, 당신은 선거일 날 투표용지를 손에 들고 멍청하게 서 있는 아낙네 하나와 투표소에서 만나게 될지도 몰라요. 그러니까 당신이 알려줘요. 도대체 나는 누구를 찍어야 하는 거예요?"

뻬뽀네가 껄껄 웃었다.

"아니, 이 무슨 반가운 소리야! 당신이 누구를 찍어야 할지 나한테 의견을 구한다는 말이지?"

"그럼, 누구한테 물어볼까요. 돈 까밀로한테? 요즘 정치적인 상황이 어떻게 흘러가고 있는지 나한테 얘기해 줄 사람은 당신뿐이잖아요."

아내가 대꾸했다.

"상황은 가장 최근에 있었던 선거 때와 똑같아!"

"그럼 또 당신한테 투표하라고요?"

"아니, 그게 아니야. 당신이 나한테 투표했던 건 읍장 선거였잖소!"

빼뽀네가 부르짖었다.

"이번에는 정당 선거야, 그러니 예전에 했던 것처럼 당신이 선택한 정당 이름 아래 십자 표시를 하면 돼. 무슨 설명이 더 필요할까? 바뀐 건 아무것도 없어."

아내는 고개를 갸웃했다.

"스탈린이 돌아가신 지금도 당은 하나도 변하지 않았다는 건가요?"

빼뽀네는 주먹으로 식탁을 쾅 내려쳤다.

"예전과 똑같아. 아니 예전보다 훨씬 더 강해졌어! 사람이 죽어도 사상은 남는 거니까 말이야."

"그렇지만 말렌코픈가 뭔가 하는 사람은 내가 보기엔 스탈린처럼 강경파 같진 않습디다. 서방세계하고도 주저 없이 협력할 것으로 보이고요."

아내가 중얼거렸다.

"사람들이 떠들어 대는 말은 신경 쓰지 마! 그냥 그가 일하는 걸 지켜보면 되는 거야. 그럼 당신은 말렌코프가 어떤 사람인지 알게 될 거야. 그는 다른 전술을 가지고 있어. 그게 전부야. 그의 목표는 예전과 조금도 다르지 않아."

빼뽀네가 설명했다.

"그럼 당신은 그가 프롤레타리아 혁명을 위한 행진을 계속할 것으로 생각하세요?"

"프롤레타리아 혁명이 지금처럼 가까운 때는 없었지! 지금 그의 전술은 민중의 적에게서 의심을 떨쳐버리게 하는 거야. 그리고 적당한 순간에 갑자기 총을 쏘아대는 거지."

빼뽀네가 단호하게 말했다. 아내는 그다지 신뢰하는 얼굴이 아니었다.

"그럼 당신의 말은 지금 상황이 그때와 똑같다 이거유."

"진짜 내 의견을 알고 싶어? 그때보다 100배는 나아진 상황이야. 그때가 이탈리아에 공산주의가 겨우 형성된 시기였다면 지금은 엄청난 기세로 인민들의 호응을 얻고 있거든. 비록 스탈린은 죽었지만 그의 정신은 승리의 길을 향한 혁명의 정신으로 사람들의 기억에 남아있어."

아내는 반론을 제기했다.

"그렇다면 러시아인들이 떠들어대는 것처럼 '평화를 원한다' 는 건 사실이 아니네요."

"사실이 아니긴! 오해하지 말라고. 그들은 평화를 원해. 하지만 세상에 전쟁도발자들이 있는 한 평화는 절대로 있을 수 없어. 평화를 얻으려면 서방의 전쟁도발자들을 먼저 싹 쓸어버릴 필요가 있지. 미국, 바티칸, 자본가들, 지주들, 반동분자들, 파시스트들, 성직자들, 군주제 옹호자들, 자유주의자들, 사회민주주의자들, 제국주의자들, 민족주의자들, 왕들, 교황들, 지식인들, 군국주의자들을 모두 말이야. 이 더러운 중세의 세계를 정화시키려면 거대한 피의 투쟁이 필요한 거야. 낡은 세상을 부숴버리고 새롭고 건전한 세상을 만들어야지. 멍청이들이 지껄여대는 소리에 혹하지 말라고! 상황은 1948년과 똑같아. 당신은 의심 없이 편안하게 행동해. 정확히 1948년도에 당신이 했던 것하고 똑같이 행동하면 돼!"

"알겠습니다, 대장!"

사실 뻬뽀네의 아내 마리아는 1948년에 남편 몰래 기독교민주당에 투표했었지만, 목소리 하나만큼은 우렁차게 대답했다. 뻬뽀네는 슬며시 자리에서 일어나며 덧붙였다.

"아무튼 당신한테 선택을 강요하진 않을게. 당신 생각대로 자유롭게 투표하라고. 당신 결정에 대해 아무것도 참견하고 싶지 않아. 난 어디까지나 민주적인 남편이니 말이야. 내 말 알아들었지?"

"그래요. 난 벌써 선택했어요. 그리고 절대로 내 생각을 바꾸지 않을 거예요."

아내가 대답했다.

"정말 훌륭해!"

뻬뽀네는 문가를 향해 다가가며 말했다.

"그리고 한 가지 부탁이 있는데, 오늘 저녁 헛간의 궤짝에 들어있는 내 사냥총 좀 꺼내놔. 청소 좀 해야 하거든. 만약 우리가 선거에서 이기면 당장 반동분자들을 가려내기 시작해야 할 거야. 이건 부탁이 아니라 명령이야."

뻬뽀네가 외출하자 그의 아내는 한참 동안 문을 바라보며 그 자리에 앉아있었다. 그러고는 시선을 들어 하늘을 바라보며 나지막한 소리로 중얼거렸다.

"하느님, 제발 저이가 이번 선거에서 지게 도와주세요."

한편 뻬뽀네는 인민의 집을 향해 걸어가고 있었다. 그는 성당 앞을 지나며 누구도 알아듣지 못할 만큼 작은 소리로 중얼거렸다.

"하느님, 저희가 이기게 해 주세요. 하지만 제 마누라 표를 빼고도 이기게 해 주신다면 더 좋겠습니다."

용병은 없다

"대장, 동지들이 혁명을 기다린 지가 벌써 14년짼니다. 이렇게 질질 끄니…. 이제 다들 슬슬 싫증이 날 때도 되지 않았습니까."

스미르초가 말했다.

"게다가 중앙당에서는 '긴장완화… 어쩌고저쩌고' 하면서 우리 동지들을 헷갈리게 하고 있고요."

"맞아요! 평화니 공존이니 하는 쓸데없는 이야기를 떠들어 대면서 동지들이 전투에 대한 열의를 계속 불태우기를 바라는 건 무리지요."

브루스코와 비지오도 맞장구쳤다.

"이봐, 우리는 지금 러시아 높은 분들의 정치에 대해 성토하자고 모인 게 아니야."

빼뽀네가 단정적으로 말했다.

"긴장완화 정책에 따른 문제점을 따져보고, 동지들에게 혁명정신을 고취할 방안을 찾아보려고 모인 거야. 내 생각엔 러시아의 원자력, 미사일, 그리고 우주정복 계획에 대한 성과가 충분히 강조되지 않은 것 같아."

"대장, 물론 우주선은 굉장한 거예요. 하지만 자기 것도 아닌 남의 땅뙈기에서 허리가 부러지라 쉬지 않고 땅을 파는 농부들한테 달착륙이 그렇게 중요한 문제일 것 같습니까?"

마르코가 볼멘소리를 늘어놓았다.

"하지만 우리는 농부들에게 땅을 안겨주려고 싸우고 있잖나. 바로 이게 문제야. 허구한 날 사상교육을 하고 당을 선전하는데도 동지들조차 제대로 모르고 있으니 말이야."

빼뽀네가 한숨을 쉬며 말했다.

"대장, 신문에 기사나 몇 줄 쓰고 국회에서 형편없는 연설 좀 한다고 농부들에게 땅이 한 뙈기라도 돌아가던가요? 지주들은 그저 러시아에서처럼 담벼락에 세워 놓고 총으로 엄포를 놔야 되는 겁니다. 당장 대지주 보차를 잡아 전봇대 기둥에 묶어놓고 그의 땅을 빼앗아 사람들에게 나눠줘 보시구려. 당장 혁명 전야의 정신이 돌아올 테니…."

마르코가 대꾸했다.

"이대로 가다간 얼마 안 가 아무도 땅에 관심을 두지 않게 될 거라고요. 요즘 젊은이들은 땅에 대해 알고 싶어 하지도 않고 땀 흘려 일할 생각도 없다, 이 말씀이에요."

브루스코도 옆에서 거들었다.

"그건 너희가 청년 동지들에게 충분히 선전을 못 하니까 그런 거지!"

뻬뽀네가 꽥 소리를 질렀다.

"말이야 쉽지요."

청년부를 책임지고 있던 룬고가 불평을 늘어놓았다.

"요즘 젊은 것들은 너나 할 것 없이 오토바이 한 대씩은 가지고 있어요. 자기가 아니면 친구라도 갖고 있단 말입니다. 그뿐입니까? 틈만 나면 오토바이를 타고 놀러 나간다고 성화예요. 오늘 저녁엔 무슨무슨 악단이 연주하는 댄스파티에 가야 하고, 내일 저녁엔 머시기 가수가 노래하는 교회당으로 달려가고 또 그 다음 날엔 미스 어쩌고를 뽑는 대회에 구경가야 한다며 하루저녁이라도 제대로 집에 붙어있는 꼴을 못 봤소. 패션쇼, 텔레비전의 잡다한 쇼, 카드놀이, 운동시합 등등 때문에 일 년 내내 바쁘답니다. 때론 목적지도 없이 훌쩍 여행을 떠나버리기도 하죠. 이런 판국에 젊은이들을 어디서 낚아야 좋을지 얘기 좀 해주시구려, 대장."

"그럼 자넨 젊은이들이 그냥 내빼도록 왜 그대로 두는지 나한테 얘기 좀 해주겠나? 자네야말로 마을의 젊은이들을 붙잡아

앉혀놓고 그들을 투쟁 정신으로 무장시키기 위해 우리가 뭘 해야 할지 말해 보게, 엉? 이봐 룬고, 그저께 저녁 인민의 집에 있는 텔레비전이 고장 났을 때 음악 프로그램을 본답시고 우리 젊은 당원들이 어디로 갔는지 아나? 교활한 본당 신부의 소굴로 기어들어 가지 않았나!"

룬고도 어쩔 수 없다는 듯 양팔을 벌렸다.

"그건 내 탓이 아녜요. 텔레비전 탓이지."

뻬뽀네가 목소리를 높였다.

"한때 우리 당의 젊은이들은 본당 신부와 마주칠 때마다 최소한 뺨이라도 갈겨댔지. 하지만 더 이상 젊은이들이 그렇게 하지 않는다면, 그건 텔레비전 탓이 아니네. 이게 바로 내가 말하려는 요점이야, 동지들."

일당은 이 문제에 대해 한참 동안 토론을 했다. 그리고 드디어 결론을 내렸다. 이날 내려진 결론의 진행은 비밀리에 착착 준비되었다.

보름 뒤 마을의 담벼락마다 걸린 현수막에는 붉은색으로 다음과 같은 글이 적혀 있었다.

> 드디어 우리 '불도저' 팀이 지방 챔피언십을 획득하러 출발한다! 승리를 향한 행진의 첫 행보로 '천하무적' 팀에게 시합을 제안한다. 물론 '천하무적' 팀은 망신스럽고 결정적인 패배를 맛

보게 될 것이 뻔하지만, 그래도 맞설 용기가 있다면 우리들의 제안을 즉각 받아들이라.

돈 까밀로는 현수막을 보자마자 비상대책위원회를 소집했다. 뽀 강 마을 사람들은 시시한 운동경기에도 굉장한 의미를 부여하고 있었기 때문에, 위원회에서는 절대 이 도발을 그냥 넘겨서는 안 된다는 데 의견 일치를 보았다.

그로부터 이틀 후, 거리마다 삼색의 현수막이 걸렸다.

무슨 말씀! 우리 '천하무적'이 '불도저' 따위를 두려워할 것 같은가. 우리는 예전보다 훨씬 더 강력하다. 패배한 다음에 찔찔 짜는 쪽은 '블도저'일 것이다.

두 팀의 기술 위원회가 한자리에 모여 시합 날짜와 연습 일정을 조율했다. 철통 같은 보안 속에 첫날은 천하무적 팀이 훈련을 시작했다.

다음 날 아침 축구장 앞 헤라클레스 동상의 발치에서 열한 개의 공이 발견되었다. 평범한 공 열 개와 그 네 배 정도 되는 크기의 공이 하나 더 있었다. 공에는 다음과 같은 내용이 적힌 쪽지가 붙어 있었다.

큰소리 탕탕 친 것에 비하면 어이없는 실력이로군. 여기 '천하무적' 의 기량을 향상시키기 위해 노력하라는 뜻에서 연습용 공을 선물한다. 특히 네 배 크기의 공은 반드시 센터포워드에게 줄 것.

사실 돈 까밀로가 가장 걱정하는 건 도무지 골을 넣을 줄 모르는 천하무적 팀의 센터포워드였다. 딱히 더 나은 선수를 구할 방도가 없는 것이 사실이었다. 그렇다고 돈 까밀로가 빼뽀네의 도발에 손 놓고 가만히 있을 위인이 아님은 분명했다.

다음 날 아침 빼뽀네 팀의 선수들이 첫 연습 시합을 하러 경기장에 도착했을 때에도 동상의 발치에 다음과 같은 설명이 달려 있는 금속 철망이 눈에 띄었다.

연신 공을 빠뜨려 먹어 대면서도 이기길 바란다니, 정말 웃긴다! 골대 앞에 둘러 두라는 뜻에서 '불도저' 에게 철망을 선물하네.

이 역시 정확한 지적이었다. 왜냐하면 천둥 팀의 약점은 바로 골키퍼였기 때문이다. 빼뽀네와 그의 선수들은 잔뜩 화가 나 한동안 연습에 제대로 집중할 수가 없었다.

시합 날이 다가올수록 마을의 젊은이들은 점점 이 축구시합에 열을 올리며 빠져들고 있었다. 어느 날 저녁, 간부회의에서 룬고는 빼뽀네의 말이 옳았음을 침울하게 인정했다.

"대장, 대장 생각이 맞았어요. 오늘 우리 젊은 당원들이 본당 신부 패거리들과 치고받으며 패싸움을 벌였답니다. 상대방 스물다섯 놈을 흠씬 두들겨 팼는데 우리 편은 털끝 하나 다친 사람이 없대요."

빼뽀네가 거들먹거리며 일장연설을 늘어놓았다.

"거 봐, 젊은 애들은 이런 식으로 다루는 거야. 걔들은 불붙은 섶이나 다름이 없어. 우리가 할 일이라고는 기름을 살짝 부어주는 것뿐이야. 아무튼 축구 덕택에 우리 청년 당원들이 자발적으로 망할 놈의 본당 신부 졸개들을 손봐주고 있다니 흐뭇하구먼 그래."

비밀훈련은 계속되었다. 제아무리 연습을 해도 두 팀의 기량은 연습 전과 똑같았다. 한 팀은 강한 공격에 비해 수비가 약했고, 또 다른 팀은 수비에 강한 대신 공격이 약했다.

"획기적인 선수 영입이 없는 한 이번 시합은 동점으로 비기는 걸로 끝이 날 거야. 언제나처럼 말이야."

돈 까밀로의 결론은 이랬다.

시합을 사흘 앞두고 새로운 사건이 벌어졌다. 기술위원장인 필로티가 숨을 헐떡이며 사제관으로 달려와 외쳤다.

"큰일 났소! 그자들이 골키퍼를 새로 뽑았답니다. 우리 팀 골키퍼보다 훨씬 더 훌륭한 선수로요."

"그럴 리가! 온 읍을 통틀어서 우리 골키퍼만한 선수는 없네."

돈 까밀로가 대답했다.

"다른 읍에서 데리고 왔답디다. 솔라냐 읍의 지졸라를 신부님도 잘 아시잖소."

"다른 읍의 선수를 데려올 수는 없잖아!"

돈 까밀로가 고함을 질렀다.

"그게, 그 녀석이 원래 여기 출신이래요. 지졸라의 아버지가 우리 읍에 속하는 토리첼라 마을 출신이라지요, 아마. 일거리를 주는 대가로 토리첼라에서 그를 데려왔대요. 두 시간 전쯤, 뻬뽀네가 직접 그의 이삿짐을 날라 주는 걸 본 사람이 있어요. 얼른 다른 수를 강구하지 않으면 이번 시합은 분명히 그들이 이길 겁니다."

필로티가 숨넘어가는 목소리로 말했다.

"신부님, 지졸라는 두말할 것 없는 최고 골키퍼예요. 우리가 동등한 경기를 펼치려면 카스텔비앙코의 폴레토 같은 센터포워드가 필요합니다. 어디 그 녀석을 데려올 방도가 없을까요?"

"몸값이 엄청날 텐데…."

돈 까밀로 역시 힘이 쭉 빠진 목소리였다.

"여기서 이러고저러고 해봐야 소용없지요. 설령 우리에게 돈이 있다고 해도 이 읍 출신인지 먼저 따져봐야 하니까."

필레티가 말했다.

"아담까지 따지고 올라가면 인간은 모두 같은 출신 아닌가!"

잠시 생각하던 돈 까밀로가 큰 소리로 단정지었다. 위원회가 급히 소집되었다. 그들은 잠시 망설이다가 결국 카스텔비앙코를 향해 출발했다. 세 시간 후 다시 돌아온 필레티가 돈 까밀로에게 설명했다.

"상황은 이래요. 폴레토는 지금 베나스카라는 사람의 정비공장에서 일하고 있는데, 일감이 자주 떨어져 생활이 여의치 않은 모양입니다. 고정적이고 안정된 일자리만 있다면 기꺼이 우리 편으로 옮겨올 준비가 돼 있다는 거죠. 부양할 가족이 없으니 어디에 살건 마찬가지랍니다. 문제는 그의 부모가 카스텔비앙코 출신이고 평생 그곳에서만 살았다는 거죠."

다음날 돈 까밀로는 어느 때보다 정신없이 바쁜 하루를 보냈다. 아침 9시에 필레티를 구슬러 농장의 트랙터 운전사로 폴레토를 채용하게끔 했고, 9시 15분에는 카스텔비앙코의 본당 교적부를 뒤지고 있는 중이었다.

결코 쉽지 않은 일이었다. 하지만 돈 까밀로는 기어이 다음과 같은 사실을 찾아내는 데 성공했다. 1757년에 카스텔비앙코 태생의 데솔리나 고치니라는 여자가 카스텔리나 출신의 주세페 프람바티와 결혼했다. 그는 카스텔비앙코의 프람바티 일가의 조상으로 '폴레토'라는 이름으로 알려진 아메데오 프람바티를 후손으로 두었다. 카스텔리나의 본당 교적부에는 주세페 프람바티의 세례식 기록이 남아있었다. 그리고 카스테리나는 빼뽀네의 공산당들이 관리하는 읍에 속하는 마을이니 문제 될 일은 전혀 없었다.

"눈에는 눈, 용병에는 용병이지!"

그날 저녁 회의에서 돈 까밀로가 단호히 말했다.

"우리가 지졸라를 감수해야 한다면 그들 역시 폴레토를 감당해야 할 것이다!"

드디어 시합날이 찾아왔다. 실로 역사적인 시합이었다. 두 명의 용병이 처음으로 참가한 시합이었기 때문이다. 폴레토는 불도저 팀의 골대를 향해 여섯 차례나 강한 슛을 날렸다. 하지만 상대편 골대 앞에는 거미손 골키퍼 지졸라가 있었다. 시합은 평소와 마찬가지로 끝났다. 동점으로 비겼던 것이다.

"신부님. 우리 골대 앞에 그쪽에서 준 철망을 치지 않고도 우린 공을 막았소."

시합이 끝나갈 무렵 뻬뽀네가 말했다.

"우리는 자네들이 대신 사용하라고 준 공 없이도 잘해냈지."

돈 까밀로가 대꾸했다.

"그 공을 되돌려 줄 테니 가져가게. 다음번 시합에서 이기려면 우리보다 자네들한테 그 공이 더 필요할 것 같으니까."

그날 저녁 사제관에서 경기에 대한 평가회가 있었다. 기술위원장인 필로티가 말했다.

"달라진 거라곤 아무것도 없었소. 애초 불도저 팀은 무게가 1킬로그램 나갔고 우리 천하무적 팀 역시 1킬로그램이었죠. 각각 1킬로그램짜리에 10그램씩이 똑같이 더해졌으니 결과가 똑같을 수밖에요."

"내가 한 번 따져봄세."

돈 까밀로가 말했다.

돈 까밀로는 찬장에서 놋쇠로 된 양팔 저울과 잔 두 개를 꺼냈다. 저울의 받침대 위에 잔들을 올려놓자 잠시 흔들거리다가 평형을 이루었다. 잔의 무게가 서로 똑같았기 때문이다.

"불도저 팀과 천하무적 팀이 바로 이런 상황이었지. 그리고 두 팀은 정확히 균형이 맞았네. 왜냐하면 그 나물에 그 밥이라 참가자가 똑같았으니 말이야."

돈 까밀로가 설명했다. 그는 서랍에서 백동전 하나를 꺼내 저울 받침대 위에 올려놓으며 다시 말했다.

"그런데 그쪽에서 저울에 이렇게 올려놓았지."

저울이 한쪽으로 가라앉았다. 돈 까밀로는 다시 서랍에서 다른 백동전 하나를 꺼냈다.

"그래서 우리도 똑같은 전략을 써먹었지."

그러고는 저울의 다른 받침 위에 동전을 올려놓았다.

"자, 그럼 결과는?"

돈 까밀로가 물었다. 필레티가 웃으며 대꾸했다.

"내 말이 바로 그겁니다, 신부님. 이쪽 1킬로그램에다 동전 하나를 더한 거나 저쪽 1킬로그램에다가 동전 하나 더한 거나 마찬가지 아닙니까? 저울은 여전히 균형을 유지하고 있잖아요."

그러자 돈 까밀로가 대답했다.

"그게 아니지. 상황이 근본적으로 달라졌어. 왜냐하면 전에는 처음 둔 잔은 원래 있던 곳에서 움직일 수 없지만 지금은 이렇게 할 수 있지."

돈 까밀로는 저울 받침 접시에서 동전 하나를 빼더니 다른 쪽에 올려놓았다.

"흠, 그럼 한마디로 요약해보겠네. A와 B는 항상 같은 값을 가지는 상수라고 하세. 만약 X값이 1이고 Y값 또한 1이라면 A 더하기 X는 B 더하기 Y와 항상 같지. 여기까지 이해되나? 이제 문제를 바꿔보지. A에 X와 Y를 함께 더하면 12가 되네. 반면에 B는 10일뿐이지. X와 Y는 수학에서 미지수라고 하네. 왜냐하면 식마다 어떻게 그 값이 정해질지 미리 알 수 없거든."

기술위원장과 다른 모든 사람은 당황스러워하며 돈 까밀로를 쳐다보았다.

"나, 나도 학교에서 배운 걸 기억하고 있어요. 하지만 문제는 미지수 값을 찾는 거라고 여겨지는데…."

필레티가 더듬거리며 말했다.

"바로 그거야."

돈 까밀로가 대꾸했다. 필레티는 고집이 센 데다 수학에 나름대로 일가견이 있는 인물이었다. 보름 후 그가 다시 나타났다.

"신부님, 미지수 값을 찾아냈습니다."

"그래, 얼만가?"

"카우보이 안장이 달린 175cc짜리 오토바이 한 대요. 전부 계산하면 25만 리라 정도입니다. 그리고 일자리도 보장해줘야 합니다. 일이 벌어지면 그쪽에서 지졸라를 내쫓아 버릴 테니까요."

돈 까밀로가 물었다.

"빼 올 방법은 있나?"

"이번엔 운이 좋았어요, 신부님. 지졸라는 다행히 아직 계약서에 서명하지 않았답니다. 그쪽 패거리들이 그를 거저 이용해 먹고 있는 셈이지요. 그는 자기가 받는 대우를 무척 씁쓸하게 여기고 있어요. 게다가 그는 신앙심이 돈독한 젊은이라서 하느님을 모르는 그쪽 패거리에 속해 있는 걸 달가워하지 않습니다. 심지어는 그쪽 당에 가입하라는 압력까지 받았다고 그러던 걸요. 아주 때를 잘 맞춘 거지요. 잘 지내느냐고 물었더니만 지졸라가 있는 속 없는 속을 다 털어놓더군요. 그래서 적당한 순간에 적당한 제안을 던져 낚아오기로 한 거죠."

재경기가 시작되려면 아직 한 달가량 여유가 남아 있었다. 그러나 돈 까밀로는 쇠뿔도 단김에 빼라는 속담을 굳게 믿고 있는 사람이었다. 그는 순식간에 오토바이를 구입할 돈을 마련한 다음, 바로 지졸라와 약속을 잡았다. 아무도 모르게 일을 진행하기 위해 도시에서 만남을 가졌고 변호사의 공인 아래 계약이 성립되었다.

"내 생각에 자넨 요즘 보기 드문 훌륭한 젊은이 같네. 한 가지 자네가 알아두었으면 하는 게 있어. 혹시라도 죄책감이 든다면 자네를 다시 솔라냐로 되돌려보내 주겠네. 물론 시합이 끝나고 말이야. 그리고 다른 사람들은 신경 쓰지 말게. 그런 자질구레한 문제는 몽땅 우리에게 맡기라고. 오토바이는 계약대로 시합 보름 전 변호사가 자네에게 넘겨줄 걸세."

대담한 영입 계획에 서명을 마치고 난 돈 까밀로가 큰 소리로 선언했다.

"두고 보자, 뻬뽀네. 이제 게임은 모두 끝났어!"

불도저 팀은 이제 폴레토의 강슛과 지졸라의 철통 같은 거미손에 박살날 일만 남아있었다.

그날 저녁 돈 까밀로는 제단 앞을 종종걸음으로 지나가고 있었다. 갑자기 예수님의 목소리가 그를 붙잡았다.

"돈 까밀로, 무얼 그리 서두르는 게냐?"

"예수님, 서두르는 게 아니고 피곤해서 그렇습니다. 요즘 무척 바빴거든요."

돈 까밀로가 대답했다.

"무슨 일로? 거참 이상하구나, 평소보다 더 많은 세례식이나 혼배성사가 있었다면 내가 몰랐을 리가 없지 않느냐. 네가 보살피는 양떼들도 모두 더할 나위 없이 건강했던 것 같은데."

"아, 그건 축구시합 때문입니다. 젊은이들을 유혹에서 멀리 떨어져 있도록 하려면 그들의 관심을 스포츠로 돌려야 할 필요가 있거든요."

돈 까밀로가 설명했다.

"그래, 그 얘기는 여러 번 들었지. 그때마다 넌 열을 올리지 않았느냐, 나까지 빠져들 정도로 말이다. 이번엔 시합 결과가 우리 팀에 유리할 거라고 보느냐?"

"그럼요, 예수님! 우리 팀은 그들을 박살 낼 겁니다. 폴레토 같은 공격수가 차 넣는 멋진 슈팅을 뻬뽀네 팀에서 감히 누가 막겠습니까!"

돈 까밀로가 흥분해서 외쳤다.

"지난번에는 막지 않았느냐. 상대 팀의 새 골키퍼가 말이다."

"그땐 그랬죠. 하지만 이제는 그도 우리 편인데 무슨 수로 막을 수 있겠습니까!"

돈 까밀로는 자기도 모르게 내뱉은 말에 흠칫 놀라 급히 입을 다물었다. 그러나 후회하기엔 이미 늦었다. 지나친 열정이 그를 배신한 뒤였다.

"돈 까밀로, 도대체 무슨 꿍꿍이를 꾸미고 있느냐?"

예수님이 물으셨다.

"아무것도요, 예수님! 게다가 이 음모는 뻬뽀네가 먼저 꾸몄습니다. 만일 그가 우리 읍하고 아무 관계도 없는 용병 선수를 사들이지 않았더라면 우리도 절대 폴레토를 끌어오지 않았을 겁니다. 뻬뽀네의 용병이 자발적인 의지로 우리 편으로 오고 싶다는 데 왜 우리가 그 제안을 거부해야 합니까. 예수님, 이건 즐기자고 하는 장난일 뿐입니다."

예수님께서 한숨을 내쉬셨다.

"돈 까밀로, 주사위 놀음도 장난에 지나지 않는다. 그러나 너는 악마의 주사위를 가지고 하는 노름을 그냥 장난이라고 할 수 있겠느냐? 잘 들어라. 굳이 강도, 강간, 살인 같은 범죄를 저지르지 않아도 인간은 교만이라는 작은 실수를 통해서 얼마든지 악의 구렁텅이에 빠질 수 있느니라. 자신의 주님을 속이겠다는 환상을 품는 작자보다 더 어리석은 이는 없다. 교만한 자는 그저 자신의 미래를 담보로 자기 자신을 기만하고 있는 것이지."

"예수님, 제가 그토록 용납할 수 없는 죄를 지었습니까? 이건 너무 억울합니다."

돈 까밀로가 볼멘소리를 했다.

"아들아, 하느님의 성전을 짓는 데는 절대로 지옥의 진흙으로 만든 벽돌을 사용하지 말아야 한다. 단 한 장도 말이다. 선과 악은 물과 기름과 같아 결코 악한 것이 선이 될 수 없느니라. 너도 그걸 잘 알지 않느냐. 자, 이제 그만 물러가거라. 아직 네 축구팀 선수들을 위해 할 일이 많이 남아있을 테니 말이다."

"예수님…, 조금 전에는 '우리' 팀이라고 말씀하셨으면서…."

돈 까밀로가 부루퉁한 목소리로 말했다.

"너희 팀의 새로운 선수는 계산에 넣지 않았노라."

예수님이 미소를 지으며 대답하셨다.

시합을 일주일 앞두고 결국 폭탄이 터졌다. 뻬뽀네는 잔뜩 흥분해 새빨개진 얼굴로 사제관으로 들이닥쳤다. 그는 구겨진 신문을 돈 까밀로의 책상 위로 내던지며 으르렁거렸다.

"이 교활한 신부 같으니! 당장 이 지저분한 사건의 전말을 해명해 보시오."

"뭐가 지저분하다는 건가? 난 통 모르겠군. 어디 보자, 모레 시합에 뛸 양측 선수들의 명단이 실린 기사가 있고…. 아, 이번에 자네가 내놓기로 한 정치 선전물을 말하는 거로군?"

신문을 펼친 뒤 돈 까밀로가 대꾸했다.

"그 명단 말이오! 신부님네 팀이 우리 골키퍼를 훔쳐갔잖소."

"읍장 동무, 용병은 더 많은 돈을 지불하는 사람에게 자신의 재주를 팔게 마련이지. 이것 봐, 용병을 시합에 끌어들인 사람은 자네 아닌가. 반칙한 걸로 치면 자네가 먼저라고! 자기가 불장난을 하다가 손을 덴 걸 가지고 남의 탓을 해서는 안 되지. 쯧쯧…."

"우리가 지졸라를 데려왔을 때 신부님도 폴레토를 끌어들였소. 그건 그쪽에서도 이 장난에 동의했다는 뜻이오. 그래놓고 이제 와서 지졸라를 우리한테서 빼내 가는 건 반칙이오!"

"나는 아무것도 훔치지 않았네. 지졸라가 자네 팀하고 잘 맞지 않은 것 같아 우리에게 오면 어떻겠냐고 제안했을 뿐이야. 정당한 거래지. 필요로 하는 사람에게 물건을 내놓으면 그 사람은 물건을 구입하기 마련이니까."

돈 까밀로가 대답했다.

"훔친 물건을 사는 사람은 장사꾼이 아니라 장물아비요!"

뻬뽀네가 단호하게 말했다.

"그는 자네들 계약서에 서명도 안 했던걸. 우리는 적법한 절차를 밟아 계약한 걸세, 훔친 게 아니고. 확인해보고 싶다면 변호사의 주소를 알려주겠네."

돈 까밀로가 설명했다. 뻬뽀네가 으르렁대며 말했다.

"좋소. 그럼 우리가 그 용병을 다시 사겠소. 몸값이 얼마요?"

돈 까밀로는 지옥의 흙으로 만든 벽돌과 악마의 주사위 이야기를 기억해 냈다.

"들인 비용에다 단 한 푼도 더하지 않은 금액일세."

돈 까밀로가 대꾸했다. 그는 서랍에서 오토바이 대금 영수증을 꺼내 뻬뽀네에게 내밀었다. 뻬뽀네가 종이를 받아 흘끗 보더니 신음을 내뱉었다.

"으음, 녀석에게도 오토바이를…!"

돈 까밀로가 그를 응시했다.

"녀석에게도라니 누구?"

돈 까밀로가 물었다.

"…지졸라요."

뻬뽀네가 중얼거렸다.

"지졸라 말고. '에게도' 라고 한 건 뭔가? 이봐 뻬뽀네 동지, 분명하게 이야기 해보라고."

당황한 뻬뽀네는 잠시 머뭇거리더니 호주머니에서 종이 한 장을 꺼내 돈 까밀로에게 내밀었다. 돈 까밀로가 내밀었던 대금 영수증과 똑같은 것이었다. 수령인 이름만 틀리고 말이다.

오토바이 모델명, 배기량 그리고 가격까지 똑같았다.

"아니, 이런."

돈 까밀로가 벌떡 일어서며 소리쳤다.

"애초부터 나를 함정에 빠뜨릴 작정이었구먼…."

"한 가지 문제는 또 다른 문제를 일으키게 마련이올시다."

뻬뽀네가 그의 말을 잘랐다.

"신부님이 방금 말하지 않았소. 정당한 장사라고. 필요로 하는 사람에게 물건을 내놓으면 그 사람은 물건을 구입하게 마련이라고."

"그러니까 자네는 폴레토를 끌어들이고 나서는 둘 다 갖고 싶어 지졸라까지 다시 사들일 속셈이었군!"

"장사란 게 원래 그런 거요. 사고팔고 다시 사들이는 것까지 다해서 장사란 말이지. 아무튼 이 얘기는 이제 충분히 했으니 그만둡시다. 신부님은 폴레토를 다시 사들이고 우린 지졸라를 다시 사들이면 될 거 아뇨. 그럼 얘기 끝이요. 이제 모든 게 처음처럼 될 테니 아무 일도 없었던 걸로 칩시다."

뻬뽀네가 결론지었다.

돈 까밀로는 고개를 저었다.

"처음이랑 같다니! 난 이것 때문에 현금으로 25만 리라까지 지불했어."

대화에 열중한 탓에 뻬뽀네 또한 잊고 있었다. 그 역시 25만 리라를 쏟아 부었던 것이다. 사실을 기억해 낸 뻬뽀네는 화가 치밀어 얼굴이 시뻘게졌지만 곧 진정했다.

“우리 둘 다 똑같이 속임수를 썼으니 각자 자기 몫을 치릅시다. 어쨌든 중요한 건 다시 똑같아졌다는 사실이오.”

찬장에서 저울을 꺼내며 돈 까밀로가 말했다.

“그럼, 처음부터 어디 한번 따져보세.”

돈 까밀로는 손잡이가 달린 커다란 컵 하나씩을 저울 위에 올려놓았다.

“이건 ‘천하무적’, 이건 ‘불도저’.”

이번에는 동전 하나를 ‘불도저’라고 명한 잔 옆에 올려놓으며 말했다.

“요건 지졸라.”

다른 동전을 ‘천하무적’이라고 칭한 잔 옆에 올려놓아 저울의 균형을 맞추며 말했다.

“요건 폴레토.”

“도대체 저울로 뭘 하자는 거요?”

뻬뽀네가 어리둥절한 기색으로 물었다. 돈 까밀로는 ‘불도저’ 잔 옆에 뻬뽀네의 대금 영수증을, ‘천하무적’ 잔 옆에 자신의 대금 영수증을 올려놓았다. 돈 까밀로가 마지막으로 양쪽 저울 접시에서 두 개의 대금 영수증과 동전들을 집어 올리자 저울은 그 위에 단지 두 개의 잔을 남긴 채로 평형을 이루었다.

뻬뽀네는 돈 까밀로가 하는 행동을 가만히 들여다보았다. 갑자기 뻬뽀네의 두 눈이 반짝거리며 빛났다.

지졸라는 폴레토와 같이 카드놀이를 하느라 열을 올리고 있었다. 갑자기 뻬뽀네와 돈 까밀로가 앞에 나타나자 두 젊은이는 깜짝 놀라 죽은 사람처럼 창백한 얼굴이 되었다.

"뭐, 별로 나쁜 생각은 아니었어."

돈 까밀로가 외투를 벗으며 인정했다.

"이쪽 팀에서 뛰건 저쪽 팀에서 뛰건 자네들한테야 별 상관이 없었겠지. 최신형 오토바이가 생기니까 말이야. 그런데 나쁜 생각은 아니었지만 좋은 생각도 아니었네."

각자 본능에 따라 행동할 수밖에 없었다. 돈 까밀로는 폴레토를 손봐주었고 뻬뽀네는 지졸라를 손봐주었다. 그리곤 일이 이중으로 된 것을 고려해서 돈 까밀로는 다시 지졸라를 그리고 뻬뽀네는 폴레토를 흠씬 두들겼다.

두 젊은 용병들은 수입인지까지 포함한 계약서를 잘근잘근 씹어 삼켜야만 했다. 모든 조치가 끝난 뒤 마지막으로 뻬뽀네가 경고했다.

"내일 정오까지 우리 읍 관할 밖으로 꺼지지 않으면 엉덩이에 구둣발자국을 선명하게 새겨주겠다."

더는 말이 필요 없었다. 한 시간 뒤, 돈 까밀로와 뻬뽀네는 트럭을 타고 마을로 돌아왔다. 그들의 손은 얼얼했지만 그에 대한 보답으로 트럭 뒤에 각각 25만 리라에 해당하는 최신형 오토바이가 실려 있었다.

이제 오토바이를 어떻게 처리할지가 문제였다. 한바탕 주먹을 쓴 뒤에도 여전히 분이 풀리지 않은 빼뽀네가 과격한 해결책을 제안했다.

"우리 둘이 오토바이를 타고 시합을 한 판 합시다. 먼저 도착하는 사람이 둘 다 갖기로 하고."

"자네랑 오토바이 경주를? 차라리 카드놀이를 하지."

두 사람이 머리를 맞대고 의논한 결과, 적당한 타협안을 찾았다. 공설 운동장을 정리하기 위한 경품대회를 읍이 주최하고 불도저 팀과 천하무적 팀이 경품으로 각각 오토바이를 제공키로 한 것이다.

마침 밤 11시를 알리는 종이 울렸다.

"그럼 휴전이오."

빼뽀네가 입을 삐쭉 내밀며 말했다.

"그래, 휴전이야."

어두운 표정의 돈 까밀로 역시 동의했다.

돈 까밀로는 성당으로 돌아가 제대 위의 예수님 앞에 무릎을 꿇었다.

"예수님, 주님의 집 담장에서 지옥의 진흙으로 만든 벽돌이 떨어져 나갔습니다."

"너의 주먹으로 말이냐?"

예수님이 속삭이셨다.

"예수님, 다른 도구를 사용하진 않았으니 그냥 눈 감아 주시면…."

돈 까밀로가 변명했다.

"아버지 하느님께서 너를 용서하실만한 도구를 사용했기를."

예수님이 돈 까밀로를 용서하셨다.

불도저 팀과 천하무적 팀은 정해진 날짜에 만나 치열한 접전을 치렀다. 경기가 끝나가도록 동점 상황에는 변화가 없었다. 하지만 시합이 끝나기 직전, 하느님만이 아시는 방법으로 천하무적 팀의 센터포워드가 찬 공이 불도저 팀의 골대 안으로 빨려 들어갔다. 사람들은 미친 듯이 열광했다.

"자네 조언이 우리한테 많은 도움이 됐네. 자네 팀이 금속 철망을 활용하지 않은 덕도 있지만…."

돈 까밀로가 말했다.

시합이 끝나자마자 룬고가 이끄는 젊은이들과 성당 청년들이 얽혀 서로를 열심히 두들겨 패기 시작했다. 뻬뽀네는 축구 시합의 패배로 마음이 심란했지만 이 신 나는 패싸움 덕분에 다소나마 위안을 얻을 수 있었다.

뻬뽀네가 아무 말이 없자 돈 까밀로가 위로하려는 듯 말했다.

"너무 괴로워하지 말게나, 읍장 동지. 자네 팀이 이기는 날이 있으면 우리 팀이 이기는 날도 있는 거지."

"지금 내 표정을 보고 말씀하슈."

뻬뽀네가 이를 악물었다.

"그런데 여보게, 뻬뽀네."

돈 까밀로가 만면에 웃음을 띠며 말했다.

"자네는 말이야, 인상 쓸 때가 더 멋있다네."

뻬뽀네는 하도 어이가 없어 피식 웃었다. 하기야, 옛말에도 승패는 병가지상사라고 했으니까 말이다.

꼬마 신사

치노 안젤리노는 불과 일곱 살이란 어린 나이에 고아가 되었다. 인간으로서 참기 어려운 고통엔 여러 종류가 있지만, 그 무엇도 처절한 배고픔만큼 사람을 절망에 빠뜨리는 것은 없다.

그처럼 어린 나이에 치노가 남의 밑에 들어가 일을 시작했던 이유는 바로 굶주리지 않기 위해서였다. 그렇다고 해서 닥치는 대로 아무렇게나 살았던 것은 아니다. 그는 항상 깨끗한 일, 말하자면 심하게 손을 더럽히지 않으면서도 빵 몇 조각과 제대로 된 음료를 마실 수 있을 만한 일들을 했다.

치노는 약국의 심부름꾼과 재단사의 조수를 거쳐, 잠시 이발

관에서 일을 하기도 했다. 그가 마지막으로 정착한 직업이 바로 전기 기술자였는데, 우직하고 성실하게 일한 덕분에 불과 열여덟 살의 나이에 숙련된 전기공 대접을 받고 있었다.

치노는 지독할 정도로 깔끔을 떨었다. 주머니가 더러워진다며 담배 대신 석류 시럽이나 박하향 캐러멜을 입에 물고 다녔고, 작업복도 언제나 티끌 한 점 없이 깨끗하게 빨아 다려 입었다. 그래서 마을 사람들은 그에게 '꼬마 신사'라는 별명을 붙여 주었다.

치노는 사람들에게 놀림 받는 것을 아주 싫어했다. 그는 누군가 자신을 비웃으면 주먹을 휘둘러 때려눕히고 나서야 만족해했다.

뻬뽀네 부하들은 사소한 시비에도 툭하면 싸움질을 일삼았지만, 치노는 특히 그 정도가 심했다. 주먹에 자신이 없다면 치노 앞에서는 행여 농담 한마디를 던지더라도 몸을 사려가며 하는 편이 신상에 좋았다.

그런 그도 맥을 못 쓰고 쩔쩔매는 사람이 하나 있었는데, 그것은 바로 이리스 톨리니였다. 그녀는 치노의 유일한 약점이었다. 하긴, 이리스처럼 아름다운 소녀라면 목숨을 걸고라도 절벽에 핀 꽃을 꺾어다 바칠 남자들이 주위에 우글우글하게 마련이니, 어쩌면 당연한 이치일는지도 모른다.

아무튼 치노가 이리스 톨리니를 대하는 태도는 어찌나 유별났는지, 마을 사람들은 모이기만 하면 그들의 시시콜콜한 연애

이야기를 두고 입방아를 찧었다. 정작 치노 앞에서는 찍소리도 못 하면서도 말이다.

"지가 무슨 귀족인 줄 아나 봐. 이리스한테 진짜 스위스 시계를 선물했다던데…."

"언젠가는 이리스에게 장미꽃을 갖다 바치던걸…."

"파리에서 수입한 비싼 향수도 보냈다지, 아마."

"영화에서처럼 '이리스, 제발….' 이러면서 난리더라니까…."

그러나 꼬마 신사 치노는 심각했다. 그는 사람들이 뒤에서 뭐라고 흉을 보든 말든 개의치 않고 자신의 사랑을 지켜나가는 일에만 열중했다. 사람들은 그래서 더 심술궂은 말로 그를 헐뜯었다.

언젠가 뻬뽀네가 그에게 이렇게 물은 적이 있다.

"이봐 치노, 요즘 자네 태도를 보면 석연치 않은 점이 있어. 이리스의 환심을 사려고 선물 공세를 펼치고 있다며? 그게 우리 프롤레타리아 혁명 동지들이 연애하는 방식인가? 내가 보기에는 부르주아들이 하는 연애랑 별로 달라 보이지 않는데…."

"남이야 전봇대로 이빨을 쑤시든 말든…. 막말로 대장, 그게 그렇게 중요합니까? 부르주아들은 사람들을 착취해서 얻은 돈으로 사랑을 사들이려는 거지만, 나는 그렇지 않아요. 전부 마음으로부터 우러나오는 자연스러운 행동일 뿐이라고요."

옆에서 듣고 있던 스미르초가 낄낄거리며 비웃었다.

"이 친구, 이리스에게 정말 단단히 빠졌구먼. 그렇게 물러터져서야 어떻게 혁명을 할 수 있겠어?"

치노는 침착한 목소리로 대꾸했다.

"앞으로 두고 보시죠. 정말 총을 겨누어야 할 때가 되면 누가 더 총을 잘 쏘는지 보게 될 겁니다. 난 말로만 혁명을 이야기하는 사람들하고는 다르니까."

치노가 냉정함을 잃어버리는 경우는 아주 드물었다. 브루스코나 스미르초처럼 당에 충성스러운 동지들은 물론이고, 심지어 뻬뽀네조차 그가 냉정함을 잃게 만들지는 못했다. 그러던 어느 날, 치노가 냉정함을 잃어버리는 사건이 일어났다. 징병검사에 참석하라는 통지서가 날아들었던 날 저녁에 벌어진 일이었다.

그날 저녁 몰리네토의 주점에는 사람들이 바글바글 들끓었는데 뻬뽀네와 그 일당들이 가장 좋은 자리를 차지하고 있었다. 치노가 들어와 자리에 앉더니 늘 마시던 포도주를 주문했다.

뻬뽀네는 갑자기 장난기가 발동해 스미르초를 향해슬쩍 왼쪽 눈을 찡긋했다. 그러자 스미르초가 긴 한숨을 내쉬며 입을 열기 시작했다.

"이제 누가 이리스에게 파리에서 사온 향수를 갖다 바치려나? 누가 그녀에게 꽃다발을 안겨주려나? 누가 그녀에게 꿀처럼 달콤한 말들을 속삭이려나?"

치노가 스미르초를 노려보며 으르렁거렸다.

"닥쳐! 당장 그만두지 않으면 가만있지 않겠어!"

그러자 사람들은 치노에게 웃음 섞인 야유를 보냈다. 다들 그에게 절망에 빠진 표정은 집어치우라고 소리쳤다. 그러고는 그의 앞날을 위해 건배를 제의했다.

빼뽀네가 조심스레 말했다.

"아마 시칠리아나 사르데냐에서 군 복무를 할 텐데… 이제 상황 끝이야. 왜, 옛말에도 그런 말이 있잖아. 눈에서 멀어지면 마음에서도 멀어진다고. 자네가 떠나고 나면 수작을 걸고 싶어 안달 났던 수많은 놈팡이들이 그녀에게 몰려들겠지. 그냥 포기하게. 여자는 얼마든지 있으니까. 제대할 때쯤이면 자네도 내 말을 수긍하게 될걸."

빼뽀네는 포도주로 가득 찬 잔을 그의 코끝에 내밀었다.

"자, 쭉 들이키고 다 잊어버리게."

사람들은 한목소리로 '병사의 노래'를 부르기 시작했다.

매일 아침 너를 깨우는 건
더 이상 아름다운 그녀가 아니야
나팔수가 너를 깨우겠지
나팔수가 너를 깨우겠지

꼬마 신사는 단숨에 잔을 비웠다. 그리고 다시 한 잔, 두 잔,

순식간에 석 잔을 더 목구멍에 들이부었다. 돌부처처럼 딱딱하게 굳어있던 그가 갑자기 벌떡 일어나더니 분노의 괴성을 질렀다. 아주 짧은 시간 사이에 벌어진 일이었다.

"난 안 갈 거야!"

치노는 잔을 움켜쥐었다. 그러고 나서 오른손으로 잔을 들어 테이블을 짚고 있던 왼손 등을 잔인하게 내리찍었다. 유리잔은 산산조각이 났고 왼손에는 피가 흥건했다.

주점 안에 있던 모든 사람이 싸늘하게 얼어붙었다. 너무 순간적으로 일어난 일이라 무엇을 해야 좋을지 누구도 판단을 내리지 못하고 있었다.

그때 적막을 깨뜨리며 누군가 치노의 어깨를 잡았다. 뻬뽀네였다. 그는 치노의 왼손을 들어 올린 다음 포도주를 붓고 냅킨으로 감아주었다. 그러고는 주위를 둘러보았다.

"잠깐! 지금 여기 누가 있는지, 난 한 명 한 명을 다 알아."

뻬뽀네가 낮은 목소리로 말했다.

"게다가 나는 기억력도 좋아. 여기 있는 사람들은 지금 아무것도 못 본 거야. 아무 일도 일어나지 않았던 거라고. 무슨 말인지 알아듣겠지?"

모두 고개를 끄덕였다. 그리곤 아무 일도 없었다는 듯이 테이블에 앉아 계속 카드놀이를 하거나 들고 있던 잔들을 비우기 시작했다. 치노는 곧바로 뻬뽀네의 작업장으로 옮겨졌고 의사가 불려왔다.

빼뽀네가 말했다.

"이 친구가 나와 함께 트럭의 실린더 블록을 끼우고 있었는데 말이야, 갑자기 도르래 체인이 끊어지면서 손이 그 밑에 깔려버렸다네, 의사 선생."

의사는 주사를 놓고 손에 붕대를 감으며 말했다.

"때로는 젊음이 기적을 일으키기도 하죠. 걱정 안 하셔도 됩니다. 이런 일이 사십 넘은 사람에게 벌어졌더라면 더는 손을 쓸 수 없었을지도 모르지만요."

작업장에는 빼뽀네와 치노만이 남게 되었다.

"이런 멍청이! 손 하나 절단낼 용기가 있다면 차라리 군대엘 가버려. 이런 무모한 짓을 벌일 용기만 있다면 무슨 일이든지 할 수 있다고."

치노는 고개를 떨구며 말했다.

"쳇, 나는 가고 싶지 않아요! 대장은 나한테 입이 열 개라도 할 말 없어요. 항상 군 복무에 대해 격렬히 반대했으니까. 군복무를 거부해야 한다고 천 번도 넘게 말했잖아요."

"생각했던 것보다 훨씬 멍청한 녀석이로군."

빼뽀네가 대답했다.

"내가 언제 노동자를 착취하는 자본가를 모두 없애버리자고 주장하던가? 자본가가 노동자를 계속 착취하면 노동자들의 생존을 위해 자본가들을 쓸어버릴 수도 있다고 경고한 적이 있었을 뿐이지."

빼뽀네는 울컥하는 심정으로 말을 쏟아냈다.

"평화를 지키고 전쟁에 반대해 싸울 필요가 있다고 말하는 게 다른 사람들에게 귀찮은 일을 떠넘기고 전쟁에 나가는 걸 모면할 방법을 찾으란 소리 같애? 자네는 그냥 이기주의자일 뿐이야. 정당한 이유도 없이 여자 치마폭 뒤에 숨어 칭얼거리는 애송이일 뿐이라고. 어서 내 눈앞에서 썩 꺼져!"

밖으로 나선 치노는 인적 없는 거리를 혼자 걸었다. 이리스의 집 앞도 그냥 지나쳤다. 밤 1시에 잠자리에 누웠으나 2시가 되도록 잠들지 못하고 뒤척였다. 자리를 털고 일어난 그는 잠시 망설이다가 무엇에 홀린 듯 여행가방 안에 옷가지를 몇 벌 던져 넣고 밖으로 나가 기차역으로 달려갔다.

아직 징병검사는 사흘이나 남아 있었다. 도시로 간 그는 허름한 여관에 방을 얻고 틀어박혔다. 그리고 사흘이 지나 관할 지역 징병검사소로 향했다.

치노는 다른 젊은이들과 함께 신체검사를 받기 위해 옷을 벗었다. 손의 통증은 더욱 심해져만 가고 있었다. 식은땀이 났다. 왠지 당장에라도 무슨 일이 생길 것 같은 불안한 예감이 자꾸만 들었다.

손에 징집영장을 든 하사관이 치노의 손을 한참 들여다보더니 군의관과 짧은 얘기를 주고받았다. 치노는 자신의 붕대 감은 손을 흘깃 바라보았다. 하사관이 그의 팔을 잡고 나이 지긋한 연대장 앞으로 데려갔다.

"흠, 자네가 군 복무를 거부한다는 바로 그 젊은이로군…."

치노는 이를 악물었다. 어느 입 싼 작자가 벌써 소문을 냈던 것이다. 그는 흔들림 없는 목소리로 대답했다.

"아닙니다. 전 다른 사람들처럼 군복무를 하고 싶습니다."

"좋아. 그런데 그 손은 뭔가?"

치노가 대꾸했다.

"아무 것도 아닙니다. 일하다 다쳤지만 지금은 괜찮습니다."

연대장은 알았다는 듯 고개를 끄덕였다.

"어디 한번 보세."

"괜찮습니다. 이제 잘 움직일 수 있습니다."

정말 고통스러운 일이었다. 하지만 그는 죽을 힘을 다해 옆에 있는 의자의 등받이를 손으로 움켜잡았다. 그리고 손목의 힘으로 들어 올려 한참을 그대로 들고 있었다.

연대장이 치노를 바라보았다. 그는 자리에서 일어나 치노의 앞에 버티고 섰다.

"훌륭해. 더 이상 볼 필요가 없겠어. 하지만 나가기 전에 새로 붕대를 감게. 피가 흐르고 있어."

연대장은 시가에 불을 붙여 몇 모금을 피웠다.

"병을 앓은 적이 없나, 젊은이?"

"없습니다."

"어떤 종류의 질환도 앓은 적이 없고?"

"네, 전혀."

연대장은 자리로 돌아와 앉더니 호출 버튼을 눌렀다. 흰 가운을 입은 병사가 하나 달려왔다.

"의무대장에게 데려가게. 신체검사를 마치면 즉각 보고하라. 엑스레이도 찍고."

의무병은 치노에게 따라오라는 손짓을 했다. 하지만 치노는 자리에서 꼼짝도 않고 고개를 저을 뿐이었다.

그는 괴로워하며 큰 소리로 말했다.

"연대장님, 아무 이상 없습니다. 어디 이상이 있다면 제가 먼저 말했을 겁니다. 군복무가 무슨 벼슬이라고 거짓말을 하겠습니까? 안 해도 된다면 기꺼이 안 하지요. 전 아무 병도 없습니다!"

연대장이 병사에게 손짓을 했다. 병사는 치노의 어깨를 붙잡고 데려가 엑스레이를 찍었다. 촬영을 끝낸 뒤 치노는 흰 가운을 입은 병사가 다시 모습을 나타낼 때까지 대기실에 앉아 있었다. 잠시 후 의무병이 커다란 엑스레이 사진을 들고 돌아왔다.

"한쪽 폐가 완전히 망가졌군. 그리고 다른 쪽도 역시 심하게 병들어 있고 말이야."

연대장이 말했다.

"그럴 리가 없습니다!"

치노가 소리쳤다.

"사실이네. 왜 치료를 받지 않았나?"

연대장이 물었다. 치노는 힘없이 중얼거렸다.

"저더러 어쩌란 말입니까. 치료를 받으면 모두 내 병을 알게 될 테고, 마을 사람들은… 그리고 그녀는…."

"그렇군, 그녀가 문제였군. 그녀가 알게 되면 자네와 헤어진다고 할까 봐 그랬군. 그녀가 이 사실을 모르면 자네와 결혼할 수 있을 테니까!"

연대장이 중얼거렸다.

"그렇지 않아요. 내가 원했다면 작년에, 아니 재작년에라도 이미 결혼했을 겁니다. 이건 다른 얘기예요. 전혀 다른 얘기라고요!"

치노는 심하게 흥분해서 몸부림쳤다. 그 서슬에 손의 붕대가 풀려나갔다. 연대장은 의무병을 불러 그의 손에 붕대를 다시 감아주라고 지시했다.

"왜 자해했나? 이러면 자넬 전역시킬 줄 알았나?"

연대장이 물었다.

"나를 전역시키면 모두 손 때문에 그런 줄 알 테니까요."

"반대로 자네를 감옥에 집어넣을 수도 있지 않나?"

치노는 생각에 잠겼다.

"감옥에…. 감옥에 들어가도 좋아요…. 병역기피로 감옥에 간다면 그녀는 나를 떠나지 않을 거예요…. 감옥에서도 다른 어디에서나처럼 시간은 흐를 테니까, 이리스가 나를 버리기 전에 죽음을 맞이할 수 있겠지요."

치노는 어느새 고집 세고 냉정한 꼬마 신사로 다시 돌아와 있었다.

"연대장님, 전 죽어가고 있습니다."

그가 부르짖었다.

"어차피 사형 선고를 받은 몸, 그녀가 제 병을 몰랐으면 좋겠습니다. 그녀의 부모님이 우리에게 헤어지라고 강요할 게 뻔하니까요. 전 가족이라곤 한 번도 가진 적이 없습니다. 그녀만이 유일한 저의 사람입니다. 그래요. 저는 병을 갖고 있고, 곧 죽을 목숨이란 것도 잘 알고 있어요. 그렇기에 저는 그녀와 결혼하진 않을 겁니다. 다만 제가 살아있는 동안만이라도 그녀가 제 곁에 머무를 수만 있다면…. 그게 그렇게 큰 욕심인가요? 그녀와 헤어지고 싶지 않습니다. 감옥이든, 군대든, 아니면 전역이든 상관없어요. 그녀가 제 병을 알지 못하게 해 주십시오."

연대장은 결단을 내리지 못하고 망설였다. 시가에서는 더 이상 아무런 맛도 나지 않았다.

"손을 다친 것만으로는 전역 사유가 되지 않는다는 걸 다들 알고 있네. 사람들은 자네의 전역사유에 대해 의심할 거야."

"그렇다면 차라리 군복을 입고 죽게 해주세요, 제발. 지뢰 제거 같은 위험한 임무가 있다면 항상 제가 선두에 서겠습니다. 어차피 남은 폐도 얼마 안 가 작동을 멈출 테니…."

연대장은 시가를 내던졌다.

"그런 결심이라면 좋아. 하지만 군복무 적격자로 판정받고 나서 또 다른 핑계를 대는 건 아니겠지? 그러면 나는 자넬 그냥 두지 않을 걸세!"

"아니요, 절대 그러지 않겠습니다. 영원한 휴가를 떠나야 하는 순간이 오면 그녀에게 사실을 털어놓고 용서를 구해야 할 테지만…."

연대장은 엑스레이 촬영 사진과 징집영장을 찢어 휴지통에 던져버리며 밖이 다 들리도록 큰 소리로 외쳤다.

"합격! 자네는 군복무 적격자일세."

종지기

별안간 떠오른 한 가지 생각 때문에 그는 몹시 신경이 쓰였다. '이제 석 달만 지나면 내 나이가 벌써 쉰이네. 사람은 누구나 자기 나이와 책임에 걸맞은 얼굴을 하고 있다는데….'

새삼, 반세기를 살아온 남자는 과연 어떤 모습을 하고 있을까 하는 호기심이 일었다. 그는 고개를 살짝 돌려 백미러를 쳐다보았다.

매일 아침 면도를 하며 수천 번도 더 넘게 보아온 친숙한 그 얼굴은 성공한 사업가의 얼굴이지 결코 진정한 자신의 얼굴이 아니었다.

오늘까지 적어도 20년 동안, 그는 매일 아침 기업 총수의 면도를 하고, 총수에게 한 잔의 커피를 가져다 바치고, 총수를 승용차에 태워 회사에 데려다 주었다. 회사에 도착하면 총수의 책상에 자리를 잡고 앉아 오후 1시까지 성실하게 총수의 업무를 보았으며, 식당에서 간단한 점식식사를 서둘러 마친 뒤에는 다시 총수의 일을 계속했다. 또한 매일 저녁 총수를 다시 집으로 데려다 주고 총수의 아내와 아이들과 함께 저녁상에 앉아 저녁을 먹고 이야기를 들었다.

그가 탄 승용차가 급정거했다. 생각에 몰두하느라 사거리 신호등의 빨간불이 켜지는 것을 미처 알아채지 못했던 것이다. 최고급 승용차에 달린 뛰어난 성능의 브레이크 덕분에 사고를 간신히 면했지만, 그는 마주 오던 트럭의 바퀴 아래에 총수가 깔리지 않은 게 오히려 유감스러울 지경이었다.

'난 20년 동안 총수라는 이름의 노예로 살았어.'

그는 계속해서 생각했다.

'아니, 벌써 30년이 넘었군. 살아남기 위해 필사적으로 고군분투하던 애송이 시절에도 난 총수의 시종 역할을 하고 있었으니까 말이야.'

백미러를 통해 확인한 남자의 얼굴은 팍 늙어 있었다. 그 얼굴이 자신의 얼굴이라는 생각이 들자 남자는 몸서리가 쳐졌다. 차는 어느새 도시를 빠져나와 변두리에 있는 갈림길에 이르렀다. 왼쪽 길은 자신의 회사로 가는 길이었고 오른쪽 길은 여태

껏 한 번도 가 본 적이 없는 길이었다. 그는 주저하지 않고 오른쪽으로 방향을 틀었다.

어디로 가는지 알지 못했다. 아니, 알고 싶지도 않았다. 두 시간 정도 달려가니 큰 시가지가 나왔다. 그는 차에서 내려 아내에게 전보를 쳤다.

중요한 사업상 업무 때문에 멀리 가야 함. 도착하면 연락하겠음. 당신을 사랑하는 주세페로부터.

그는 만족스러운 얼굴로 남쪽을 향해 차를 출발시켰다. 정오 무렵에는 작은 식당에 들러 빵과 살라미 소시지로 간단하게 끼니를 때운 뒤, 다시 차를 몰고 정처없는 여행길에 올랐다.

도로 앞쪽에 커다란 여행 가방을 든 젊은 여자가 손짓하고 있었다. 그는 차를 세웠다.

"카스텔리노 방향으로 가시나요?"

빨간 고수머리를 한 여자는 언뜻 보기에도 무척 아름다웠다. 그는 그렇다고 대답했다. 카스텔리노로 가면 안 될 이유라도 있나? 어차피 발길 가는 대로 목적 없는 여행을 하는 중인데…. 그녀는 카스텔리노 기차역까지 가야 하는데 정기 버스를 기다리다간 5시 기차를 타지 못할 것 같다고 설명했다.

주세페가 말했다.

"잘 됐군. 마침 나도 카스텔리노로 가는데, 길을 몰라서 걱정하고 있던 참이오. 어서 타요."

빨강머리 여자는 길을 잘 알고 있었다. 그들은 3시쯤 카스텔리노 기차역 앞에 도착했다. 여자가 말했다.

"정말 고마워요."

"원, 별말씀을. 여행 잘하시길."

주세페는 기차역 광장에 있는 바에서 맥주 두 잔을 마시고 나왔다. 스무 명쯤 되는 사람들이 그의 승용차를 둘러싸고 구경하며 감탄하고 있었다. 저주받을 총수의 특별제작 고급 승용차 같으니라고! 주세페는 정나미가 떨어져서 차를 놓고 가기로 마음먹었다.

사람들에게 근처에 정비소가 있는지 물어보았다. 국도를 따라 신도시까지 가야 한다는 대답이 돌아왔다. 얼마 후, 큰 시내가 있는 신도시에 도착한 주세페는 곧장 정비소로 향했다.

"차 도색도 하시오?"

그는 정비소 주인에게 물었다.

"물론이죠."

"좋소. 그럼 차를 분해해서 전체적으로 철저하게 점검해 주시오. 그리고 저기 저 차처럼 밝은 회색으로 칠도 해주시오. 검정색이 싫증 나서 그러니까."

수리공은 시간이 많이 걸릴 거라고 말했다.

"걱정 마시오. 필요한 만큼 천천히 하시오. 지금 나는 차가 필요 없소. 나중에 다시 들를 때 일한 만큼 삯을 쳐 드리리다.

선불로 얼마를 내면 되겠소?"

"선불로 2만 리라를 내고, 보름 후에 찾으러 오시구려."

"그냥 느긋하게 20일 뒤에 찾으러 오겠소."

"좋으실 대로."

총수는 아까 먹은 살라미 소시지 때문인지 갈증이 났다. 그는 정비소에서 나오며 제일 먼저 눈에 띈 술집으로 들어갔다. 술집에 들어가 맥주를 시키고 뒤를 돌아보다가 벽에 달린 거울에서 자신의 모습을 발견했다.

'이런, 내가 아직도 총수의 회색 양복을 입고 있잖아!'

총수에게서 벗어나려면 옷도 갈아입어야 했다. 술집에서 얼마 떨어지지 않은 곳에 기성복을 파는 가게가 있었다. 안으로 들어간 그가 점원에게 말했다.

"내 치수에 맞는 두툼하고 튼튼한 양복을 주시오. 예를 들면 저런 걸로."

점원은 그가 가리킨 옷이 그의 치수이긴 하지만 작은 실수로 옷에 얼룩이 있다고 했다. 그는 개의치 않았다.

"내 운전사가 입을 거니 상관없소. 얼마요? 포장해 주시오. 내가 직접 가지고 가서 전해줄 참이오."

주세페는 옷 보따리를 들고 가게를 나섰다. '잘 차려입은 신사가 옹색한 보따리를 들고 돌아다니는 게 이상하다' 고 사람들이 수군거리는 소리가 들렸다. 그는 이미 아침에 총수를 떨쳐버렸다고 생각했는데, 망할 놈의 회색 양복이 아직도 그의 위에 군림하고 있었던 것이다.

'휴우, 저주스러운 총수에게서 벗어나기가 정말 어렵군….'

그는 낡은 가방을 하나 사서 그 안에 칫솔과 비누 하나, 그리고 면도용품을 챙겨 넣고 아까 산 양복 보따리도 아무렇게나 쑤셔 넣었다. 이제 사람들은 '잘 차려입은 남자가 초라한 가방을 들고 돌아다닌다'며 이상하게 여기는 눈치였다.

광장에 도착하니 텅 빈 버스 한 대가 막 출발하려는 참이었다. 주세페는 주저 없이 차에 올라탔다.

기사가 일러주었다.

"토리첼라까지 가지 않고 다리 앞에서 정차합니다. 미리 알아 두세요."

버스 안은 더웠다. 버스표를 끊고 자리에 앉은 그는 꾸벅꾸벅 졸기 시작했다. 기사가 그를 깨웠을 때는 이미 석양이 지고 있었다. 그가 가방을 들고 다리 입구에 내리자 한없이 펼쳐진 들판밖에 보이지 않았다.

당황하는 주세페를 보고 기사가 말했다.

"다리가 무너져서 차가 들어갈 수 없어요. 저기 보이는 징검다리를 건너서 마을로 들어가시면 될 겁니다. 마을까지는 대략 1킬로미터 정도 걸어가야 할 겁니다."

버스는 방향을 돌려 멀리 사라져 갔다. 주세페는 강에 놓인 징검다리를 폴짝폴짝 뛰어 건넜다. 마을에 도착한 그는 사람들의 눈에서 벗어나 울타리 뒤로 몸을 숨겼다. 몇 분 후, 증오스러운 더블버튼 회색 양복은 넥타이와 중절모자와 함께 가방 속에 들어가 있었다. 대신에 주세페는 허름하고 낯선 옷차림을 하고 있었다. 어느새 그의 얼굴도 달라져 있었다. 콧수염도 밀어버렸던 것이다.

"내일은 이 옷에 적당한 셔츠와 모자도 하나 사야지."

그는 휘파람을 불며 토리첼라를 향해 걸었다. 마을로 들어선 주세페는 더 이상 아무도 자신을 눈여겨보지 않자 기분이 좋았다. 총수에 대항한 그의 첫 번째 승리였다. 그는 여인숙에 방을 잡고 술에 잔뜩 취해 잠자리에 들었다.

다음 날 아침, 그는 최상의 컨디션으로 잠에서 깨어났다. 몇 년 만에 처음으로 총수의 면도를 할 필요가 없었다. 총수에게 커피 시중을 들 필요도 없고 총수를 승용차에 태워 회사에 데려다 줄 필요도 없었다. 그는 옷장에 걸린 거울을 들여다보았다. 자신의 새로운 얼굴에 정이 갔다. 그의 싸구려 양복은 총수의 것보다 훨씬 볼품없었지만 그를 더 젊어 보이게 했다.

주세페는 시장으로 가서 잽싸게 남방과 모자를 사 왔다. 그리고 마지막으로 남아있는 총수의 껍데기를 벗어버리기 위해 다시 여인숙으로 돌아왔다. 길을 따라 걷는데 가게 문 앞에 서 있던 누군가가 그를 불러 세웠다.

"어이, 이봐요! 거의 새것이나 다름없는 자전거인데, 살 생각 없어요?"

옳지, 자전거가 있으면 무척 편리할 것이다. 가게로 들어간 그는 자전거 수리공과 반 시간 정도 흥정을 한 뒤 자전거를 사서 밖으로 나왔다. 아침 10시, 주세페는 자전거 짐 싣는 곳에 총수의 잔해를 싣고 미지의 세계를 향해 부지런히 페달을 밟아 나가기 시작했다.

그는 거의 두 시간 동안 나무 사이로 난, 먼지 자욱한 길을 달렸다. 마을이 나타나자 이내 배고픔이 밀려왔다. 식사하기엔 아직 이른 시각이었지만 그는 식당 앞 테이블에 자리를 잡고 앉았다. 백포도주 한 잔을 홀짝거리며 한가로이 앉아있는데 정오를 알리는 종탑의 종소리가 멀리서 들려왔다.

"신부님이 종지기 없이 고생하시네."

식당 앞을 지나던 누군가가 낄낄거리며 말했다. 그 순간 주세페는 들판 한가운데 처박힌 이 마을까지 자신이 흘러들어 온 것이 우연이 아니라는 생각이 들었다.

정오를 알리는 종을 울리고 종탑에서 내려오던 돈 까밀로는 한 남자가 자신의 앞에 서 있는 것을 발견했다. 주세페가 모자를 벗으며 돈 까밀로에게 말했다.

"신부님, 정말 이 성당에 종지기가 없습니까?"

"그렇소만."

"비어 있는 종지기 자리를 제가 맡고 싶은데요."

돈 까밀로는 주세페를 살펴보았다. 약간 구겨지긴 했지만 새 것이 분명한 양복 차림이 왠지 수상쩍었다.

"어디서 오는 길이오? 혹시 감옥에서?"

"제가 범죄자처럼 보이십니까, 신부님?"

이번엔 주세페가 물었다.

"그런 건 아니오만….

"난 정직한 신사입니다. 아주 불운한 신사지요. 신부님께서 나를 믿지 못하고 범죄자 취급을 하신다고 해도 종지기로 일하고 싶은 나의 생각은 추호도 변함이 없습니다. 비록 내 인생에서 종을 울려 본 적은 한 번도 없지만요."

돈 까밀로가 큰 소리로 웃었다.

"참 재미있으시구먼. 종을 쳐본 적이 한 번도 없는 양반이 종지기를 하고 싶으시다?"

"흠, 누구는 태어날 때부터 종지기로 태어난답니까."

주세페가 침착하게 대꾸했다.

"신부님도 서품을 받기 전에는 신부가 아니셨을 테지요."

"하지만 난 내 청춘을 신학교에서 공부하며 보냈소!"

돈 까밀로가 부르짖었다.

"청춘이 있었다니 신부님은 정말 운이 좋으시군요."

주세페는 한숨을 내쉬었다.

"난 젊은 시절을 제대로 즐겨보지도 못하고 늙어버린 불행한 사람입니다. 그래도 음악에 대해서는 좀 재능이 있는 편이라고 생각합니다. 누군가 조금만 가르쳐 주면 금방 잘할 수 있을 것 같은데요."

"그럼 그대가 배우는 동안 난 뭘 해야 하나?"

"우선, 내가 얼마나 잘 먹는지 지켜보시면 됩니다."

돈 까밀로는 구겨진 옷차림의 그 남자가 마음에 들었다. 그리고 잠시 후 식사하는 모습을 보고는 그가 더욱더 좋아졌다.

"까짓것, 어디 한 번 해봅시다."

마침내 돈 까밀로가 말했다.

"잘 안되면 군소리 없이 자전거를 타고 떠나는 거요."

5백여 명의 노동자가 일하는 사업체를 혼자 힘으로 일으키고 번창시킨 남자가 종지기로 부족할 리가 없었다. 일주일 후, 주세페는 높은 점수로 시험에 합격했다.

"거래가 확실할수록 우정은 오래가는 법이라오."

시험이 끝난 뒤 돈 까밀로가 중얼거렸다.

"어떤 일을 해야 할지 말해주겠소. 종지기 일 이외에도 성당지기로서 나를 도와주어야 하오. 채소밭을 일구고 소작인들을 관리하고 한마디로 말해서 찢어지게 가난한 시골 신부를 돕는 일은 다 해야 한다, 이거요. 그리고 보수는…."

"먹을 것과 잠자리, 그리고 담배 몇 개비면 충분합니다."

즉각 거래가 성사되었고, 주세페는 일자리를 얻었다. 돈 까밀로는 시간이 흐를수록 하느님이 천국의 관리사무소에서 이 볼품없는 옷차림의 남자를 특별히 뽑아 자신에게 백 배의 상을 보내주셨다고 확신하게 되었다.

한 달 하고도 보름이 지난 어느 날 오후, 사제관 앞에 승용차

한 대가 와서 멈추어 섰다. 마치 보석상점에서 갓 빠져나온 듯한 하늘색의 접이 지붕이 달린 고급승용차였다. 승용차 안에서 아름다운 부인이 내렸다. 마흔이 조금 넘어 보이는 그 부인은 여신처럼 화려한 옷을 입고 귀부인답게 우아한 표정을 하고 있었다.

그녀는 성당 안으로 들어서자마자 돈 까밀로를 붙들고 이야기를 시작했다.

"신부님, 슬프고 괴로운 심정을 고백하러 왔어요. 45일째 남편이 집에 들어오지 않고 있어요. 사업 때문에 멀리 출장 간다고 제게 전보를 보낸 후에 소식이 끊겼어요. 15일 전에 신도시에 있는 정비소에서 전화 한 통이 걸려왔는데, 차 수리를 맡기고 간 손님이 오지 않아 차 안의 등록증에서 전화번호를 알아내어 연락했다더군요. 저는 그 길로 신도시로 달려갔죠. 아무에게도 알리지 않고 저 혼자요. 제 입장을 이해하시겠죠, 신부님? 우리 같은 사람들 입장에선 쓸데없는 소문이 나면 곤란하거든요. 차 색깔이 바뀌긴 했지만 남편의 차라는 걸 알 수 있었어요. 저는 남편의 자취를 좇아 돌아다니기 시작했죠. 남편이 젊은 빨강머리 아가씨를 카스텔리노에 내려주고 신도시에 도착했다는 걸 알아냈어요. 모두 최고급 승용차와 예쁘게 생긴 여자 때문에 눈여겨봤다더군요. 무슨 말씀인지 이해가 되시죠? 간단히 말씀드리면, 100여 명의 사람에게 물어본 결과 카스텔리노, 신도시, 토리첼라 이 세 군데에서 남편의 흔적을 확인할 수 있었어요. 그런데 더는 아무것도 알아낼 수가 없네요. 신부님, 혹시 쉰 살이 넘어 보이는 남자를 이 근처에서 보지 못하셨나요? 이 마을 주변에서 낯선 이가 서성거리는 것을 본 적은 없으신가요?"

부인은 핸드백에서 사진 한 장을 꺼내 돈 까밀로 앞으로 내밀었다.

"이런 얼굴을 보신 적 없으세요?"

사실 돈 까밀로는 총수의 얼굴을 본 적이 없었다. 같은 사람이라도 자유인이 된 주세페는 전혀 다른 얼굴을 하고 있었으니까. 그러나 볼품없는 차림새를 한 종지기의 얼굴이 사진 속의 얼굴과 어딘가 비슷한 느낌을 풍기는 것도 사실이었다.

돈 까밀로는 인상을 찌푸리며 말했다.

"요사이 이 마을에 도착한 외지인이라면 우리 종지기밖에 없는데…."

부인이 참을 수 없다는 듯 펄쩍 뛰었다.

"대체 어디에 처박혀 있는 건지! 안갯속으로 사라지듯 이런 식으로 감쪽같이 사라져 버리다니 대체 나더러 어쩌라고."

바로 그때, 주세페가 아무것도 모른 채 성당으로 들어오다가 총수의 아내와 정면으로 얼굴을 마주쳤다. 부인은 다짜고짜비명을 질러대기 시작했다.

주세페가 그녀의 입을 막았다.

"파올라, 소동을 일으키고 싶지 않아. 나를 찾았으니 됐잖소.

이제 더 이상 소리 지르지 마시오. 난 여기서 이렇게 잘 지내고 있는걸. 당신과 남은 식구들이 회사, 집 그리고 내가 소유하던 것 전부를 가지구려. 나는 이제야 나의 자유를 찾았소. 당신이 모든 일을 다 맡아 할 수 있도록 도와줄 대리인을 보내리다."

너무 놀라 말문이 막혔던 부인이 드디어 입을 열었다.

"그럼 빨강머리 여자는요? 그 여자에 대해서는 왜 아무 말도 않는 거죠?"

"기차를 타러 카스텔리노까지 간다기에 가는 길에 태워다 준 것뿐이오. 그녀는 이 일과 전혀 상관이 없어. 신부님은 내가 뭘 하고 어떻게 사는지 잘 알고 있소. 44일 동안 난 여기서 꼼짝도 않고 있었소."

부인은 고집을 피워봤자 소용이 없다는 걸 알아차리고 뭔가 단단히 결심한 듯한 목소리로 외쳤다.

"좋아요, 가겠어요. 당신은 사람들이 나에 대해 뭐라고 수군거리든 상관없다, 이거군요. 정말 못 됐어."

"조심해서 돌아가구려, 파올라."

주세페가 그녀에게 대꾸했다. 부인은 밖으로 뛰쳐나갔다. 하늘색의 접이 지붕이 달린 고급승용차가 휑하니 떠나갔다. 주세페를 빤히 쳐다보던 돈 까밀로가 고개를 절레절레 흔들었다.

"나는 아무 말도 않겠네. 알아서 하시게. 자신만이 옳은 일을 했는지 아닌지 판단할 수 있을 테니까."

"난 옳은 일을 했습니다."

주세페가 평온한 목소리로 대답했다.

여기까지가 오늘 오후 4시에 있었던 일이다. 저녁 8시, 돈 까밀로가 저녁을 먹고 있을 때 누군가 사제관의 문을 두드렸다. 커다란 헝겊 가방을 든 수수한 옷차림의 여자였다. 머리에 스카프를 뒤집어쓰고 고개를 푹 숙이고 있었지만 돈 까밀로는 그녀가 누구인지 한눈에 알아보았다.

돈 까밀로는 놀라서 말을 더듬었다.

"아, 아니. 어쩐 일로 다시…. 아닌 밤중에 홍두깨로군."

여인이 퉁명스레 대꾸했다.

"당연한 일 아니겠어요? 바늘 가는데 실 가는 법이잖아요. 도시를 버리고 시골로 왔어도 내 남편은 남편이니까요."

"그렇지요. 하지만 댁의 남편 입장은…"

"내 남편의 입장은 갑작스럽게 미쳐버린 남자의 입장이죠. 그리고 그런 남편을 혼자 내팽개쳐 둘 수 없는 아내라는 게 제 입장이고요."

돈 까밀로는 하늘을 올려다보며 길게 탄식했다.

"주님, 정녕 이 난리가 끝나길 원하신다면 저 역시 미치게 해주십시오. 제정신으로는 이 성당에 버티고 있을 수가 없을 것 같습니다."

돈 까밀로는 마음을 추스르며 그녀를 안내했다.

"자, 저기 1층이 종지기의 거처요. 장작더미를 쌓아둔 곳을 지날 때는 조심해서 발을 디디시오."

남편의 경우와 달리 부인은 처음에 시골 생활에 적응하는 것을 쉬운 일이 아니었다. 그러나 나흘이 지나자 채소밭에서 신나게 일하기 시작했고, 닭도 돌볼 수 있게 되었다. 양파 튀김을 만드는 법을 배웠으며, 기가 막히게 맛있는 치킨 스튜를 만들어 낼 수도 있게 되었다.

15일이 지나자 그녀는 생기발랄한 얼굴 덕분에 10년은 더 젊어 보였다. 수염을 밀어버리고 햇볕에 그을린 그녀의 남편 역시 30여 년 전의 젊은이로 되돌아간 듯이 보였다. 총수의 부인은 이제 마을을 걸을 때마다 사람들이 '종지기 마누라네' 하고 수군대는 소리를 들으면 우쭐하고 자랑스러운 기분이 들 정도로 착실하게 이곳 생활에 적응하고 있었다.

이런 생활이 한 달 정도 지속되던 어느 날 아침, 빨간 2인승 스포츠카가 사제관 앞에 와서 멈추었다. 그리고 그 안에서 두 명의 젊은이들이 뛰어내렸다. 정확히 말하자면 스물네 살짜리 청년과 스물두 살짜리 처녀였다. 그들은 거만한 걸음걸이로 사제관 안으로 밀고 들어와 돈 까밀로에게 공격적으로 말을 퍼부어댔다.

"우리 부모님이 여기 있다는 걸 알고 왔어요. 그분들을 당장 내놔요!"

돈 까밀로는 버릇없이 구는 그들의 행동에 주먹이 근질근질했지만 꾹 참고 종지기와 그의 아내를 부르러 갔다. 그들이 사제관 안으로 들어서자 청년과 처녀는 그들에게 득달같이 달려

들어 말을 퍼부어댔다.

"엄마, 아빠! 아니 이 몰골이 뭐예요, 도대체!"

"쉿, 목소리를 낮춰라. 여긴 너희 집이 아니다."

주세페가 그들을 나무랐다.

"엄마, 아빠한테도 마찬가지잖아요. 여긴 엄마아빠의 집이 아니란 말예요. 이제 장난은 집어치우고 그만 돌아가요. 사람들이 수군거려요. 회사가 망해 도망쳤다고!"

"집과 회사를 내팽개쳐두지 마세요. 우리까지 우스꽝스러운 신세로 만들지 말라고요!"

흥분한 자식들을 쳐다보며 부인이 조용히 말했다.

"우린 지금 무슨 일을 하는지 잘 알고 있다. 우리는 마음이 내킬 때 집으로 돌아갈 거야."

젊은 자식들은 오만가지 인상을 쓰며 발을 쿵쿵 굴렀다.

"아뇨, 지금 당장 돌아가야 해요. 안 그러면 기자들이 집으로 몰려올 거예요. 나쁜 소문을 퍼뜨릴 거라고요!"

"여기서 당장 나가거라!"

주세페가 소리쳤다.

"정신 나간 아빠 말을 들을 필요가 어딨다고!"

딸이 대답했다.

"권리를 다 뺏어 버릴 거예요."

아들이 잔인하게 덧붙여 말했다.

"아버지를 당장 정신병원에 처넣고 회사 관리에 손도 대지 못하게 할…."

격분한 돈 까밀로가 아들의 멱살을 움켜쥐고 들어 올렸다. 아들은 돈 까밀로의 손에 매달려 대롱거렸다. 방안에는 갑자기 정적이 흘렀다.

돈 까밀로가 주세페 부부를 돌아다보며 말했다.

"집으로 돌아가시오. 이렇게 버르장머리 없는 아이들을 내버려 두는 건 부모의 도리가 아니오."

주세페가 자식을 향해 몸을 돌렸다.

"여기서 당장 나가라. 집에 가서 보자."

두 젊은이는 더는 아무 말 없이 사제관 밖으로 나갔다.

"신도시로 가는 정기 버스가 반 시간 후에 출발하니 떠날 채비를 할 시간은 충분할 거요."

돈 까밀로가 말했다.

잠시 후 그들이 다시 사제관에 나타났다. 주세페는 총수의 옷차림을 하고, 그의 아내는 총수의 부인다운 옷차림을 하고 있었다.

"신부님. 종을 마지막으로 쳐봐도 될까요?"

주세페가 애원했다.

"꼭 그럴 필요가 있겠소?"

돈 까밀로가 말했다.

"알겠습니다. 할 수 없죠…."

"알긴 뭘 압니까? 쳇, 난 상관하지 않을 테니 마음대로 하시오.”

총수가 종탑으로 올라갔다. 그리고 종을 힘차게 치기 시작했다. 아래에 남아있던 부인은 황홀하게 그 연주를 듣고 있었다. 오직 그의 부인만을 위한 연주였다. 그녀는 그렇게 감미로운 음악을 한 번도 들어본 적이 없다는 듯 행복한 표정을 짓고 있었다.

벼락은 공평했다

영화에 대한 삐뽀네의 집착은 그의 아버지로부터 이어받은 것이었다. 그의 아버지 역시 기계에 남다른 관심을 가지고 있었다.

마을 노인들은 삐뽀네의 아버지가 이 마을에 처음으로 탈곡기를 들여온 사람이라는 걸 아직도 잊지 않고 있었다. 이런 얘기를 하면 젊은이들은, 영화와 탈곡기가 무슨 상관이 있느냐고 웃을지도 모른다. 하지만 그건 시대 상황을 이해하지 못해서 그런 것이다.

과거에 전기란 도시 사람들만 혜택을 누릴 수 있는 사치품이었다. 영사기를 돌리려면 전기가 필요했는데, 그러다 보니 시골 사람들은 영화를 볼 기회가 없었다.

그 시절에 이러한 어려움을 극복하고 영화를 볼 수 있게 한 사람이 바로 뻬뽀네의 아버지였다. 그는 탈곡기를 움직이는 증기 엔진 위에 발전기를 올려놓았다. 그리고 한가할 때면 황소 두 마리로 그 기계를 끌고 이 마을 저 마을 돌아다니며 영화를 보여주었다. 그야말로 옛날 얘기여서, 요즘 젊은이들은 황소 두 마리가 끈 증기 엔진은 상상도 하지 못할 것이다.

이런 아버지의 피를 이어받은 뻬뽀네가 영화 상영에 남달리 집착하는 것은 자연스러운 일이었다. 그는 인민의 집을 지어놓은 직후, 영화를 상영하는 일에 몰두하기 시작했다.

그러던 어느 화창한 아침, 다음 주 일요일에 인민의 집에서 영화를 상영한다는 포스터가 마을 곳곳에 나붙게 되었다.

소식을 접한 돈 까밀로는 마음이 편치 않았다. 그 역시 어린이 유치원에 영사기를 들여놓을 생각을 했던 터라 뻬뽀네의 포스터를 보자 속이 확 뒤집혔다.

그러나 일요일이 되자, 하느님이 도우셨는지 폭풍우가 몰아치기 시작했다. 그와 더불어 돈 까밀로의 마음도 다소 가라앉았다.

그날 저녁 10시쯤 되었을 때 바르키니가 빗물을 뚝뚝 떨어뜨리면서 성당에 나타났다. 그는 매우 기분이 좋아 보였다.

그가 말했다.

"신부님, 인민의 집에 온 사람은 몇 명 없었어요. 비가 이렇게 내리는데 누가 오겠어요? 그뿐만 아니라 전기가 들어왔다 나갔다 하는 바람에 영화 상영은 제대로 할 수 없었습니다. 뻬뽀네는 화가 나 제정신이 아니었습니다."

돈 까밀로는 제단 위 십자가 앞에 가서 무릎을 꿇고 말했다.

"예수님, 감사합니다."

"무엇이 감사하다는 게냐, 돈 까밀로?"

"폭풍우를 보내 전깃불을 끊어주신 데 대해서요."

"전깃불이 끊어진 것과 나하고는 아무 관계가 없느니라. 나는 목수지 전기 기술자가 아니다. 너는 전능하신 주님께서 뻬뽀네의 영화 상영을 방해하시려고 바람과 비를 내리셨다고 생각하느냐?"

돈 까밀로는 고개를 숙였다.

"아니요, 그렇게 생각하지 않습니다. 하지만 인간들은 자신에게 유리한 쪽으로만 생각하는 버릇이 있어 이런 일도 아전인수 격으로 생각하는 것 같습니다. 마치 그 일이 자기들을 기쁘게 해주려고 하느님이 도우신 것처럼 착각한단 말입니다."

폭풍우는 한밤중에 소강상태를 보이다가, 새벽 3시쯤이 되자 더욱 세차게 불어왔다. 그때 갑자기 엄청나게 큰 벼락 떨어지는 소리가 났다. 돈 까밀로는 깜짝 놀라 침대에서 벌떡 일어났다.

창가로 가서 밖을 내다본 그는 입을 쩍 벌렸다. 성당의 종탑이 벼락을 맞아 군데군데 금이 나 있었던 것이다.

그는 자기의 눈을 믿을 수가 없어 예수님한테 달려갔다.

"예수님!"

그의 목소리가 떨렸다.

"종탑이 벼락을 맞았습니다."

예수님이 침착하게 말씀하셨다

"알고 있다, 돈 까밀로. 이런 날씨에는 건물들도 종종 벼락을 맞느니라."

"하지만 이번 건물은 성당이었습니다."

"알고 있느니라."

돈 까밀로는 예수님을 올려다보고는 상심하여 양팔을 벌렸다.

"어째서 이런 일이 생겼을까요?"

그가 괴로워하며 물었다.

"성당의 종탑은 벼락에 맞았을 뿐이다."

예수님께서 대답하셨다.

"주님께서 네게 이 일을 변명해야겠느냐? 조금 전에 너는 폭풍우를 보내주셔서 감사하다고 하더니 지금은 그 폭풍우가 너를 해쳤다며 그분을 비난하는구나."

"저를 해친 게 아닙니다. 해친 것은 주님의 집이었습니다."

"주님의 집은 무한하고 영원한 것이다. 우주 안에 있는 모든 별들이 먼지로 변하더라도 그분의 집은 그대로 남아 있을 것이니라. 호들갑 떨지 마라. 단지 성당의 종탑이 벼락을 맞았을 뿐, 그 이상도 이하도 아니다. 우연히 그렇게 된 것뿐이다."

돈 까밀로의 머릿속은 벼락 맞은 종탑에 대한 생각으로 가득했다.

"기왕이면 다른 곳에 떨어질 수도 있었을 텐데요."

돈 까밀로가 구슬프게 말했다.

예수님은 돈 까밀로를 위로하느라 한껏 다정하게 말씀하셨다.

"이제 그만 진정해라, 돈 까밀로. 그리고 냉정하게 생각해 보거라. 주님은 우주를 창조하셨다. 그 우주는 완전하고 조화로운 것이며 밀접하게 연관되어 있어 우주 안의 모든 일은 필연적이며 예정된 것이다. 만일에 그 벼락이 거기에 떨어지지 않았다면 우주의 조화는 깨졌을 것이다. 조화가 깨지느니 차라리 종탑 하나가 깨지는 게 낫지 않겠느냐? 돈 까밀로, 우주 안에서 발생하는 모든 일에 대해 주님께 감사드려야 한다. 그것들은 그분의 완전함을 증명하는 것이기 때문이다. 잘못이 있다면 그 자리에 탑을 세운 인간들에게 있는 것이노라."

그러나 돈 까밀로는 벼락 맞은 종탑에 대한 충격에서 헤어나지 못했다.

"만일 모든 사건이 미리 예정된 것이고 주님의 생각을 나타내는 것이라면, 그 탑이 이 자리에 서게 된 것도 필연이었을 텐데요."

"아니, 좀 더 떨어진 곳에 지을 수도 있었겠지. 지금 이 자리에 종탑이 서게 된 것은 인간들이 무의식적으로나마 주님의 법을 어겼기 때문이다. 주님은 그것을 허락하지 않으신 거야."

"그럼 결국 자유의지란 없는 셈이군요."

돈 까밀로가 항의했다.

예수님은 친절하게 말씀을 계속하셨다.

"노여움이나 흥분 같은 자신의 감정에 빠져 진리의 본질을 잊고 있는 사람에게 화 있을진저! 돈 까밀로, 주님은 항상 올바른 길을 제시하신다. 그러나 인간은 그것을 깨닫지 못하고 늘 선택을 해야 하는 갈림길에 놓여 있다. 주님은 무한히 선하시므로 그마저도 회개와 참회로서 영혼을 구원받을 수 있도록 자유롭게 내버려 두신다. 성당의 종탑은 폭풍우 속에서 벼락을 맞았던 것이고, 그 벼락은 거기에 떨어져야만 했다. 그 탑이 그 자리에 있었던 것도 주님의 깊은 뜻이므로 우리는 그 일에도 감사드려야 한다."

돈 까밀로는 한숨을 쉬었다.

"예수님, 감사합니다. 하지만 만일 하느님의 도움으로 다른 탑을 세우게 된다면, 그땐 피뢰침으로 무장시키겠습니다."

"그래라, 돈 까밀로. 만일 그것이 예정된 일이라면 분명히 그렇게 할 수 있을 것이다."

돈 까밀로는 머리 숙여 절을 하고 물러났다.

날이 밝자마자 돈 까밀로는 좀 더 자세히 살펴보려고 종탑 위로 올라갔다.

"확실히."

그는 중얼거렸다.

"종탑은 이 자리에 세워져야만 했어."

사람들이 종탑을 보기 위해 광장으로 모여들었다. 그들은 줄

기차게 내리는 빗속에 말없이 서서 얼떨떨한 표정으로 종탑을 바라보고 있었다.

광장이 사람들로 가득 들어차자 뻬뽀네와 그의 부하들이 모습을 나타냈다. 뻬뽀네는 사람들을 뚫고 앞으로 나아갔다. 그는 한동안 종탑을 바라본 후 엄숙하게 손가락을 들어 하늘을 가리켰다.

"여기, 하느님의 분노를 보여주는 증거가 있다!"

그가 외쳤다.

"이것이 여러분의 잘못에 대한 하느님의 징벌이오. 벼락은 하느님의 뜻에 따라 떨어졌소. 그분은 이걸로 모든 말을 대신하신 거요!"

이때 돈 까밀로는 사제관의 창문 곁에 서 있었다. 뻬뽀네 역시 돈 까밀로가 거기 있다는 것을 알고 손가락으로 그를 가리키며 말했다.

"신부님은 왜 조용하시오? 하기야 벼락이 성당에 떨어졌으니 할 말이 없을 테지. 만일 우리 인민의 집에 떨어졌다면 할 말이 무척 많았을 텐데 말이야."

스미르초도 돈 까밀로를 쳐다보며 외쳤다.

"이것은 전쟁광들에 대한 하느님의 징벌이오!"

나머지 일행들도 입을 모아 외쳤다.

"노동자 만세! 노동자조합 만세!"

돈 까밀로는 속에서 끓어오르는 분노를 참으려고 쉰 둘까지

세었다. 그러고 나서 말없이 주머니에서 반쯤 피우다 만 시가를 꺼내 불을 붙였다.

"저걸 보시오!"

빼뽀네가 소리쳤다.

"카르타고가 불에 타고 있는 동안 기타를 뜯고 있는 네로를!"

그 유명한 역사를 고쳐 인용한 뒤, 빼뽀네와 그 일당들은 당당하게 걸어서 돌아갔다.

돈 까밀로는 저녁까지 십자가상 앞에 앉아 기도를 했다.

"예수님!"

기도가 끝나갈 무렵 돈 까밀로가 입을 열었다.

"저 악당들이 '주님의 벌' 운운하며 떠들어대는 소리를 듣고 참으려니 정말 미칠 것만 같습니다. 저는 우주의 조화를 믿습니다. 하지만 오늘 아침, 저 인간들은 참으로 불경스러운 말을 많이 했습니다. 주께서도 굽어살피시어 인민의 집에 벼락을 내려주십시오. 그래야 공평할 겁니다."

"그건 좀 치사한 생각 같구나."

예수님이 부드럽게 대답하셨다.

"겨우 오두막 하나를 무너뜨리기 위해 그분을 귀찮게 해야겠느냐? 그분을 좀 더 존중해야 하느니라!"

돈 까밀로는 쓸쓸히 사제관에 돌아왔다.

비는 여전히 내리고 있었다. 한반중이 되자 빗줄기가 더욱 굵어졌다.

1시쯤 되자 전날 밤처럼 요란한 폭풍우가 몰아치기 시작했다. 2시엔 무시무시한 천둥소리가 하늘을 찢었다. 그 바람에 온 마을 사람들이 잠에서 깨어났다.

잠에서 깨어난 사람들이 광장으로 달려가기 시작했다. 왜냐하면 광장에 있는 어떤 건물이 불에 타고 있었기 때문이다.

그 건물은 바로 인민의 집이었다.

돈 까밀로가 도착했을 때 광장에는 사람들이 꽉 차 있었다. 스미르초와 그 부하들에 의해 불은 이미 꺼졌지만 움푹 꺼진 지붕에선 연기가 나고 있었다.

"깨끗이 해치웠군."

현장을 바라보며 돈 까밀로가 태연하게 말했다.

뻬뽀네가 돌아섰다.

"담배 있나?"

돈 까밀로가 물었다.

"난 담배를 피우지 않소."

뻬뽀네가 험상궂은 표정으로 말했다.

"그래, 피울 필요가 없지. 인민의 집이 충분히 연기를 뿜어내고 있으니 말일세. 하지만 유감이야. '카르타고가 불에 타고 있는 동안 기타를 뜯고 있는 네로' 의 모습을 볼 수 없으니. 참고삼아 말해 두겠는데, 그곳은 카르타고가 아니라 로마였네."

"알려줘 고맙소! 그 로마에서 신부들이 깡그리 불에 타 죽었어야 하는 건데."

돈 까밀로는 머리를 흔들더니 커다란 목소리로 엄숙하게 말했다.

"자넨 하느님의 노여움을 사지 않았어야 했어. 오늘 아침 신성을 모독한 결과가 무엇인지 지금 보고 있지 않은가?"

빼뽀네가 화를 버럭 내며 주먹을 쥐었다.

"그렇게 화내지 말게. 미국에서 자넬 도와줄 걸세."

"지붕은 며칠 내로 수리될 거요."

빼뽀네가 주먹을 더욱 움켜쥐며 부르짖었다.

"우리는 누구의 도움도 받지 않겠소. 우리 스스로 해결할 것이오!"

"아주 훌륭하오, 읍장 나리."

돈 까밀로가 목소리를 낮추며 말했다.

"지방의회에서 인민의 집을 수리하는 비용을 얻어낼 때 우리 종탑의 수리비용도 얻어내면 안 되겠나?"

"흥, 그런 돈은 마을 사람들한테나 달라고 하시오. 인민의 집을 고치는 건 공공사업이지만, 성당을 고치는 건 개인사업이니까."

돈 까밀로는 피우던 시가를 끄면서 중얼거렸다.

"정말 멋진 벼락이었어. 성당에 떨어진 것보다 훨씬 더 셌지. 그러나저러나 저렇게 많이 부서졌으니 경찰에 알려야 하지 않겠나?"

"칫! 남의 일에 참견 말고 그쪽 일에나 신경 쓰시오."

"내가 할 일이란 읍장에게 종탑을 수리해 달라고 조르는 일뿐이네."

빼뽀네는 인상을 잔뜩 찌푸리며 돈 까밀로를 쏘아보았다.

"좋소!"

그가 이를 악물고 말했다.

"하지만 언젠가는 이 빚을 꼭 갚고야 말겠소."

돈 까밀로는 더는 볼일이 없어졌으므로 사제관으로 발길을 돌렸다. 그는 곧장 집으로 들어가려다, 예수님이 기다리고 계신 것을 알고 성당으로 들어갔다.

"돈 까밀로! 인민의 집이 벼락 맞았다고 내게 감사하려는 것이냐?"

돈 까밀로가 제단 앞에 서자 예수님이 말씀하셨다

"아닙니다. 벼락은 주님이 창조하신 자연의 한 현상일 뿐입니다. 촌구석의 벽을 무너뜨리고, 그 촌구석의 신부 안에 있는 사탄을 기쁘게 하려고 주님이 천둥이나 번개를 내리시는 것은 아닙니다."

돈 까밀로는 고개를 숙이며 말했다.

"옳은 말이다. 인민의 집을 파괴하려고 폭풍우를 이용해 폭탄을 던질 주님이 아니시다. 그런 일은 시골 신부의 마음속에 있는 불쌍한 사탄만이 생각할 수 있는 일이지."

돈 까밀로가 양팔을 벌렸다.

"옳은 말씀입니다. 하지만 그 부끄러운 행위 속에도 주님의 자비로우심이 스며들어 있습니다. 만일 사탄의 유혹을 받은 시골 신부가 인민의 집에 폭탄을 던지지 않았다면 다락방에 쳐둔

다이너마이트 상자 역시 폭발하지 않았을 겁니다. 이제 그런 무기도 없어졌고 종탑을 수리할 방안도 생겼습니다. 게다가 주님을 모독한 사람들도 충분히 벌을 받았고요."

"돈 까밀로! 네가 옳은 일을 했다고 말하려는 것이냐?"

예수님이 말씀하셨다.

"아닙니다, 예수님. 무한히 선하신 주님께서는 인간에게 선과 악을 선택할 자유를 주셨습니다. 저는 잘못을 저질렀습니다. 그것을 인정하고 회개하겠습니다."

"아직까지도 회개하지 않았느냐?"

"네, 예수님!"

돈 까밀로는 속삭이듯 말했다.

"그러기엔 아직 좀 이릅니다. 연기해 주십사고 부탁을 드려야겠습니다."

예수님은 한숨을 쉬셨다.

돈 까밀로는 사제관으로 돌아가 잠을 잤다. 오랜만에 잠을 아주 푹 잘 잤다. 꿈속에서 성당을 보았고, 그 성당에 번쩍이는 황금빛 종탑이 서 있는 걸 보았다.

잠에서 깨어났을 때, 그는 행복한 마음으로 그 꿈을 생각했다. 그러나 중요한 것을 잊었다는 사실을 깨닫고 다시 잠을 청했다.

이번에도 꿈을 꾸었다. 이번 꿈에서는 번쩍이는 종탑 위에 멋진 피뢰침이 세워져 있었다.

수맥과 피

물이 풍족한 동네에서는 농사가 순조롭고 사람들도 넉넉한 심성을 갖게 된다. 가예는 그렇지 않았다. 가예에는 우물이 딱 하나밖에 없었다. 그나마도 넉넉하게 솟아나지 않아 가예 사람들은 건기가 오면 항상 물 부족에 시달려야 했다.

한여름의 따가운 햇살을 받은 농작물이 튼실하게 자라나려면 적당한 물 공급이 필요하다. 정 급하다 싶으면 지주인 바키가 강물을 퍼다 나르기도 했지만 거기에는 분명히 한계가 있었다.

사실 바키는 이곳저곳에 땅을 갖고 있어, 가예의 밭이 흉작이라고 해서 큰 손해를 보는 것은 아니었다. 그러나 그는 자신이 가진 다른 땅보다도 이곳에 커다란 애착을 갖고 있었다.

어느 해 여름 큰 가뭄이 닥쳐서 물이 말라버렸을 때, 바키는 마침내 이곳에 관개용 우물을 새로 파기로 결심했다. 그는 근처의 유명한 전문가를 여러 명 불러다가 수맥을 찾았다. 전문가들은 가예 전 지역을 이 잡듯이 훑었지만 아무것도 발견하지 못했다. 제아무리 유명한 전문가를 불러다 놓고 수맥을 찾아내라고 성화를 부려도 수맥이 전혀 감지되지 않는다고, 이런 경우는 생전 처음 본다며 혀를 내둘렀다.

바키는 물러설 생각이 없었다. 이건 자존심 문제였다. 돈이 얼마가 들든 반드시 우물을 파고야 말겠다고 생각했다.

"부엌이든 마구간 밑이든, 지하수가 흐르기만 한다면 건물을 부수고 새로 짓는 한이 있더라도 반드시 지하수를 파고야 말겠어!"

계속되는 가뭄으로 가예의 논밭은 바짝 타들어 가고 있었다. 그러던 중 바키에게 누군가 로마 근처에 사는 수맥 찾기 전문가에 대한 신문 기사를 보여주었다. 아무도 성공하지 못했던 지역에서 우물을 찾아낸 사람에 대한 이야기였다. 그 기사를 보자마자 바키는 1초도 지체하지 않고 즉각 길을 떠났다.

50세가량의 점잖은 수맥 전문가는 자신이 하는 일에 자부심이 대단한 사람이었다. 그는 가예가 너무 멀어 자기는 그리 시간이 많은 사람이 아니라며 공손하게, 그러나 단호하게 바키의 청을 거절했다.

바키는 엄청난 액수의 사례금을 약속했다. 그러자 수맥 전문가가 고개를 저으며 말했다.

"내가 수맥을 찾는 것은 돈을 벌기 위해서가 아닙니다. 난 그런 돈을 받을 자격이 없어요. 그저 하느님께서 주신 능력을 사람들을 돕는 데 쓰고 싶을 뿐입니다. 내가 이 능력을 이용해 돈을 번다면 장님들이 모여 사는 마을에 혼자 눈이 보인다고 돈을 뜯어내는 악당과 다를 바가 없겠지요."

바키는 자신의 처지를 하소연하다 끝내 눈물을 흘렸다.

"그게 정말이라면 날 좀 도와주시오. 난 이미 많이 늙었소. 내 죽기 전에 가예에서 물을 볼 수 있게 해주시오. 난 평생 그 땅을 일궜소. 애지중지하며 키운 자식이 다리에 장애가 와서 주저앉는 걸 지켜보는 심정이오."

수맥 전문가는 한참을 생각한 뒤 한숨을 쉬며 말했다.

"평생을 바쳐가며 일한 영감님을 돕는 걸 마다할 수야 없지요. 그럼 가겠습니다."

그로부터 일주일 뒤 수맥 전문가가 도착했다. 바키는 너무 반가워서 맨발로 뛰어 나와 그를 얼싸 안았다. 전문가는 어색한 표정으로 인사를 한 다음, 버드나무 가지 하나를 잘라 탐사용 지팡이로 삼고 곧바로 수맥 찾기에 나섰다.

언뜻 보기만 해도 이전에 다녀갔던 수맥 전문가들보다 훨씬 더 체계적으로 탐색하고 있다는 것을 알 수 있었다. 척 보기에도 그는 교육을 잘 받은 진짜 전문가가 틀림없었다. 동작 하나 하나마다 저절로 경외감이 생겨났으니까 말이다.

그는 마을의 읍장인 뻬뽀네와 한참 동안 얘기를 주고받았다. 뻬뽀네는 관개용 우물을 팔 때 필요한 설비 권한을 지닌 유일한 인물이었으므로 당연히 이 자리에도 참석해 있었다.

뻬뽀네는 가예에서의 탐색 결과를 일일이 설명한 다음 이렇게 덧붙였다.

“가예에 물은 없소. 내 목을 걸고 내기해도 좋소.”

수맥 전문가는 뻬뽀네의 황소같이 굵은 목을 뚫어지게 바라보더니 고개를 저으며 말했다.

“그 정도로 확신하신다 이거죠? 하지만 세상을 살면서 너무 쉽게 목숨을 걸면 안 되지요….”

그러나 여러 시간에 걸친 탐색 끝에도 수맥이 보이지 않자, 그 역시 뻬뽀네의 말이 옳았음을 인정할 수밖에 없었다.

“지금까지 살펴본 바로는 적은 양의 물줄기조차 찾을 수 없었습니다.”

바키는 보고 있는 사람의 마음까지 심란해질 만큼 서글픈 표정을 지었다. 수맥 전문가가 그를 바라보며 말했다.

“피곤하군요. 오늘은 이만하고 내일 다시 하지요.”

다음 날 아침, 만나기로 한 장소에 뻬뽀네가 제일 먼저 도착했다. 목숨을 걸겠다고 호언장담한, 자신의 명예가 달린 일이었기 때문이다. 게다가 말수가 적은 수맥 전문가는 뻬뽀네의 호기심을 자극했다. 그의 눈빛은 어딘지 모르게 보통 사람들과 크게 달랐다.

탐색작업이 다시 시작됐다. 지나칠 정도로 꼼꼼한 작업이었다. 하지만 성당의 종탑이 정오를 알렸는데도 그 전날보다 딱히 더 진전된 게 하나도 없었다. 태양이 인정사정없이 내리쬐고 있었다. 쓰러지지 않으려면 그늘 밑에 잠시라도 앉아 쉬어야 했다.

가예의 서쪽 끝, 농지가 끝나는 지점에는 차라리 자갈밭이라고 말하는 게 더 어울릴만한 수로가 하나 있었다. 그리고 그 옆에는 수백 년 된 느릅나무가 한 그루 서 있었다. 바키와 삐뽀네는 수맥 전문가를 앞세우고 나무 그늘로 걸어갔다. 그런데 갑자기 그늘로 걸어가던 전문가가 땅에 못이 박힌 듯 그 자리에 멈추어 섰다. 전문가의 두 손 끝에 달린 버드나무 가지가 마치 살아있기라도 한 듯 빙글빙글 돌아가기 시작한 것이다. 그는 입을 꽉 다물고 온몸의 근육을 긴장시켰다.

전문가는 멀리 갔다가 다시 서 있던 곳으로 되돌아왔다. 그러고는 두 발이 땅에 붙은 듯 꿈쩍하지 않고 멈춰 섰다. 그는 대여섯 번 같은 실험을 반복했다. 제각기 다른 장소에서 시작해 똑같은 지점에 이르러 멈추었다.

"흠, 여기 물이 있습니다."

전문가가 말했다.

"많은 양은 아니지만 분명히 물이 있습니다."

삐뽀네가 믿을 수 없다는 듯 고개를 절레절레 흔들었다.

"그럴 리가! 여긴 벌써 30여 명의 다른 수맥 전문가들이 다녀간 곳이오. 그들이 조사해 봤지만 아무런 반응도 없었소."

"바로 이 지점에서도 말이오?"

전문가가 돌멩이를 가리키며 물었다.

"사실, 정확히 여긴지 아닌지는 잘 모르겠소."

삐뽀네가 대답했다.

"하지만 어쨌든 이 부근을 조사했었소. 수맥이 있었다면 다른 이들도 분명히 알아차렸을 거요. 경험이 많은 사람들이었으니까. 그들이 이보다 더한 악조건에서도 물을 찾아내는 걸 내 눈으로 똑똑히 봤었소."

전문가는 돌멩이를 뚫어지게 바라보았다.

"이 근처에 수맥이 없다는 건 분명한 사실입니다. 지금 실험한 결과로도 그러니까요. 하지만 이 바로 아래 지점에는 물이 있습니다."

삐뽀네는 어이없다는 듯 양팔을 벌렸다.

"그렇다면 물이 땅에서 나오는 게 아니고 성령의 힘으로 나온다는 말이오? 지하에 수맥이 있어야 물이 나올 게 아니오?"

"수맥이 너무 깊이 있어 내가 감지하지 못하는 것일 수도 있습니다. 가끔씩 수맥이 위로 솟구친 형태라서 얕은 지형에서만 물이 감지되는 경우도 허다하지요. 만약 그렇다면 수맥이 지하 300~400미터에만 존재해도 충분히 물을 끌어올릴 수 있습니다. 파보기 전엔 수맥인지 아닌지 확신할 수야 없지만, 아무튼 여기 몇 미터 아래 물이 있다는 건 장담할 수 있습니다."

멍하니 입을 벌리고 전문가와 뻬뽀네의 논쟁을 지켜보던 바키가 부르짖었다.

"물! 물이야! 빨리! 빨리 파 봐!"

뻬뽀네가 그를 진정시켰다.

"영감님, 만약 물이 있어도 아무도 안 빼앗아 갈 테니, 일단 진정하고 침착합시다. 눈으로 보기 전에 물이 있다고 확신할 상황은 아니니까. 우선 집으로 돌아가 숨 좀 돌리고 오후에 다시 와서 땅을 파봅시다. 물이 여기 있다고 소리소리 질러댔다 막상 물이 없으면 사람들의 비웃음을 어떻게 감당하려고 그럽니까?"

바키는 마지못해 그 자리를 떴다. 그는 돌아가기 전, 전문가가 물이 있다고 한 자리에 나무줄기를 꽂아 표시하려 했다. 하지만 전문가가 그를 제지하며 이렇게 말했다.

"오늘 오후에 다시 와서 이 지점을 조사해 봅시다. 다시 찾지 못한다면 내가 큰 실수를 했다는 뜻일 테니까요."

오후 4시가 되자, 수많은 사람이 느릅나무 근처로 모여들었다. 바키와 그의 아들, 뻬뽀네와 세 명의 조수들, 근처의 소작농들이 나와 있었다. 전문가가 모습을 나타내자 그에게 방해가 되지 않기 위해 사람들은 모두 수로 가장자리로 한 걸음씩 물러났다. 수맥 전문가가 느릅나무 쪽으로 다가왔다. 좀전과 같은 지점에서 버드나무 가지가 빙빙 돌았다.

"바로 여깁니다. 자, 시작합시다."

척박한 땅이었다. 작업을 시작하기 전에 여기저기 잔뜩 널려 있는 큼지막한 돌멩이들부터 걷어내야 했다. 사람 키만큼 파내려 갔는데도 자갈이 계속해서 쏟아져 나왔다. 그 순간, 모든 작업이 갑자기 중단되었다.

"잠깐! 모두 물러서라! 경찰이 올 때까지 아무것도 건드리지 마라!"

날카로운 목소리의 주인공은 다름아닌 뻬뽀네였다. 사람들은 영문도 모른 체 주춤주춤 뒤로 물러났다. 연락을 받은 서장이 의사와 순경을 대동하고 급히 달려왔다. 돈 까밀로도 소식을 듣고 마을 사람들과 함께 나타났다.

서장은 의사를 데리고 구덩이 속으로 내려가 조사를 시작했다.

"녹회색 천 조각과 뼈 무더기가 있습니다."

간단한 조사를 마치고 구덩이에서 빠져나온 서장이 말했다.

"목덜미에 총상이 나 있는 걸로 봐서…"

의사가 덧붙였다.

"십중팔구 1945년 전쟁 중에 벌어진 일 같아요."

돈 까밀로가 끙하고 신음 소리를 냈다.

"정치 때문에 빚어진 또 다른 살인사건이군."

"신부님, 또 시작이오. 일만 터졌다 하면 정치를 탓하는데…. 이 사건은 정치가 아니라 전쟁 때문이오!"

뻬뽀네가 넌더리를 냈다. 잠시 침묵이 흘렀다. 바키가 머리를 저으며 안타까운 목소리로 말했다.

"쯧쯧, 정말 딱한 일이로군. 대체 어디 살던 누구일까."

"이게 목에 걸려 있었습니다."

가느다란 금목걸이에 달린 메달을 내밀며 경찰서장이 말했다. 바키가 엄지와 검지로 메달에 묻어 있는 흙을 떼어냈다.

"가만, 여기 뭔가 새겨져 있는데요. 1929년 2월 8일생."

돈 까밀로가 한숨을 내쉬었다.

"겨우 열여섯 살짜리 소년이 이렇게 비참하게 죽었다니…."

서장이 호주머니에서 확대경을 꺼내 메달을 자세히 들여다보았다.

"서장, 혹시 이름 같은 건 없소?"

"아, 여기 있네요. 체사레 데피. 그렇지만 어디 출신인지는…."

"보르고데스테."

서장의 뒤에서 누군가 떨리는 목소리로 말했다.

수맥 전문가였다. 모두 깜짝 놀라 그를 돌아보았다.

"실례지만 그걸 어떻게 아십니까?"

경찰서장이 물었다.

전문가는 고개를 떨어뜨리고 기운 없는 목소리로 말했다.

"내 아들 이름을 어찌 잊을 수 있겠소. 그 애는 외동아들이었지요. 난 전쟁터에 나갔다가 포로로 잡혀 있었는데, 1945년 초반쯤 아이가 입대하겠다고 집을 뛰쳐나갔답니다. 그러고는 소식이 끊겼소. 부대에서는 북쪽으로 파견되었다고 하는데 전쟁이 끝난 뒤에도 돌아오지 않았습니다. 아내는 아직도 그 애가 돌아올 거라는 희망을 버리지 않고 있지요…."

"누가 이런 짓을 했는지 알아낼 수 있을 겁니다. 조사를 해야 하니 잠시 후 경찰서로 오십시오."

서장의 말에 그는 한숨을 내쉬며 중얼거렸다.

"조사라…. 아이가 이미 죽었는데 무슨 소용이 있겠소? 그나마 이제 아이가 어디에 묻혔는지 알았으니 아이의 명복이라도 빌어줄 수 있을 테지요."

전문가는 마을에 이틀을 더 머물렀다. 그리고 떠나기 전에 느릅나무 근처의 구덩이를 다시 한 번 더 찾았다. 뻬뽀네와 바키는 침묵하며 그의 곁에 서 있었다.

"많은 수맥 전문가들이 이곳을 탐색했지만 아무것도 알아채지 못했다면서요? 하지만 난 즉각 뭔가를 감지했습니다. 이 땅이 바로 내 아들의 피로 젖어있었기 때문이었습니다."

그는 슬픔을 떨쳐버리기라도 하려는 듯 고개를 절레절레 흔들며 덧붙여 말했다.

"피는 그저 피일 뿐, 물이 아니지요…. 미안합니다, 바키 씨."

바키는 당혹스러워하며 말했다.

"난 당신을 탓할 생각이 조금도 없소. 괜찮아요."

"아닙니다. 당신에게는 중요한 문제지요."

전문가가 대꾸했다. 그는 버드나무 가지 하나를 꺾어 들고 구덩이 안으로 내려갔다.

"전날의 떨림이 더는 느껴지지 않습니다…. 물이 아니었어요, 내가 감지한 건 내 아들이었습니다. 그리도 강하게 감지되었던 건 바로 내 아들이었단 말입니다."

삐뽀네는 할 말이 생각나질 않았다. 세 사람은 한참 동안이나 말없이 그 자리에 서 있었다. 마침내 수맥 전문가가 다시 입을 열었다.

"물은 있을 겁니다. 전에 말했던 것처럼 바로 몇 미터 아래는 아니지만…. 100미터정도 더 파 내려가면 물이 나올 겁니다. 믿는 자는 얻을 수 있겠지요."

바키는 그의 말을 믿었다. 그가 느릅나무 근처에 수도관을 설치하자 마을 사람들은 바키가 정신이 나갔다며 수군거렸다. 그러나 그는 사람들의 비웃음을 뒤로하고 계속 일을 진행했다. 꼭 관개용 우물 때문만은 아니었다. 뭔가 말로는 설명할 수 없지만 굉장히 중요한 이유가 있었다.

얼마를 파 내려갔을까? 마침내 땅에서 물줄기가 솟아오르기 시작했다. 바키는 기쁨에 겨워 덩실덩실 춤을 추었다.

일꾼들은 밤낮을 쉬지 않고 일했다. 열흘 후, 전기 펌프가 달린 우물이 완성되었다. 바키는 우물을 뚫은 것을 자축하는 자리에 마을 사람 모두를 초대했다.

그는 누구보다 그 수맥 전문가가 참석하기를 바랐다. 전문가는 아내를 동반하고 참석했다. 준공식에서 바키 노인은 전문가의 아내를 향해 말했다.

"이 펌프를 처음으로 돌리는 영광을 맡아주시길 바라오."

드디어 물이 힘차게 뿜어져 나왔다. 깨끗하고 시원한 물줄기가 흐르는 가운데 바키는 그간의 복잡한 심경을 정리하듯 선언했다.

"물은 모든 걸 정화시킨다오. 피로 얼룩진 땅을 씻어 내는 것도 물이오. 이 땅에 얼룩진 피와 더불어 죽은 자의 증오도 함께 씻겨나가기를…. 아멘."

뒤를 이어 돈 까밀로가 앞으로 나와 엄숙하게 말했다.

"주님, 당신의 물을 축성하옵소서."

수맥 전문가의 아내가 튜브에서 나온 물을 찍어 성호를 그었다. 수맥 전문가 역시 아내의 뒤를 이어 물로 성호를 그었다.

사람들은 모두 숨을 죽이고 이 광경을 지켜보았다. 물은 경쾌한 소리를 내며 힘차게 흐르고 있었다.

8월의 어느 날 오후, 수로 가장자리에 앉아 뚫어지게 우물을 바라보고 있는 한 남자가 있었다.

돈 까밀로는 그가 누구인지 단번에 알아보았다. 스물대여섯 살가량 된 빼뽀네의 부하였다. 그는 인기척을 느끼고 잠시 시선을 들었다가 다시 눈을 내리깔았다. 하지만 그 짧은 순간으로도 충분했다. 그의 눈이 평범한 일을 담고 있지 않다는 것을 돈 까밀로는 즉각 알아차렸다.

돈 까밀로는 수로 가장자리에 걸터앉아 그가 먼저 말을 꺼내기를 기다렸다.

여러분은 이 마을의 8월 오후가 어떤지 상상도 못 할 것이다. 8월의 태양이 내리쬐는 황량한 들판에 있는 모든 것들은 저마다 남다른 사연 하나씩은 가지고 있게 마련이다.

젊은이가 자신에게 혼잣말이라도 하듯 말했다.

"피…. 이건 물이 아니라 피야."

"아니, 물이네."

돈 까밀로가 나지막한 목소리로 말했다.

"피…."

젊은이의 목소리가 떨리고 있었다.

"그의 피라는 걸 난 알고 있어요…."

"물이네."

돈 까밀로가 온화하게 속삭였다.

"피예요!"

물로 가득한 수로 안을 두려운 눈으로 바라보며 젊은이가 괴로워했다.

"그의 피예요. 나는 그의 피가 채 식기도 전에 만져봤어요. 나는 명령을 따랐을 뿐인데…. 모두 그가 스파이라고 여겼거든요…. 나는 그의 아버지가 한 말을 들었어요. 그의 어머니가 여기서 성호를 긋는 것도 봤고요…. 피야. 이건 물이 아니야. 피라고요!"

돈 까밀로가 부드럽게 말했다.

"아니냐, 물이야. 한 번 만져보게."

젊은이는 겁에 질려 손을 감추었다. 돈 까밀로는 다시 한 번 더 부드럽게 권했다. 그러자 젊은이가 주저하며 천천히 손을 물에 담갔다.

돈 까밀로가 속삭였다.

"손을 전부 담그게. 바키 영감이 했던 말을 기억하지? 물은 모든 것을 정화시킨다는 말을 말이야. 암 그렇고말고, 피의 얼룩을 씻어낼 뿐 아니라 증오도 없애버린다네."

젊은이는 차가운 물 속에 손을 담갔다. 그의 두 눈에 눈물이 그렁그렁 맺혔다가 뺨을 따라 흘러내려 물속으로 떨어졌다.

젊은이가 수로에서 손을 빼고 물이 뚝뚝 떨어지는 자신의 손을 넋을 잃고 바라보았다. 갑자기 꿈에서 깨어나기라도 하듯, 고개를 흔들더니 퀭한 눈으로 돈 까밀로를 바라보았다.

돈 까밀로가 그를 안심시켰다.

"진정하게. 하느님만이 무슨 일이 벌어졌는지 아실 뿐이네. 만일 무슨 일이 있었다면 말일세."

젊은이가 일어나 걸어갔다. 몇 걸음을 옮기다 다시 우물을 향해 몸을 돌렸다.

돈 까밀로가 말했다.

"물이야. 피가 아니네. 축성 받은 물 말일세."

젊은이가 걸음을 떼었다. 그는 수로에서 파낸 자갈더미를 지나 아카시아 나무 사이로 모습을 감추었다.

안타깝게 세상을 떠난 자는 이제 평화로운 안식을 취하고 있었다. 돈 까밀로는 그의 무덤 아래 있는 화단에 물을 주기 위해 물통에 물을 채우며 이렇게 중얼거렸다.

"조금 전에 내가 본 그 눈물은 다 어디로 갔을꼬!"

그렇다. 하느님은 모든 것을 알고 계셨다. 그래서 그 눈물 한 방울이 돈 까밀로가 채우고 있는 물통 안으로 흘러가도록 배려하셨다.

결혼 소동

엄청나게 많은 일이 옛날과는 달라졌다. 농사는 이제 유행에 뒤떨어져 아무짝에도 쓸모없는 업종으로 취급을 받고 있었다. 강가를 따라 펼쳐진 비옥한 농지가 아무렇게나 방치되는 경우도 흔하디흔했다.

먹고살기 힘들어진 사람들은 너나 할 것 없이 과격파가 되어 갔다. 이들은 일거리가 없어 노는 날이면 벽에다 불만이 잔뜩 섞인 선동적인 문구를 휘갈겨 쓰곤 했다.

'정부는 실업자 대책을 마련해라!'

'빵과 일자리를 내놔라!'

아무리 불만을 늘어놔 봐야 한번 사라져버린 일거리가 되돌아올 리 만무했다. 농부들은 암시장의 물건조차 구입할 여유조차 없었다. 사람들은 결국 계절이 바뀔 때마다 하나둘 북쪽으로 일자리를 찾아 떠나고 말았다.

콘체르토 델리산티도 마찬가지 이유로 일자리를 찾아온 사람 중의 하나였다. 그의 실제 나이는 스물여덟이었다. 그렇지만 비쩍 마른 데다 몸집이 하도 작아서, 대부분의 사람들은 그를 스물둘쯤으로 보았다. 날씬한 몸매에다 발레리노 같이 우아한 걸음걸이를 지닌 그가 정장을 차려입고 거리를 돌아다니면 마치 큰 도시에서 시골로 유람하러 온 멋쟁이를 연상시켰다.

콘체르토가 바싸 마을에 온 것은 1년 전의 일이었다. 돈 까밀로는 어느 날 갑자기 주교의 추천서를 들고 나타난 그를 보초니 집안에 소개해 주었다. 보초니 가문 사람들은 가요네 농지를 수십 년 동안 소작하며 돈을 모아, 결국 그 땅을 사들일 정도로 집념이 강한 이들이었다.

그들은 돈 까밀로를 그다지 좋아하지 않았기 때문에 이 젊은이에게도 별로 좋은 감정을 갖지 않았다. 하지만 한 달의 견습 기간이 지나기도 전에 보초니 사람들은 이 청년이 지나치다 싶을 정도로 깔끔하게 일을 처리하는 성실파라는 걸 알게 되었다. 얼마 지나지 않아 콘체르토는 보초니 집안의 신뢰를 얻었고, 좋은 대우를 받으며 가족처럼 생활하게 되었다.

그는 정직한 데다 신앙심도 깊었다. 주일미사를 마치고 나면 항상 사제관에 들러 선물이 든 바구니를 돈 까밀로에게 안겨주었다. 자신의 충고를 잘 따르고 마을 사람들과의 마찰도 없었기에 돈 까밀로는 이 젊은이가 아주 마음에 들었다. 콘체르토에 대한 돈 까밀로의 평가는 다음과 같았다.

"성실한 사람이야. 절대 어리석은 행동을 하지 않는 지각 있는 젊은이지."

보초니 집안사람들은 하나같이 코끼리만큼 육중한 덩치에 우락부락하게 생긴 외모를 가지고 있었는데, 그로 인해 마을 사람들의 놀림감이 되는 경우도 많았다. 그중에서도 데솔리나의 경우가 가장 심했다. 보초니 노인의 자녀들은 모두 비슷한 성격과 외모를 가지고 있었으므로 데솔리나가 다른 형제들에 비해 딱히 더 웃음거리가 될 이유는 없었다. 다만 딱 한 가지 차이점만 뺀다면 말이다. 마을 사람들은 가끔씩 비웃음을 섞어서 그 차이점에 대해 이렇게 농담을 하곤 했다.

"하느님께서 어쩌자고 데솔리나를 여자로 태어나게 하셨담!"

보초니 일가는 다른 사람들과는 일절 교류를 하지 않고 자기네 땅에서 농사만 지으면서 지냈기 때문에 마을 사람들이 그들을 헐뜯는다는 사실도, 또한 그런 수군거림의 중심에 데솔리나가 있다는 것도 전혀 눈치채지 못했다.

마을 사람들은 나이가 찼는데도 데솔리나가 여전히 결혼하지 않자, 그녀를 데솔라타*라고 부르기 시작했다. 또한 서른 살이 되도록 남자친구 하나 없이 노처녀로 늙어가는 아가씨들에겐 이런 농담을 건네는 게 유행이 되었다.

"저 처녀는 데솔리나가 결혼하고 나서야 결혼하겠구먼!"

상황이 이렇다 보니 그 소문이 퍼졌을 때 마을이 얼마나 소란스러웠는지 쉽게 짐작할 수 있을 것이다. 처음에는 다들 농담으로 생각하고 크게 신경을 쓰지 않았다. 그런데 신랑이 누구인지 알려지자 모두들 포복절도하고 말았다.

"콘체르토 델리산티!"

"역시, 그처럼 찢어지게 가난한 시골뜨기만이 감히 데솔라타와 결혼할 배포를 가질 수 있지. 암, 그렇고말고."

데솔라나가 미모 운운할 수준이 안되는 건 말할 것도 없고, 보기에 따라서는 혐오감까지 일으킬 수 있는 인상을 가진 인물이었다는 점은 따로 언급할 필요가 없을 것 같다. 실제로 그녀는 어깨에 60킬로그램짜리 밀가루 자루 두 개쯤은 가볍게 짊어질 수 있었고, 필로티 일가와 보초니 일가가 쟁기를 메고 25미터의 밭고랑을 매는 내기를 할 때도 단연 돋보이는 실력을 과시하는 인물이다.

보초니 영감이 데솔리나와 콘체르토의 결혼을 공표하는 자리에 참석했던 돈 까밀로는 너무나 놀라 기절할 뻔했다. 그녀가 하얀 면사포를 쓴 채 꽃다발 부케를 들고 결혼하리라는 생각은 추호도 해본 적이 없었기 때문이다.

콘체르토가 성당에 찾아오자, 돈 까밀로는 잡아먹을 듯 그에

---

* 데솔라타(desolata) : 외톨이 여자라는 의미.

게 달려들어 물었다.

"콘체르토! 자네 결혼한다며?"

"신부님, 소문을 들으셨군요?"

"아니, 보초니 영감한테 직접 들었네. 대체 어떻게 된 건가?"

시골뜨기는 어깨를 으쓱했다.

"제가 뭐 힘이 있나요…. 아시잖아요, 혼자서 낯선 이들 틈에 살다 보면 가족이 그리울 때도 있고…."

"아이고! 아내와 장인, 다섯 명의 처남들과 그 처남댁들 그리고 스물네 명의 조카라…. 졸지에 대가족이 생겼네그려!"

콘체르토는 보름 후에 다시 돈 까밀로 앞에 모습을 나타냈다. 그런데 다른 때처럼 혼자 사제관에 온 게 아니었다. 보초니 형제 중의 한 명이 그와 동행하고 있었다. 돈 까밀로를 본 보초니는 인사를 건넨 뒤 밖에서 기다리겠다며 자리를 떴다.

웬일인지 콘체르토는 팍삭 늙어 보였다. 둘만 남게 되자 그가 하소연했다.

"신부님도 보셨죠? 단 1초도 감시에서 벗어날 수가 없어요. 밤에는 방에 가두고 열쇠로 잠가버려요."

"아니, 그게 무슨 소린가?"

돈 까밀로가 깜짝 놀라 외쳤다.

"나를 믿지 못하겠대요."

"그럴 만한 이유가 있겠지."

콘체르토는 어깨를 움츠렸다.

"마음이 급해졌나 봐요. 서둘러 일을 끝내고들 싶어 해요. 하지만 결혼은 신중해야 하잖아요. 결혼하기 전에 충분히 생각해 봐야 한다고요."

"암, 당연하지. 나중에 후회하는 것보다야 먼저 생각해 보는 편이 훨씬 낫지."

콘체르토의 얼굴에 생기가 돌았다.

"게다가 신부님, 해결해야 할 문제도 있고요…. 신부님은 제 상황이 특별하다는 걸 이해하시죠?"

"특별? 뭐가 특별한데?"

돈 까밀로가 의아한 듯 되물었다.

"신부님, 저는 고향에 있는 여자에 대해서도 책임을 져야 해요. 어쩌면 좋죠?"

"고향에 있는 여자라니! 아니, 그걸 왜 나한테 묻나? 자네 일이니까 자네가 알아서 해야지. 자네 양심에 물어보게."

"신부님, 제 머릿속이 캄캄해요. 신부님의 충고로 밝혀볼까 싶어서 이렇게 말씀드리는 거예요."

콘체르토는 괴로운 기색이 역력했다. 돈 까밀로가 냉정하게 말했다.

"자네가 여자에 대해 책임을 져야 한다는 말이 정확히 무슨 뜻인지 말해 보게."

"아주 오래전의 일이에요. 아직 철부지였을 적…. 제가 살던 남쪽 마을에는 머리가 살짝 돌아버릴 정도로 날씨가 더운 날이 있습죠."

"말 돌리지 말게! 그럼 데솔리나랑은 어떻게 된 건가?"

시골뜨기가 양팔을 벌렸다.

"여기도 날씨는 덥잖아요…."

돈 까밀로가 역겹다는 듯이 자리에서 벌떡 일어섰다.

"정말 실망했네! 그런 사고방식을 가진 사람에게는 해줄 말이 없군."

"신부님, 제가 고향의 일을 좀 정리할 수 있게 여유를 주라고 보초니 일가를 설득해 주세요. 토리첼라에 제 고향 사람 하나가 일하고 있어요. 그놈이 나한테 감정이 많거든요. 내 결혼 소식이 그의 귀에 들어가기라도 하면 무슨 못된 짓을 벌일지…. 생각만 해도 끔찍해요."

"흥, 그게 뭐 대수라고! 어떤 상황이 벌어지고 있는지 보초니 일가가 알게 됐을 때 자네를 어떻게 할지나 생각해 보게!"

돈 까밀로가 으르렁거렸다.

"신부님. 전 고해성사를 한 겁니다. 아무에게도 이 말을 하면 안 돼요!"

콘체르토가 간청했다.

"물론, 난 내 의무를 알고 있네. 하지만 10초 내로 여기서 꺼지게! 그렇지 않으면 정직한 남자의 의무로 자네 엉덩이를 힘껏 걷어차 버릴 테니까."

돈 까밀로가 이를 악물고 대꾸했다. 콘체르토는 단숨에 줄행랑을 쳤고 혼자 남은 돈 까밀로는 제대 위의 예수님에게 하소연하기 시작했다.

"주님, 저 사악한 뱀을 보초니 집안에 들여보낸 저 자신을 용서할 수가 없습니다. 예수님, 그 불쌍한 처녀가 명예를 더럽히지 않도록 제가 무엇을 할 수 있을까요?"

"돈 까밀로, 네가 말한 그 불쌍한 처녀는 서른다섯 살에다 팔 힘은 떡갈나무를 뿌리째 뽑아버릴 정도로 세고, 주일마다 네 설교를 놓치지 않고 듣고 있다. 그러니 이브와 뱀의 이야기도 잘 알고 있을 게다. 그들이 저지른 죄는 혼자서는 감당할 수 없는 죄악이니라."

예수님이 대답하셨다.

"나약한 자의 어깨 위에만 죄의 무게를 얹지 말거라. 죄인들은 각자 제 몫의 십자가를 지는 것이니라."

이틀 후, 광장에 버스 한 대가 도착했다. 버스에서 작은 몸집의 젊은 여자가 내렸다. 여자는 길 위에 낡은 가방을 내려놓더니 대대의 점호를 부르기라도 하듯 큰 소리로 아이들의 이름을 부르기 시작했다.

이름을 부를 때마다 아이들이 차에서 하나씩 뛰어내렸다. 제일 큰 여자아이가 열 살 정도 되어 보였고 제일 어린아이는 두 살 정도 되어 보이는 사내아이였다. 아이들이 여자 주변으로 무리를 지어 모였다. 그런데 아이들을 살펴보던 여자가 갑자기 날카로운 비명을 질렀다.

"치칠로!"

아이들 가운데 있어야 할 치칠로의 모습이 보이지 않자 여자는 거의 정신이 나간 듯이 울부짖었다. 아이들도 따라서 고함을 지르며 울음을 터뜨렸다. 시끄러운 이 소동에 경찰이 달려와 그 일행들을 읍사무소로 데리고 갔다. 일의 원만한 해결을 위해 결국 뻬뽀네가 나서야 했다.

"진정하시오. 무슨 문제가 있는지 설명을 해야 우리가 도와줄 수 있을 거 아니오?"

여자가 입을 열었다.

"기차에서 내려 버스를 탈 때까지만 해도 열한 명 전부 있었어요. 그런데 지금은 열 명밖에 안 돼요. 치칠로가 없어졌어요. 오 치칠로, 불쌍한 내 아가!"

뻬뽀네의 명령을 받은 스미르초가 전화통에 달라붙어 수선을 떤 결과, 10여 분이 지나 사건이 해결되었다. 치칠로는 버스 의자 밑에 잠들어 있었고, 잠든 아이를 찾아낸 운전사가 다른 버스 편으로 즉시 아이를 되돌려보냈던 것이다.

아이를 다시 찾은 여자는 기뻐하며 뻬뽀네의 손에 입을 맞추고 감사의 인사를 했다.

"열한 명의 아이들이라니! 어떻게 열한 명의 애들을 데리고 여행할 생각을 할 수가 있었소?"

빼뽀네가 황당해하며 물었다.

"나리, 자식새끼를 짐간에 내버려 둘 수는 없잖아요."

여자가 대답했다.

"이 아이들이 다 자식이라고?"

빼뽀네는 깜짝 놀라서 여자를 바라보았다. 여자가 대꾸했다.

"네, 모두 제 아들과 딸이에요. 남편은 매년 한 번씩 집에 들르는데, 어디에 있는지도 몰라요. 안부 인사 한 마디 없이 가끔씩 수표만 보낼 뿐이에요. 남편은 막내를 아직 보지도 못했어요. 남편이 집에 다녀간 이틀 후에 태어났거든요. 집안끼리 아는 사람 하나가 이 근처에서 일하다 남편을 보았다고 편지를 한 통 보내는 바람에…."

"그럴 리가 없어. 내가 알기론 이 마을에 남부 출신은 하나밖에 없는데."

빼뽀네가 중얼거렸다. 여자는 가방 안에서 다 낡아빠진 사진 한 장을 꺼내 그에게 내밀었다.

"나는 아눈차타 카페체로 델리산티에요. 사진 속의 인물은 바로 내 남편 콘체르토 델리산티고요."

사진 속에서 시골뜨기가 선량하게 웃고 있었다. 빼뽀네는 심장이 멎는 것만 같았다.

"그래, 여기서 일하는 젊은이가 맞는 것 같구려. 하지만 댁의 남편이라니 불가능하오. 막 결혼하려는 참인데!"

빼뽀네는 트럭을 타고 단숨에 보초니네 집 마당으로 달려갔다. 그의 옆에 브루스코가, 그리고 트럭 뒤 짐칸에는 아눈차타 카페체로가 열한 명의 아이들과 함께 앉아 있었다.

물론, 목적지로 향하기 전에 트럭이 읍내 구석구석을 다 돌았다는 것을 미리 지적해둘 필요가 있을 것 같다. 스쿠터를 탄 스미르초가 트럭 뒤를 쫓아가며 호기심으로 지켜보는 마을 사람들에게 이렇게 설명을 해주었다.

"시골뜨기 콘체르토의 마누라랑 자식들이랍니다. 결혼식을 축하하러 보초니 집에 간대요."

정오가 되자 보초니 식구들이 들판에서 돌아왔다. 뻬뽀네는 브루스코, 스미르초와 함께 여자와 아이들이 트럭에서 내리는 것을 도와주었다. 보초니 영감과 다섯 명의 아들이 위협적으로 그들을 둘러쌌다.

보초니가 뻬뽀네에게 물었다.

"뭐하는 짓거린가?"

"불쌍한 여인과 열한 명의 아이들을 광장 한복판에 내버려 둘 수야 없잖소."

뻬뽀네가 설명하자 보초니 영감이 대꾸했다.

"그래, 그렇지. 그런데 왜 하필 여기로 데리고 왔느냐고?"

그러자 여인이 앞으로 나섰다.

"왜냐하면, 내 남편이 여기서 일하거든요."

여자는 앞서 뻬뽀네에게 보여준 사진을 꺼내 노인에게 내밀었다. 보초니의 형제들이 사진을 돌려가며 보았다. 몇 분 뒤,

영문도 모르는 데솔리나가 도착했다. 그녀는 사진을 건네받아 한참을 들여다보더니 이렇게 부르짖었다.

“아니, 넌 뭔데 내 약혼자 사진을 갖고 와서 난리야?”

아눈차타 카페체로가 흥분해서 고래고래 소리를 질렀다.

“뭐라고? 부끄러운 줄 알아! 유부남이랑 재미를 보니까, 체면도 양심도 몽땅 잊어먹었니? 콘체르토 델리산티는 여기 이 아이들의 아버지라고!”

어느새 보초니 집 길 밖에는 재미있는 구경거리에 굶주려 있던 마을 사람들이 물 만난 고기처럼 하나둘 모여들고 있었다. 델리산티의 부인 아눈차타 카페체로는 계속해서 악을 써댔다. 보초니의 인내심이 한계에 도달했다. 그는 앞으로 나서며 위협적인 목소리로 말했다.

“저 떨거지들을 데리고 당장 여기서 나가!”

“흥, 누가 안 나가겠대요? 갈 테니까, 당장 내 남편이자 애들 아버지를 내놓으란 말이에요. 안 그럼 한 걸음도 물러서지 않겠어요.”

여자는 당당하게 대답했다.

“꺼져! 어서 꺼지라고!”

다시 한 번 노인이 위협적으로 소리쳤다. 다섯 명의 아들들도 여자를 둘러쌌다. 그렇지만 여인의 날카로운 비명이 놀라운 반격을 시작했다. 열한 명의 아이들 또한 여인의 팔과 다리에 매달린 채 꺼이꺼이 울어대기 시작했다. 아이들은 닭똥 같은 눈물을 한 바가지씩 쏟아내면서 거위 떼처럼 꺽꺽거렸다.

"아빠! 아빠…!"

보초니의 아들들이 움찔하며 뒤로 물러섰다.

"모두들 그만해!"

보초니 노인이 소리쳤다.

"그 사기꾼을 이 애들하고 같이 쫓아버려!"

노인의 장남이 움직였다. 그러자 아눈차타 카페체로가 비명을 지르기 시작했다.

"당신들은 그이를 때릴 거죠! 도와주세요! 사람 살려! 내 아이들의 아버지를 죽이려고 해요!"

뻬뽀네가 끼어들어야 할 상황이었다. 그는 스미르초에게 지시했다.

"경찰 서장을 불러와. 나 혼자의 힘으로는 지금 벌어지려는 일을 막을 수가 없을 것 같군."

"그만두게. 읍장, 내 약속하지. 누구도 폭력을 쓰는 일은 없을 거야."

보초니 노인이 확언했다. 노인은 다섯 명의 며느리 중 한 명을 불렀다.

"그 사기꾼을 여기로 데리고 오너라."

열한 명의 아이들에게 둘러싸인 여자는 마치 수많은 순양함이 호위하는 대장 함선처럼 보였다. 얼마 지나지 않아 고개를 푹 숙인 콘체르토 델리산티가 나타났다. 여자는 단숨에 달려가

콘체르토에게 안겼다. 아이들도 아버지와 어머니의 다리를 감싸 안았다. 마을 사람들은 이 극적인 재회를 보고는 환호를 해댔다.

콘체르토와 그의 아내 그리고 열한 명의 아이들은 뻬뽀네와 동지들의 도움을 받아 트럭 위에 올라탔다. 차가 출발하기 전 뻬뽀네가 보초니 노인에게 몸을 돌려 물었다.

"계산은 다 됐습니까? 봉급, 초과 근무 수당, 해고 수당…."

화가 난 보초니 노인이 속사포처럼 퍼부어댔다.

"달라는 대로 다 주지. 아니, 이것저것 더 얹어서 줄 테니 당장 데려가! 얼른!"

"아, 급한 건 아니니 천천히 계산하시구려. 계산이 끝나면 돈을 읍사무소로 가져다주시면 됩니다. 그동안 손님들은 우리가 대접하지요."

트럭이 털털거리며 출발하는 동안, 델리산티의 부인 아눈차타 카페체로가 보초니 노인에게 연신 감사의 인사를 하며 훌쩍거렸다.

"복 받으실 거예요, 나리! 애들 아버지를 다시 돌려주셔서 복 받으실 거예요…."

그날 밤 돈 까밀로는 밤을 꼬박 새웠다. 그러고는 다음 날 아침 일찍 필로티의 아들을 깨우러 갔다.

"그 사기꾼의 뒤를 밟도록 해. 어디로 가는지 알아야겠어. 우리 둘 사이에 미룬 계산이 있거든."

"만일 로마나 나폴리, 또는 더 아래 지방으로 내려가면요?"

필로티의 아들이 물었다.

"분명히 그 전에 멈출 거야. 북쪽으로 올라온 시골뜨기들은 절대 고향으로 되돌아가는 법이 없거든."

정오쯤 사기꾼을 좇던 감시자의 보고가 들어왔다. 뻬뽀네는 그들을 피아첸자 기차역까지 데려다 주었다. 콘체르토는 피아첸자에서 아내와 한바탕 떠들썩하게 부부싸움을 벌였다. 그는 결국 여자를 설득시켜 아이들과 함께 전부 기차에 태우는 데 성공했다. 기차가 출발하자 혼자 남은 시골뜨기는 기차역을 빠져나와 버스에 몸을 실었다. 버스가 피아첸자에서 30킬로미터 정도 떨어진 마을에 도착하자 그는 버스에서 뛰어내렸고, 이후 곧장 교회를 향해 걸어갔다는 것이다. 여기까지가 보고의 끝이었다.

돈 까밀로는 곧 작업에 착수했다. 그 마을 본당 신부에게 편지를 보내 개인적으로 전해줄 서류 때문에 콘체르토 델리산티라는 사람을 찾아야 한다고 설명했다. 그리고 드디어 일주일 후 시골뜨기가 어디에 처박혀 있는지 알게 되었다. 믿을만한 사람을 하나 보내 상황을 살핀 결과 인상착의가 정확히 맞아떨어졌다. 한 달 후, 돈 까밀로는 필로티를 앞세우고 그 마을로 갔다.

시골뜨기는 초원에서 한가롭게 물웅덩이를 파며 새처럼 고운 목소리로 노래를 흥얼거리고 있었다. 그때 돈 까밀로가 유령처럼 그의 앞에 나타났다. 그리고 콘체르토가 자신에게 무슨 일이 벌어지고 있는지 미처 알아차리기도 전에 메가톤급의 대포알을 두 방이나 먹였다.

시골뜨기는 폭풍 같은 기세의 주먹을 몸으로 고스란히 받아내야 했다.

돈 까밀로가 단호하게 외쳤다.

"자, 이제 짐을 챙겨 자네 고향으로 돌아가게."

당황한 표정을 지으며 시골뜨기가 그를 바라보았다.

"신부님, 그, 그럴 수는 없어요. 한 소녀에 대해 책임을 져야 해요."

"좋아, 나는 그 소녀에게 자네가 얼마나 망나니인지 당장 얘기하러 가겠네."

시골뜨기는 눈이 휘둥그레져서 크게 외쳤다.

"신부님, 그러지 마세요! 전 그녀랑 결혼할 거란 말이에요!"

"데솔리나와 그랬던 것처럼 말인가?"

"데솔리나와는 달라요. 데솔리나가 날 유혹했던 거예요. 난 그저 그녀의 나이와 사회적 위치에 대한 존중을 표현했을 뿐이었어요. 하지만 이 여잔…, 전 정말 사랑에 빠졌어요. 못 믿으시겠다면 지금 당장에라도 그녀와 결혼하겠다고 맹세할게요."

돈 까밀로가 꺼림칙한 표정으로 그를 쳐다보았다.

"아니, 지금 제정신인가? 그럼 자네 아내와 아이들은?"

콘체르토는 고개를 떨구며 중얼거렸다.

"신부님…. 밀라노에는 무슨 일이든 다 해 주는 심부름센터가 있어요. 아이들은 돈을 주고 빌린 거예요. 여자에게는 1만 리라를, 아이들에겐 각각 1천 리라씩 비용을 지불했어요. 그때 저는 어떻게 해야 할지 막막해서 심부름센터에 편지를 썼던 거예요. 확인이 필요하시다면 그 심부름센터에 가서 물어보세요."

그가 돈 까밀로에게 명함 한 장을 내밀었다. 돈 까밀로는 손을 저어 명함을 밀어냈다.

"보초니 영감님네 집에서 한 연극 때문에 3만 5천 리라나 썼어요…."

데솔리나와의 결혼과 그로 인한 불행한 결과를 고려할 때, 그 정도면 정말 싼 값을 치렀다고 해도 과언은 아니었다.

돈 까밀로는 콘체르토를 한심하다는 듯 쳐다보며 단단히 못 박았다.

"콘체르토, 자네의 지저분한 장난은 이번으로 끝나길 바라네. 그녀와 결혼하지 않으면 내가 반쯤 죽을 만큼 자네를 패준 뒤 질질 끌고 가서 데솔리나와 결혼시켜버릴 테니까."

콘체르토의 얼굴이 창백해졌다. 그가 숨을 헐떡이며 말했다.

"진짜 맹세해요!"

두 달이 지나 돈 까밀로에게 시골뜨기의 결혼식 초대장이 날아왔다. 다시 한 달이 지난 다음, 그는 나폴리에서 날아온 편지

한 장을 받았다.

"우린 신혼여행 중이에요. 제 아내가 신부님께 안부 인사 전해 달랍니다. 저는 그녀를 진심으로 사랑해요. 저 역시 평생 이 여자만 사랑할 거예요. 신부님을 존경하는 콘체르토 델리산티는 결혼 선물로 신부님의 축복을 바라고 있답니다."

돈 까밀로가 답장을 보냈다. 딱 한 줄짜리로, 정확하게 할 말만 적은 편지였다.

"이런 젠장, 행복하게 잘 살게…"

가문의 명예

뻬뽀네는 니콜라오의 얘기가 나오기만 하면 오만상을 찌푸려가며 땅바닥에 가래침을 탁 뱉었다. 그는 뻬뽀네의 말을 고분고분하게 들은 적이 한 번도 없는 사람이었다. 심지어는 인민재판이 벌어졌던 날도 그랬다.

전쟁이 끝났을 때, 니콜라오는 누구보다 먼저 인민재판소에 끌려갔다.

"니콜라오, 자네는 인민의 이익과 자유에 반하는 정치 활동을 했고 파시스트 독재자를 지지했어. 죄를 인정하라."

뻬뽀네가 으르렁거렸다.

"아니, 난 정치에 개입한 적이 없네. 더구나 내가 내 땅에서 한 발자국도 움직이지 않았다는 사실을 입증할 증인도 여러 명 있지."

니콜라오가 차분하게 대답했다.

"오, 그래? 그렇다면 파시스트 정당 놈들이 자네 집에 뻔질나게 드나든 건 어떻게 설명할 텐가? 그 작자들은 할 일이 없어서 자넬 찾아갔었나?"

"그야 내 농지가 이 근방에서 제일 잘 일구어진 땅이기 때문이지. 내 농지에서는 다른 어떤 농지보다 훌륭한 밀이 나거든. 아직도 내가 밀 생산 경연대회에서 최우수상을 받은 게 우연이라고 생각하나?"

둘러서 있던 사람들이 펄쩍 뛰었다.

"부끄러운 줄도 모르는 파렴치한 철면피!"

"그 빌어먹을 대회 우승이 그렇게 자랑스럽더냐?"

"독재 정권하고 붙어먹은 망할 지주 놈을 죽여 버려라!"

니콜라오는 어깨를 으쓱해 보였다.

"솔직히 골치 아픈 정치 따위는 내 알 바 아니야. 내 관심사는 오직 품질 좋은 밀을 많이, 아주 많이 생산하는 데 있다고. 하지만 농사가 정치적인 행위라는 소리는 내 평생 처음 들어보는군."

뻬뽀네가 잘 익은 토마토처럼 시뻘게져서 고함을 질렀다.

"흥, 고작 그걸 변명이라고…. 밀 생산 경연대회의 정치적인 의도를 모르고 참가했다고 하면 '아, 그러셨나요.' 하고 얼렁뚱땅 넘어갈 줄 알았나?"

니콜라오는 준비성이 치밀했다. 그래서 언제고 이런 식으로 딴죽을 걸고넘어질 사람이 있을 거라고 예상하고 있었다. 그는 뻬뽀네의 말이 떨어지기가 무섭게 자루에서 둘둘 말은 종이 한 장을 꺼내 내밀었다.

“이건 우리 아버지가 1913년도에 농업학교에서 받은 상장이네. 산타 루치아에 있는 농지에서 헥타르당 4천500킬로그램의 밀을 생산했다고 받은 거지.”

니콜라오는 얼굴색 하나 변하지 않고 말을 이었다.

“정치 문제에 있어서라면 난 결백해. 내 평생에 딱 하나 잘못이 있다면, 아버지보다 밀 생산량을 늘리지 못하고 줄어들게 한 것뿐이야. 구구절절이 늘어놔 봐야 변명만 될 테니 긴말은 하지 않겠어. 네네, 앞으로는 읍장 나리께서 원하시는 대로 생산량을 줄이도록 노력합지요. 그렇지만 수확량이 줄면 소작농들이 추가 수당을 받지 못하게 될 텐데 이를 어쩐담.”

아픈 곳을 찔린 뻬뽀네가 분을 삭이지 못하고 씩씩거리며 말했다.

“일단 집으로 돌아가 우리가 부를 때까지 대기하게. 조사가 완전히 끝나면 다시 연락하지.”

인민재판소가 다시 그를 소환하는 일은 없었다. 그러나 이 사건으로 체면을 구길 대로 구겨버린 뻬뽀네는 니콜라오에게 단단히 앙심을 품었다. 문제는 니콜라오가 여기저기 거들먹거리며 다니기는 했지만 소작농들을 등쳐먹지 않고 제때 품삯을 쳐주는 지주 축에 낀다는 점이었다.

사실 굳이 뻬뽀네가 아니더라도 니콜라오가 잘난 척하며 활보하는 모습을 눈꼴 사납게 생각하는 마을 사람들은 은근히 많았다. 농부들은 니콜라오가 아버지에게 물려받은 유산 덕분에 산타 루치아에 있는 농지가 굴러가고 있다고 믿었다.

"그놈은 말이야, 농사를 취미로 여긴다니까. 하지만 그만한 돈을 가지고 못할 일이 어디 있겠어? 비싼 비료, 품질 좋은 씨앗, 관개시설, 일 잘하는 일꾼들, 우수한 종자의 가축들, 풍부한 사료까지…. 말만 하면 다 이루어지는 데 힘들 게 하나도 없지. 150만 리라를 땅에 처발라서 100만 리라어치 밀을 생산 못 하면 그게 바보 멍청이지. 하지만 이것 보라고. 우린 생산한 걸로 먹고 살아야만 해. 투자를 많이 하고 싶어도 그럴 수가 없다 이거야. 니콜라오의 돈을 우리한테 한번 줘 보라지. 우리가 그 작자의 농지에서 나는 것보다 훨씬 더 많이 생산해낼 테니까."

그의 오만한 태도를 싫어하는 사람들은 니콜라오가 곤경에 처하기를 은근히 바랐다. 그러나 인민재판소가 그를 응징하는 데 실패한 이후 니콜라오는 전보다 더 잘난 체하며 마을을 활보하고 다녔고, 사람들은 그를 한층 더 밉살스럽게 여겼다.

어느 날 아침, 스미르초가 뻬뽀네를 찾으러 읍장 집무실로 허겁지겁 달려왔다.

"아침부터 웬 호들갑이야?"

"대장, 손님이 찾아왔습니다. 일단 밖으로 나가보십쇼."

빼뽀네가 읍사무소 밖으로 나와보니, 젊은 관광객들을 잔뜩 실은 화려한 관광버스 한 대가 광장에 멈춰 서 있었다. 버스 앞에 서 있던 두 명의 신사가 빼뽀네에게 인사를 했다. 그들은 미소를 지으며 믿기지 않는 말을 늘어놓았다.

"이들은 프랑스에서 가장 뛰어난 농업학교의 학생들입니다. 우리 선생들의 인솔 아래 유럽의 여러 나라를 돌아보고 있는 중이지요. 교과서에 적힌 구태의연한 지식이 아닌 현장에서의 생생한 농업 환경과 특징들을 배우고 싶어서 말이죠. 이 지역은 특히 토마토소스, 살라미 소시지, 파르마산 치즈 생산물의 중심지이기 때문에 학생들이 아주 많은 관심을 가지고 있습니다. 몇몇 농지를 방문해 곡물창고, 건초창고, 재배작물 등을 둘러볼 수 있도록 기회를 주실 수 있겠습니까?"

빼뽀네는 일말의 망설임도 없이 손짓으로 스미르초를 불렀다.

"이봐, 스미르초. 냉큼 토레타로 달려가 벨레티 영감한테 우리가 반 시간 후에 농장을 방문한다고 전하라. 좋은 인상을 주어야 하니 주변 청소도 미리 좀 하라고 일러두고."

그런 다음 빼뽀네는 커다란 억지웃음으로 환영인사를 보내며 읍장으로서 시원한 음료라도 대접하고 싶다고 덧붙였다.

잠시 후 빼뽀네는 읍사무소 안에서 '자유 인민의 상호 이해와 평화의 승리' 운운하며 잔을 치켜들었다. 인솔자도 그의 말에 짧은 인사로 화답했다. 학생들은 두 사람의 말을 큰 박수로 열렬히 환호했다.

때마침 스미르초가 돌아왔다.

"대장, 지금 오셔도 좋답니다."

빼뽀네는 사이드카를 타고 앞장섰다. 학생들과 선생들을 태운 관광버스가 그 뒤를 따랐다. 스미르초는 몸을 잔뜩 웅크리고 사이드카 조수석에 앉아 있었다.

빼뽀네가 신이 나서 말했다.

"흥, 이번엔 그 돼지 같은 니콜라오 자식이 약 올라 죽을 차례야. 내가 프랑스 인들을 벨레티 영감탱이에게 데려간 걸 알면 그놈 속에서 열불이 날 걸. 정치인 패거리들이 니콜라오의 밀밭에 이틀에 한 번꼴로 찾아가 칭찬을 늘어놓던 호시절은 끝장났어. 이제는 망할 파시스트 정치가 놈들도, 니콜라오도 영영 안녕이다."

스미르초가 한숨을 내쉬었다.

"대장이 그렇게 말한다면야…. 그렇지만 이 근방에서 가장 잘 일군 농지는 니콜라오네 것이 맞아요."

"멍청한 소리하지 마!"

빼뽀네가 소리쳤다.

"산타 루치아 농지가 마을에서 가장 잘 일궈졌다니, 당치도 않은 소리야. 거긴 다른 농지들하고 다를 게 하나도 없어. 파시스트 놈들이 작당해서 조작한, 소리만 요란한 빈 깡통 같은 데라고. 시찰이 나오면 놀랍게 준비된 진짜 금관악기 하나를 보여주지. 그러면 다른 모든 건 나무로 된 가짜인 것도 모르고 그것 하나만 보고는 최고라는 찬사를 내뱉는 형국이야. 진짜배기 민주주의에서는 겉모습이 아니라 내용을 본다고."

"대장은 자존심도 없어요? 만약 우리가 모든 경작지 중에 벨레티 영감의 농지가 최고라고 프랑스 녀석들에게 견학시켜 주면, 그들은 우리 농업이 상당히 낮은 수준이라고 깔볼 게 틀림없는데요."

"스미르초, 너 지금 나랑 한판 붙자는 거냐?"

빼뽀네가 흥분하는 모습에 스미르초는 겁을 집어 먹고 몸을 웅크렸다.

그들은 피오포 사거리를 지나고 있었다. 길 왼쪽으로 가면 벨레티 노인의 농지에 이르고 오른쪽으로 가면 니콜라오의 농지에 가닿는다.

빼뽀네가 길을 잘못 들었음을 깨달았을 때는 뒤따라오던 관광버스가 이미 우회전하고 난 후였다. 빼뽀네는 미친 듯이 화를 내며 스미르초에게 큰소리로 외쳐댔다.

"이 망할 녀석, 너 때문에 길이 틀렸잖아! 읍사무소로 돌아가면 혼꾸멍이 날 줄 알아."

니콜라오는 신사다운 행동으로 일행을 반갑게 맞이했다. 물론 빼뽀네와 스미르초는 예의 바르게 무시당했다. 농장견학이 끝나고 외국인들이 그늘이 우거진 정원에서 니콜라오 부인의 대접을 받을 때에야, 니콜라오는 마지 못해 빼뽀네에게 고맙다는 인사를 했다.

학생들을 인솔해 온 선생 중 하나가 헥타르 당 작물 평균 생산량이 얼마냐고 질문했다. 그러자 니콜라오는 빼뽀네를 돌아보며 살살 약을 올렸다.

"읍장 나리, 사실을 말할까요, 아니면 좀 줄여서 대답할까요?"

"…."

빼뽀네는 대답 대신 먼 산을 바라보았다.

이쯤 하면 충분히 놀려먹었다고 생각한 니콜라오가 설명했다.

"거짓말 하나도 안 보태고 말해서, 헥타르 당 4천500킬로그램 정도입니다."

프랑스에서 온 선생과 학생들은 놀랍다는 표정을 지었다. 도무지 믿기지 않는 눈치였다. 그 모습을 보고 배알이 뒤틀린 빼뽀네가 한 마디 톡 쏘았다.

"상장하고 메달도 보여주지 그러나? 그래야 허풍이 아니란 걸 믿을 게 아닌가?"

"진심이시오? 정말 경연대회에서 받은 상장을 저들에게 보여줘도 된다는 말이오?"

니콜라오가 조심스레 물었다. 그러자 빼뽀네는 자신이 자주 써먹는 레퍼토리를 다시 한 번 말했다.

"그래, 지금은 정치 얘기를 하는 게 아니잖나. 난 통계에 대한 얘기를 했을 뿐이란 말이야!"

*

니콜라오에게는 지노라는 아들이 있었다. 프랑스 학생들이 견학을 왔을 당시 지노의 나이는 스물다섯이었다. 그는 중학교를 마치기는 했지만 오랫동안 아버지를 도와 3헥타르의 산타루치아 농지를 경작하느라 졸업장에 대해서는 까맣게 잊고 살았다. '살아가면서 배워야 할 모든 걸 아버지에게서 배웠다'는 말을 입에 달고 살 정도로 지노는 집안 농사에 열심이었다.

하지만 지노에게는 남들에게 말하지 못할 비밀 하나가 있었다. 식구들은 물론이고 어머니조차 모르는 비밀이었다.

어느 날, 지노가 저녁 식사를 하다 말고 깜짝 발표를 했다.

"저어, 좋은 여자를 한 사람 알게 됐어요. 그녀와 결혼하기로 결심했어요."

어머니 비르지냐 부인이 반색을 했다. 니콜라오는 의외라는 듯 양팔을 벌리며 말했다.

"너도 나이가 찼으니 이젠 적당한 짝을 찾아야지. 그래, 상대는 대체 누구냐?"

"비고니 씨 딸이에요."

깜짝 놀란 니콜라오의 입이 쩍 벌어졌다. 비르지냐가 당황해 다시 한 번 물었다.

"비고니라고? 푸메토에 사는 그 비고니 말이냐?"

"예. 엄마"

지노가 대답했다.

"아니, 우리 농장의 목부였던 비고니라고? 너도 잘 알다시피 너무 무식하고 사나워서 우리가 쫓아버렸던 사람 아니냐, 비고니는?"

비르지냐가 걱정스럽게 말했다.

"걱정 마세요. 그 늙은이와 결혼하는 게 아니니까. 그녀는 자기 아버지하고는 달리 아름답고 훌륭한 아가씨예요. 공부도 할 만큼 했고 자기 몫을 할 줄 아는 여자죠."

니콜라오는 아무 말도 하지 않았다. 엄청난 충격이었다. 기대해 마지않는 아들인 지노가 고작 무식하고 멍청한 목부의 딸과 결혼하겠다니. 그것도 세상에서 가장 형편없고 보잘것없는 비고니의 딸과 말이다!

"두 분께서 반대하지 않으신다면 오늘 저녁 그녀의 집에 청혼하러 갈까 해요."

지노가 말했다.

니콜라오는 고개를 절레절레 저으면서도 어쩔 도리가 없다는 듯 짧게 말했다.

"네 결혼이니 네가 알아서 해라."

비르지냐 여사는 밤이 새도록 울었다. 니콜라오 역시 눈을 붙이지 못했다.

그들 부부의 실망은 거기서 그치지 않았다.

다음 날 아침, 비고니 영감이 자동차를 타고 달려왔다. 비르지냐 부인은 그를 보자마자 자기 방에 가서 틀어박혔다. 명절 때처럼 요란하게 옷을 차려입고 나타난 그는 평소보다 훨씬 더 천박해 보였다. 그가 바로 본론을 말했다.

"당신네 아들이 내 딸 파올리나와 결혼하고 싶다며 내 집을 찾아왔습디다. 당신네가 괜찮다면 나도 상관없소."

니콜라오가 중얼거렸다.

"내 아들이 그런 결정을 내렸다면 어쩔 수 없지…. 결혼해야 하는 사람은 내 아들이지 내가 아니니까 말이야."

"좋소! 그럼 그 문제는 여기서 끝을 봅시다. 나는 아들 넷에 딸 하나를 두었소. 아들놈들에게 땅을 쪼개서 나눠주는 대신, 딸아이에게는 현금 2천만 리라를 지참금으로 줄 생각이오. 당신이 2천만 리라를 내놓으면 도합 4천만 리라가 마련되는 셈이오. 마침 기름진 땅으로 소문난 캄포로소 농지가 나왔답디다. 두 아이가 그리로 이사해 자기네 농지를 일궈 나갈 수 있도록 하는 게 어떻겠소? 내 생각엔 썩 괜찮은 방법인 것 같은데."

니콜라오가 그 제안에 동의했다.

"그거 좋은 생각이로군."

"그럼 서두릅시다. 캄포로소에 눈독을 들이고 있는 자들이 꽤 되오. 옛말에 쇠뿔도 단김에 빼라고 하지 않았소."

비고니 영감이 의기양양하게 돌아가자 비르지냐 부인이 2층에서 내려왔다. 니콜라오가 자초지종을 설명하며 주먹을 불끈 쥐었다.

"그 인간은 자기 재산을 과시하려고 왔던 거야. 비겁한 졸부 녀석!"

하지만 비르지냐 부인의 생각은 조금 달랐다.

"여보, 지참금 2천만 리라는 적지 않은 돈이에요. 게다가 캄포로소는 정말 좋은 땅이지요. 당신도 그 농지가 잘 관리된 땅이라고 늘 입에 침이 마르게 칭찬해왔잖아요. 돈을 주고 아이들이 지들 인생을 살아가게 내버려둡시다. 중요한 건 여기 산타 루치아에 저 영감탱이가 두 번 다시 발을 들여놓지 못하게 하는 거예요. 만나지만 않으면 신경 쓸 일도 없지 않겠어요."

니콜라오는 근심스런 표정으로 아내를 바라보았다.

"하지만 비르지냐, 이를 어쩌지?"

"어쩌다니 뭘요?"

"우리 몫인 2천만 리라를 무슨 수로 내주느냐고. 지금 우리가 가진 건 산타 루치아 농지랑 은행에 있는 300만 리라가 전부인데…."

비르지냐 부인은 쓰러지듯 의자 위에 털썩 주저앉았다. 금전 문제에 대해 남편이 말한 것은 이번이 처음이었다. 니콜라오는 지금까지 아내에게 돈 문제를 한 번도 언급한 적이 없었다. 자신 말고 다른 가족이 사업 때문에 고민하는 걸 원하지 않았기 때문이었다.

“그 돈을 빌릴 데도 딱히 없소. 설사 빌릴 데가 있다 해도 빌리지 않을 거야. 내가 돈을 빌려 쓰는 꼴을 보면 마을 사람들이 얼마나 뒤에서 수군거릴까! 은행도 마찬가지야. 지금 은행에서는 10에서 15퍼센트의 높은 이자를 받고 있어. 죽을 때까지 뼈 빠지게 일해도 원금은커녕 이자도 못 갚는다고. 다른 방법이 없어. 산타 루치아의 농지를 파는 수밖엔.”

“그건 절대 안 돼요! 최악의 선택이에요. 산타 루치아 농장은 예로부터 니콜라오 집안의 자랑거리였어요. 지금 산타 루치아를 팔면 당신은 당신의 아버지를 배신하는 꼴이 돼요. 옳지, 다른 방법이 있어요. 결혼에 반대하는 체합시다. 지노에게 그 파올리나와 결혼한다면 단 한 푼도 줄 수 없다고 말하세요.”

니콜라오는 안 된다는 듯 고개를 저었다.

“비르지냐, 지노도 자기가 사랑하는 사람과 결혼할 권리가 있소. 부모가 되어 자식의 행복을 막을 수는 없는 노릇 아니오? 사람들은 자식보다 2천만 리라가 아까워 이런 핑계를 댄다고 떠들고 다니지 않을까?. 이렇게 하나 저렇게 하나 마찬가지란 말이오.”

비르지냐는 마음을 진정시키고 나서 생각을 가다듬었다. 그러고는 곧 평소처럼 니콜라오 집안의 빈틈없는 안주인으로 돌아왔다.

“좋아요. 당신 원하는 대로 결정하세요. 난 모든 걸 따를 준비가 되어 있으니까요."

그 다음 날 니콜라오는 비고니 영감을 찾아갔다.

"밤새도록 생각해 봤네. 캄포로소의 농지를 사들이는 건 괜찮은 장사야. 하지만 나는 그만두겠네."

비고니가 그를 바라보며 능글거렸다.

"2천만 리라를 내놓기가 싫어 그 좋은 기회를 내팽개칠 셈이오?"

"자네 좋을 대로 생각하게. 내 조부께서는 산타 루치아 농지의 틀을 마련하셨고 내 부친이 그 농지를 이 지역에서 제일 좋은 옥토로 일궈 내게 물려주셨네. 나는 이 땅을 이탈리아에서 가장 좋은 옥토로 일궜다고 자부하고 있어. 이제 내 아들에게 물려주어 유럽에서 가장 좋은 옥토로 일구도록 할 참이네."

니콜라오가 고집스레 말했다.

비고니가 비웃었다.

"흥, 너무 과장하지 마시오. 이게 어디 세계 챔피언을 겨룰 일인가?"

"도무지 말이 안 통하는구먼. 난 이탈리아 최고의 농사꾼이야. 자네는 형편없는 목부고! 그 점을 잊지 말게!"

"흥, 그래도 지금 나는 아들 넷에게 각각의 농지를 물려주고 딸한테는 2천만 리라의 지참금을 줄 수 있는 사람이오! 당신보다 낫지. 암, 그렇고말고"

니콜라오는 단호했다.

"암시장에서 돈 좀 벌었다고 잘난 체하지 말게. 그 돈이 자네의 무식함을 덮어주지는 않으니까 말이야. 나는 지노에게 산타 루치아를 물려주고 은퇴해서 바닷가로 휴양을 갈 예정이네. 우리 땅은 니콜라오 집안사람의 손에 있어야 해. 자네 몫인 2천만 리라가 있으면 아이들은 5헥타르를 더 사들여 농지를 넓힐 수야 있겠지. 파티니도 산타 루치아와 맞닿아 있는 자기네 농장의 끝자락을 팔 생각이 있다고 했네. 내 조건은 이거야. 순순히 따르든가 아니면 다 집어치우게!"

지노의 결혼식에 발맞춰, 5헥타르에 달하는 추가 농지 계약도 순조롭게 마무리되었다. 니콜라오와 그의 아내는 결혼식이 끝나자마자 짐을 꾸려 집을 나섰다.

로마에 도착한 그들은 집안끼리 아는 사이인 친구 조르조를 찾아갔다. 니콜라오가 자초지종을 설명했다.

"이보게, 조르조. 나는 모든 재산을 아들에게 물려주고 여기로 왔네. 왜 그랬는지는 묻지 말게나. 그래야 했기 때문에 그렇게 결정 한 걸세. 우린 더 이상 가진 게 없고, 나는 일을 해야 하네. 우릴 어디론가 보내주게나. 자넨 내 능력을 알고 있지 않나."

*

니콜라오와 비르지냐 부인은 뱃머리 난간에 기대어 멀어져

가는 육지를 바라보았다. 육지가 점점 멀어지더니 이제는 하늘과 바다밖에 보이지 않았다.

니콜라오가 한숨을 내쉬었다.

"휴, 이제 다 끝났군. 돌아올 기약이 없는 여행을 떠나는 기분이야. 죽은 사람이 천당으로 올라갈 때 이런 기분이 들까? 하긴, 따지고 보면 사실 우린 죽은 거나 다름없지…."

"그래도 우리, 자부심만은 잃지 않았잖아요."

비르지냐 부인이 조용한 목소리로 답했다. 그녀의 목소리에는 앞으로 다가올 새로운 도전에 대한 무한한 자신감이 담겨 있었다.

지주가 된 벽돌공

빼뽀네는 자신의 부하이자 마을의 최고 벽돌공인 비지오를 소작농들의 정치집회 대표 연설자로 선발했다. 그는 개인적으로 땅하고는 전혀 인연이 없어, 토지 문제에 대해 누구보다 객관적이 될 수 있는 입장이었기 때문이다. 평소에는 뚱한 얼굴로 입을 꾹 다물고 있었지만 비지오는 정치 얘기가 사람들 입에 오르내릴 때면 아주 예리하고 치밀한 분석을 내놓곤 했다. 그래서 그가 연설한다는 소문이 퍼지자 호기심 많은 사람들이 구름같이 광장으로 몰려들었다.

보통 '과묵한' 사람들은 마개로 단단히 봉해진 샴페인 병 같아, 건드리지만 않으면 구석에 얌전히 앉아 남들의 눈을 피한다. 그러나 일단 손을 대서 마개가 열리면 그다음부터는 숨은 정열이 다할 때까지 콸콸 뿜어내는 법이다. 옷 위에, 벽에, 천장에. 온 사방을 흠뻑 적셔놓을 정도로 말이다.

그날의 비지오가 딱 그랬다. 마치 오십 평생 참아왔던 말을 일순간에 폭발시키듯 열변을 쏟아내고 있었다. 배짱이 두둑하기로 이름난 지주들이 오줌을 찔끔 지릴 정도로 강력하고 단호한 연설이었다. 빨간색 천으로 장식된 연단 맨 앞줄에는 비지오의 아내 로사가 아들과 며느리 그리고 손자 리베로와 함께 앉아 있었다. 비지오의 연설을 다 듣고 난 다음, 로사는 진심으로 감탄한 나머지 박수를 쳐댔다.

"정말 멋졌어요! 당신 말이 다 옳아요!"

당지부에서 소작농 대표를 맡고 있던 토머스는 '지주라는 족속들을 몽땅 쓸어버리자' 고 제안하는 비지오의 연설이 끝나자마자 번개같이 단상으로 튀어 나갔다. 평소 감정 표현을 잘 하지 않는 무뚝뚝한 토머스가 두 눈에 눈물을 글썽거리며 비지오를 얼싸안았을 정도니, 그의 연설이 얼마나 감동적이었는지 충분히 짐작할 수 있을 것이다.

돈 까밀로는 아무런 말이 없었다. 방금 사제관 들창을 통해 비지오의 연설을 지켜본 탓인지 얼굴이 딱딱하게 굳어져 있었다. 잠시 무언가를 생각하는 듯하더니, 그의 옆에 있던 초로의 낯선 신사에게 몸을 돌리고 말했다.

"방금 연설을 마친 자가 로사 보소니의 남편이오."

낯선 신사는 황당한 얼굴로 돈 까밀로를 바라보았다.

"다른 식구들도 모두 공산당입니까?"

"왜 아니겠소. 저들은 모두 지독한 열성당원들이오. 심지어는 세 살짜리 어린아이조차 세례를 안 받고 있을 지경이지."

집회가 마무리되고 있었다. 돈 까밀로는 커튼을 닫고 창가에서 물러났다.

"계속 지켜보고 있는 편이 좋지 않을까요?"

낯선 신사가 돈 까밀로에게 물었다.

"염려하지 마시오. 집으로 돌아가려면 어차피 이 앞을 지나가야만 하니까."

돈 까밀로가 그를 안심시켰다.

"그들이 지나가는 걸 어떻게 알 수 있죠?"

"다 아는 방법이 있소. 잠깐만 기다려 봅시다."

반쯤 남은 시가에 불을 붙이며 돈 까밀로가 말했다. 2분쯤 지나자 사제관 창문 바로 아래에서 고음의 작은 목소리가 희미하게 들려왔다. 그러자 돈 까밀로가 미소를 지으며 설명했다.

"저기 저 애가 비지오의 손자 리베로요. 지금 부르는 건 붉은 깃발이란 노래고. 아이는 이 앞을 지날 때마다 그 노래를 부른다오."

…짓밟아 버리자 / 지주와 성직자를. / 로레토 광장에서 / 벌써

네놈들을 기다린다…

"노래는 신통치 않지만 뜻은 분명하지."

돈 까밀로는 자리에서 일어나 현관 출입문을 향해 다가섰다. 그는 비지오와 그 일당이 사제관의 현관 앞을 막 지나려 하는 찰나에 벌컥 문을 열고 그들을 막아 세웠다.

"잠깐 할 말이 있네."

"길은 공공재산 아닙니까? 누구든 자기 마음에 드는 노래를 부르면서 지나갈 권리가 있는 거예요."

비지오가 주먹을 움켜쥐며 위협적인 목소리로 말했다.

돈 까밀로가 대꾸했다.

"노래에 대한 얘기가 아닐세. 자네의 처 숙모, 데솔리나에 대한 얘기일세."

"아직도 하늘나라에 안 가셨답니까? 우리랑 완전히 연을 끊으신 분이에요. 나는 할 말이 없습니다."

비지오가 중얼거리자 돈 까밀로가 차분하게 대답했다.

"하느님이 데려가셨네. 오늘 아침 6시였지. 저녁때 여기로 시신을 옮겨와 내일 장례 미사를 치르려고 하네."

"나와는 상관없는 일이외다. 조카는 집사람이지, 내가 아니오. 살아생전 나랑 아무 인연 없이 산 양반, 이제 와서 공동묘지까지 따라다니며 곤란하게 하고 싶진 않으니까. 우린 신부님네랑 달라 산 사람이나 상대하지 죽은 사람하고 씨름하지는 않아요. 우린….”

비지오는 아직 연설의 흥분이 가라앉지 않았는지 뭐라고 몇 마디 더 지껄였다. 하지만 로사가 그의 말을 가로막더니 돈 까밀로를 향해 몸을 돌렸다.

“신부님이랑 쓸데없는 이야기나 나누려고 시간 낭비할 생각은 없어요. 그래, 장례식은 몇 시죠?”

“다섯 시일세. 그런데 말이야, 아무리 바빠도 시간을 좀 내주면 안 되겠나? 이 신사 양반이 고인의 유언을 전하기 위해 도시에서 나를 찾아왔거든.”

공증인이 앞으로 나서며 말했다.

“일단 안으로 들어오시지요.”

비지오 가족은 자기네들끼리 잠시 얘기를 주고받았다. 마침내 로사가 대표로 나섰다.

“사무실 주소를 알려 주세요. 우리가 내일 도시로 가겠어요.”

공증인은 고개를 저었다.

“나도 그러고 싶지만 그건 좀 곤란하군요. 데솔리나 여사께서는 여기서 유언장을 낭독하기를 원하셨거든요. 신부님을 증인으로 요청한 셈이지요.”

로사가 비꼬듯이 말했다.

“아이쿠, 돈 까밀로 신부님은 안 끼는 데가 대체 어디시래요? 우리 숙모가 유언장을 작성하면서 신부님이 바라는 대로 돈 몇 푼쯤 성당에 기부했나 보죠? 오호라, 증인이 필요하니까 그 얘기를 지금 우리 앞에서 확인받으시려는 거군요."

"말조심하게! 시답지 않은 소리를 늘어놓을 생각이라면 나도 가만히 있지 않겠네."

돈 까밀로가 맞받았다. 두 사람 사이에 팽팽한 긴장이 감돌았다.

"그럼…."

공증인은 하찮은 문제에는 신경 쓰지 않겠다는 투였다.

"모두 모일 때까지 저는 사제관 안에서 기다리도록 하지요."

비지오네 식구들은 그 자리에 서서 짧은 가족회의를 가졌다. 돈 까밀로의 꿍꿍이속에는 넘어가지 않겠다고 하나씩 다짐을 한 후에야 그들은 사제관으로 들어갔다.

공증인은 상속인들이 모두 안으로 들어온 것을 확인하고 가방 안에서 서류를 꺼내 낭독하기 시작했다.

'본인 데솔리나는 소유한 모든 재산을, 정확히 말해 아르지네 농장과 200만 리라를 내 조카딸의 손자인 세 살배기 꼬마 리베로 보소니에게 남긴다. 다만 아이가 성년이 될 때까지 본인의 조카딸인 로사가 아르지네 농장을 직접 관리해야 하며, 이 경우 농지 경작을 위해 필요한 농기구와 가축 구입을 위해 200만 리라를 사용할 수 있다. 로사가 이 제안을 거부할 경우, 유치원에 200만 리라를 기부하고 농지의 소작농으로부터 걷어들이는 임대료는 성년이 될 때까지 리베로 보소니 앞으로만 적립한다. 본 유언 집행인으로는 존경하는 돈 까밀로 신부님을

지명한다….'

아르지네는 보통 농지가 아니었다. 10여 헥타르 넓이의 이 농지는 근방에서 가장 소출이 많이 나기로 유명한 옥토였다. 신의 축복을 받은 듯 수로에는 사계절 언제나 물이 찰랑거렸고, 매년 양질의 포도주를 생산하는 포도밭, 탐스럽게 열매 맺는 과수원, 길게 늘어선 미루나무에다가 깔끔한 현대식으로 지어진 이층집까지, 최고라는 찬사로도 부족할 정도였다.

로사는 어려서 부모님을 여의고 먼 친척인 데솔리나 숙모 집에 얹혀살았다. 데솔리나는 로사의 성실하고 현숙한 태도를 보고 자신의 아들과 결혼시키면 어떨까 하고 내심 바랐다. 불행하게도 아들이 돌림병으로 이른 나이에 죽고 나자, 데솔리나는 로사를 반듯한 젊은이와 짝을 지워 함께 아르지네를 경작하도록 해야겠다고 굳게 결심했다.

그러나 어느 날 로사는 입이 거친 벽돌공 비지오와 사랑에 빠졌다. 데솔리나는 인정할 수 없었다. 욕쟁이 벽돌공 따위가 자신이 가장 아끼는 조카딸을 가로채다니!

숙모의 심한 반대에도 불구하고 로사는 끝내 비지오와 결혼해 버렸다. 얼마 후 비지오가 공산당에 가입하자, 데솔리나는 조카딸인 로사조차 더 이상 만나려고 하지 않았다. 그녀는 로사 가족과 왕래를 뚝 끊으며 앞으로 유산을 받을 생각은 꿈에도 하지 말라고 단단히 못 박았다.

남편마저 저세상으로 떠났을 때, 완전히 고립무원의 처지가 된 데솔리나는 할 수 없이 농토를 소작하도록 내줘야 했다. 그 뒤로 데솔리나는 인생의 마지막 20년을 소작농과 대립하며 지옥 같은 나날을 보내야만 했다.

다음날 오후, 데솔리나 숙모를 장사지내고 집으로 돌아오며 로사가 비지오에게 말했다.

"그들이 숙모님을 죽게 만들었어요."

로사의 눈가가 붉게 상기되었다.

"소위 당신네 동지라는 사람들이 괴롭히지만 않았더라면 예순여섯이 아니라 백네 살까지도 거뜬히 사셨을 분이었어요."

비지오가 투덜대며 뭐라고 중얼거렸지만 로사의 생각은 확고했다.

"당신이 그들 편을 들어봤자 소용없어요. 토머스와 그 아버지, 어머니, 마누라, 아들까지… 그 집 식구들은 몽땅 형편없는 속물들이에요! 그 인간들이 숙모님의 소작인이 아니었다면 숙모님은 좀 더 오래 사실 수 있었을 거예요. 이젠 그들이 쓴맛을 볼 차례예요!"

비지오의 며느리 아이다가 끼어들었다.

"아버님, 우린 지금 이 마을에서 가장 형편없는 집에 살고 있어요. 습하고, 공기도 안 통하고, 볕도 안 들고, 채소 나부랭이 심을 땅도 한 뙈기 없는 곳에서 말이에요. 그런데 보세요. 이런 우리한테 별장 같은 근사한 집에다 10헥타르 가까운 넓은 땅을 가질 기회가 찾아왔어요. 게다가 유언을 거부하면 전부 우리 소유가 되어야 마땅한 경작 임대료를 단 한 푼도 손댈 수 없게 되잖아요."

로사가 거침없이 말했다.

"고약한 토머스 집안에 득 되게 하자고 마땅히 우리에게 돌아와야 할 몫을 포기할 수는 없어요."

비지오가 자신 없는 투로 입을 열었다.

"토머스는 훌륭한 사람이야. 토머스는…."

그러나 비지오는 말을 끝맺을 수 없었다. 아버지와 마찬가지로 6개월에 한마디나 할까 말까 한 비지오의 아들이 그의 말을 가로막았기 때문이다.

"전쟁과 정치를 핑계로 토머스 아저씨가 저지른 못된 일들을 아버지도 잘 아시잖아요. 더 이상 왈가왈부할 것 없어요. 당장 우리가 살던 오두막을 버리고 산 마르티노에 있는 아르지네 농지로 이사하자고요. 당장 토머스 아저씨에게 가서 아버지가 직접 이 일을 설명하세요. 차마 못 하시겠어요? 그렇다면 내가 가서라도 하지요. 괜히 어리석은 짓을 할 생각은 마세요. 아무리 아버지라 해도 내가 가만있지 않을 테니까."

이러한 가족들의 반응에도 불구하고 비지오는 행동에 옮기기 전에 적어도 일주일은 곰곰이 생각해 볼 작정이었다. 그렇지만 그날 저녁이 되자 당장 결론을 내릴 수밖에 없는 궁지에 몰리고 말았다. 인민의 집에서 열린 공산당 간부들의 회합 자리에서 토머스와 정면으로 마주치게 되었던 것이다.

토머스는 비지오를 보자마자 악수를 청하며 말했다.

"비지오, 데솔리나 할멈이 아르지네 농지를 물려주었다는 소문을 들었네. 앞으로 잘 좀 부탁해. 그 할망구하고는 말이 전혀 안 통했었거든. 아무래도 자네하곤 말이 쉽게 통하지 않겠어?"

비지오는 어깨를 들썩하며 말했다.

"미안하군, 난 이 문제랑 아무런 상관이 없어. 그 땅은 내 어린 손자 녀석이 물려받은 땅이야. 우린 그저 아이가 성인이 될 때까지 잠정적으로 소유권을 인정받았을 뿐이지. 더군다나 골치 아픈 조건까지 달려있네. 그 땅을 우리가 직접 경작해야 한대. 안 그러면 사용권을 인정해주지 않겠대. 나로서도 그다지 달갑지만은 않은 상황이라고."

"그게 무슨 말인가?"

토머스가 미심쩍은 눈초리로 물었다. 비지오는 차분하게 설명했다.

"우리가 직접 농사를 지어야 하니 자네가 땅을 비워 주어야 한다는 이야길세."

토머스가 큰 소리로 웃음을 터뜨렸다.

"뭐? 평생 벽돌공 노릇을 해온 자네가 이제 와서 농사꾼이라도 될 참인가?"

"우리 집사람은 스물세 살까지, 나는 스물두 살까지 농사를 지었네. 어떻게든 해나갈 수 있겠지."

토머스가 어이없어하며 다른 공산당 간부들을 향해 몸을 돌렸다.

"아이고, 이게 다 무슨 소린가! 어제만 해도 소작농의 정당한 권리에 대해 일장 연설을 늘어놓더니 오늘은 나를 농지에서 쫓아낼 궁리를 하고 있군!"

"이 문제는 소작농의 권리와는 상관이 없어."

비지오가 냉랭하게 대꾸했다.

"그저 땅 주인이 바뀌었을 뿐이야. 다만 유언에 따라 새로운 땅 주인이 직접 농사를 지어야 하기 때문에…."

"뭐라고? 그런 말도 안 되는 조건에 순순히 따를 생각이란 말인가?"

토머스가 고함쳤다.

"말도 안 된다는 건 나도 알아. 하지만 나도 어쩔 수 없어. 아르지네를 비워주게."

비지오가 단호하게 말했다. 토머스는 대뜸 모자를 벗어 던져 버리고 주먹을 옆구리에 척 갖다 대며 비지오와 맞섰다.

"난 우리 땅에서 단 1밀리미터도 못 나가!"

토머스는 '우리 땅'이라는 부분을 특히 강조하며 외쳤다.

"그래? 그렇다면 눈 하나 깜짝 않고 남의 목을 발로 짓밟을 수 있는 행실 나쁜 우리 아들 놈을 기꺼이 소개해 주겠네."

비지오가 표정 하나 바꾸지 않고 말했다.

분위기가 심상치 않자 빼뽀네가 서둘러 중재에 나섰다. 그는 엄한 목소리로 선언했다.

"이봐들, 여기서는 싸움 금지야. 여기는 토론을 하는 장소지, 권투 경기장이 아니라고. 각자 자신의 입장에 대해 이야기하는 건 자유지만, 제발 찬찬히 시시비비를 가려서 올바른 결론을 이끌어 내란 말이야."

"먼저 내 입장은, 아무도 나를 내 집에서 강제로 내쫓을 수는 없다는 거야. 그리고 건방진 젊은 놈이 그깟 주먹질로 위협한다고 물러서지는 않아."

토머스가 평상심을 되찾고 침착하게 말했다.

"내가 보기에 여기는 당의 사업을 논하는 장소지 개인의 권리를 부르짖을 장소는 아닌 것 같은데."

비지오 역시 차분한 목소리로 맞받았다.

이번에는 스미르초가 펄쩍 뛰었다.

"자네가 틀렸어. 당은 모든 동지들의 권익을 위해 존재한다고. 노동자 계급의 이익이 바로 동지의 이익이지."

"하지만 농지는 내가 물려받은 거지, 노동자 계급이 물려받은 게 아니잖아."

그러자 스미르초가 다시 소리쳤다.

"자네도 지주가 되고 싶은 거야? 지주들은 모두가 도둑놈들이라고!"

"아니, 지주라고 해서 다 도둑놈이 되는 건 아니야. 지금 난 내 정당한 권리를 행사하려는 것뿐이야. 토머스에게서 뭔가를 빼앗으려는 게 아니라고."

비지오가 똑 부러진 말투로 결론을 내렸다.

"땅은 농부들이 경작해야 해! 벽돌공이 아니라…."

비지오의 말을 듣고 있던 토머스가 큰 소리로 말했다. 비지오가 벌컥 화를 내며 소리쳤다.

"뭐야? 벽돌공이 농부보다 더 멍청하기라도 하단 말이야?"

뻬뽀네는 인상을 잔뜩 찌푸렸다.

"비지오, 화만 내지 말고 내 말 좀 들어봐. 이건 우리 당에 심각한 분열을 일으킬 수도 있는 문제야. 그걸 모르겠나?"

"대장, 내가 어디 혼자서 떵떵거리며 살겠다고 이럽니까? 이건 어디까지나 개인적인 문제라고요."

비지오가 말했다.

"당원증을 호주머니 속에 넣고 있는 사람에게 개인적인 문제가 없다는 점을 우선 상기시켜 주고 싶군."

뻬뽀네는 열통이 뻗치는 걸 애써 참으며 말했다. 그러자 비지오가 분명하고 또렷한 목소리로 반박했다.

"대장, 우리 솔직해집시다. 당원증과 10헥타르짜리 기름진 농지 중에 하나를 선택하라면 나는 기꺼이 당원증을 포기할 겁니다. 여기 있는 사람 중에 그렇게 하지 않을 사람이 있으면 나와보라고 해요."

"수백만의 동지들이 그 당원증을 위해 목숨까지 바쳤어!"

스미르초가 길길이 날뛰며 소리쳤다.

"글쎄, 평생 빌빌거리며 살아온 내 목숨이 아르지네처럼 비옥한 농지보다 값어치가 훨씬 더 나가는 지는 죽을 때 가봐야 알겠지. 마지막으로 하고 싶은 말은 이거야. 20년 동안 그 땅에서 토머스가 실컷 해먹었으니 나한테도 좀 기회를 달란 말이야."

비지오가 대꾸했다.

"너 이 자식, 내 손에 죽고 싶지 않으면 당장 꺼져!"

스미르초는 완전히 머리가 돌아버렸다. 그러나 비지오는 들은 체도 하지않고 '편히 주무시길' 하고 인사한 다음, 자리를 털고 사라져버렸다.

비지오의 가족은 모두 결정을 내린 상태였다. 그러나 비지오는 쉽사리 결정을 내리지 못했다. 오랜 세월 대장으로, 동지로 끈끈한 우정을 나눠왔던 뻬뽀네와 사이가 완전히 틀어져 버릴까 하는 두려움 탓이었다.

비지오의 고민은 한 달가량 계속되었다. 결국 그는 가족의 성화를 듣다 지쳐 가족의 의견에 따르기로 하고 기운 빠진 모습으로 뻬뽀네를 찾아갔다.

"대장, 정말 미안하게 됐어요. 대장한테도, 당에도 더는 폐를 끼치고 싶진 않으니까 당장 제명시켜 주십쇼. 하지만 지금이라도 토머스가…."

빼뽀네는 한참을 귀 기울여 가며 비지오의 이야기를 들어주었다. 이야기가 끝나고 나서는 괜찮을 거라며 비지오의 어깨를 툭툭치며 안심시켜 돌려보냈다.

그런 다음, 빼뽀네는 곧장 스미르초를 시켜 토머스를 불렀다.

“이보게, 토머스. 자넨 온 동네 사람들한테 웃음거리가 되고 싶나? 아무리 정당하지 않은 요구라곤 해도 동지인 비지오의 부탁 아닌가. 자네도, 비지오도 당에서 꼭 필요로 하는 사람이야. 동지 하나를 살리자고 다른 동지의 눈에서 피눈물이 나게 할 수는 없는 노릇이잖아. 공식적인 내 입장으로는 자네 편을 들어 비지오의 탈당을 받아들이고 그를 당에서 추방해야 마땅하겠지. 하지만 자네 둘이 서로 체면이 구기지 않는 선에서 합의를 하면 어떨까? 비지오는 자네만 좋다면 30만 리라를 줄 의향이 있다더군. 공돈 30만 리라가 생긴단 말일세!”

토머스는 잠시 생각하더니 자신의 생각을 말했다.

“휴, 30만 리라라…. 좋습니다, 좋아요. 하지만 백번 양보해서 내가 이 조건을 받아들인다 해도 농지를 구할 수 없다는 게 여전히 문제로 남습니다. 지주 놈들은 겁쟁이들이라서 농지를 빌려주기 전에 샅샅이 뒷조사를 한다고요. 대장, 내 벌써 알아봤소. 그동안 여기저기 찔러봤단 말이에요. 내가 공산당원인 걸 아는 사람들은 절대 땅을 빌려줄 수 없다고들 합디다.”

30만 리라는 적지 않은 액수였다. 게다가 오랜 동지 비지오와 척지게 되는 일 역시 토머스에게도 달갑지 않은 일이었다.

그러나 토머스도 처자식이 있는 몸인 이상, 먹고살기 위해서는 소작할 다른 농지가 확보되어야 아르지네를 떠날 수 있는 처지였다. 그는 한참 동안 궁리를 한 뒤 결론을 내렸다.

"대장, 한 가지 방법밖에는 없겠어요. '명령 불복종'으로 나를 당에서 내쫓는 거예요. 당에서 쫓겨난 공산주의자들은 부르주아들의 호감을 얻을 수 있으니까."

뻬뽀네는 잠시 머뭇거렸다. 하지만 토머스가 재차 그를 설득했다.

"얼른요, 대장. 아니면 내가 지금보다 더 힘들어지기를 기다리는 겁니까?"

결국 뻬뽀네는 종이 한 장을 집어 들고 '위중한 명령 불복종 때문에 토머스를 당에서 제명한다'는 내용의 성명서를 적어야 했다.

"읽어보고 괜찮은지 말해 보게."

토머스가 뻬뽀네에게 성명서를 읽고 되돌려 주며 말했다.

"대장, '위중한 명령 불복종'으로는 좀 약한 것 같아요. '충성심 부족'도 적읍시다. 더 강한 인상을 줘야 하니까."

뻬뽀네는 '충성심 부족'이라고 덧붙여 적었다.

성명서는 공산당 연합 주간지를 비롯한 다른 지방 일간지에 적절한 인용 글과 함께 실렸다. 토머스가 따로 광고할 필요조차 없었다.

얼마 뒤, 뻬뽀네와 공산당이 보란 듯 기독교민주당 간부가 아르지네에서 반 킬로미터도 떨어지지 않은 곳에 20헥타르 가량의 옥토를 토머스에게 임대했다.

한편 벽돌공 일을 그만둔 비지오는 뻬뽀네의 심복부하라는 자격을 잃지 않고도 농부가 될 수 있었다.

뽀 강 골짜기 마을에서는 피치 못할 사정으로 공산주의자가 지주가 되는 길을 택하고, 30만 리라라는 돈에 당에서 쫓겨나는 가짜 배신자로 변신하기도 한다. 그들은 인생을 어떻게 살아야 한다는 강박관념 따위에 매달리지 않는다. 이기적이다, 아니다를 논할 필요도 없다. 형편에 따라서는 얼마든지 다른 입장을 택할 수도 있고, 그래야만 하는 것이 우리네 인생 아닌가.

다만 한 가지, 리베로 보소니라는 세 살짜리 상속자가 사제관 창문 아래를 지날 때마다 '붉은 깃발' 이라는 행진곡을 불러대는 것은 여전했다. 그렇다고 누구도 녀석의 부모를 욕하거나 그 꼬마의 머리를 쥐어박지는 않았다. 그건 단지 '자리바꿈' 의 문제에 불과하다는 걸 뽀 강의 고집 센 사람들은 너무나 잘 알고 있었기 때문이다.

음악회 대결

데솔리나 카마티는 구십 평생 그 누구에게도 돈 한 푼 내놓은 적이 없는, 구두쇠 중에서도 상구두쇠였다. 그런 그녀가 자발적으로 자선사업을 벌인다면 정말 자다가도 놀라 자빠질 일이 아닐 수 없다.

데솔리나는 임종이 가까워지자 사람을 시켜 돈 까밀로를 불러들였다.

"신부님, 부탁이 있어요. 이 부탁을 들어주시면 새 오르간을 사는 데 필요한 돈을 성당에 기부하겠어요."

돈 까밀로는 이 말을 듣고는 너무나 기뻐 가슴이 터질 것만 같았다.

"데솔리나 할머니, 무슨 부탁이든 편하게 말씀하세요."

"300만 리라를 드릴 테니까, 저를 위해 6천 번의 미사를 올려주세요."

돈 까밀로가 머릿속으로 한참 동안 셈을 굴렸다.

"할머니, 하루에 미사를 한 번씩 드린다 해도 대략 17년이나 걸립니다. 그렇게 긴 일거리를 약속하기엔 저는 너무 늙었답니다."

"아, 듣고 보니 정말 그러네요. 그렇다면 이 기부금은 토리첼라의 본당 신부님과 의논하겠어요. 그쪽은 젊은 신부님이니, 아마 앞으로 남은 시간이 충분할 테지요."

"잠깐! 데솔리나 할머니, 내가 얼마나 오랫동안 새 오르간을 꿈꿔왔는지 잘 아시잖소. 딱 1천200번만 합시다."

"흠… 그렇다면 5천600번."

두 사람은 한참을 그렇게 승강이를 벌였다. 돈 까밀로가 끝까지 고집을 피운 덕에 미사는 2천 번으로 줄어들었다. 돈 까밀로는 서약서를 쓰고, 데솔리나의 유언 집행인을 통해 300만 리라를 건네받기로 약속했다.

마지막 거래를 충실하게 끝낸 데솔리나는 흡족한 미소를 지으며 저세상으로 떠나갔다. 그리고 이 세상에 남은 돈 까밀로는 오르간을 어떻게 들여올지 고민하기 시작했다.

모두가 익히 알다시피 돈 까밀로는 가끔 주먹이 앞서서 탈이기는 해도, 불의를 보면 참지 못하고 약한 사람들을 위해 발 벗고 나서는, 신부로서의 본분에 충실한 사람이었다. 그리고 딱히 자랑이나 잘난 척을 좋아하는 사람도 아니었다. 그러나 이번 사건에 한해서만큼은 그의 이성이 반쯤 날아가 버렸는지 마을 사람들에게 자랑하고 싶은 마음이 샘솟았다. 아마도 성당에 새 오르간을 설치하는 일이 너무 오랜 숙원사업이었기 때문이다.

그런 만큼 새 오르간을 공개하는 날이 오면 마을 사람들이 깜짝 놀라 입을 다물지 못하게 하겠다고 돈 까밀로는 결심했다. 자신의 목표를 달성하기 위해 그는 우선 낡은 오르간을 수리하겠다는 소문을 온 마을에 퍼뜨렸다. 그 뒤 억수같이 비가 쏟아지고 바람이 휘몰아치던 어느 날, 돈 까밀로는 새 오르간을 몰래 들여왔다. 사람들은 집에 틀어박혀 꼼짝도 안 하고 있었으므로 아무것도 알아채지 못했다.

돈 까밀로는 본당 원로들에게 재정을 후원받아 유명한 오르간 반주자를 데려올 거창한 계획을 세웠다. 기념 연주회의 날짜는 그동안 엄중한 비밀로 유지되고 있었다.

“자, 여러분이 목 빠지게 기다리는 기념 연주회 날짜와 시간을 알려드리겠소. 연주회는 다음 주 일요일 오후 4시에 있을 예정입니다.”

연주회를 앞두고 마지막으로 열린 회의에서 돈 까밀로는 들뜬 기분으로 기관차처럼 말을 쏟아냈다.

“작전은 금요일부터 시작이오. 홍보물은 이미 인쇄에 들어갔고 이번 일요일 저녁쯤이면 받아볼 수 있을 것 같소. 우리가 조금만 부지런하게 움직이면 월요일 아침에 집을 나서는 사람들은 마을 곳곳에 붙은 홍보물을 보게 될 겁니다. 그뿐만 아니라 신문에 광고도 내고 현수막을 내걸고 확성기를 단 차가 행진할 계획도 세웠소. 아예 6일 내내 기념 연주회로 마을을 도배해 버립시다. 성당만이 아니라 사제관 앞뜰이랑 광장까지 사람들이 미어터질 정도로 성황을 이룰 것으로 예상됩니다. 한 가지 더, 종탑 위에도 확성기를 설치하여 공산당 패거리들을 한껏 약 올려 줄까 생각 중이오, 의견을 듣고 싶소."

돈 까밀로는 한껏 의기양양해져 있었다. 그러나 그는 장차 무슨 일이 벌어질 것인지 전혀 예상하지 못했다. 그 일이 어쩌다 우연히 일어난 것인지 혹은 누군가 정보를 빼돌려 일어난 것인지는 아무도 모를 일이었다.

다음 날 아침 마을 곳곳에 어지간한 이불보보다 큰 선전물이 나붙었다. 인민의 집에서 여는 성대한 음악회를 알리는 홍보물이었다. 다음 주 일요일 오후 4시에 오케스트라, 합창단, 지휘자 그리고 솔리스트들이 출연하는 '위대한 음악가 베르디 기념 음악회'가 열린다는 것이다. 오르간 연주가 있을 날에, 그것도 똑같은 시간에 무료 음악회가 열린다니 믿을 수 없는 노릇이었다.

돈 까밀로는 주일 첫 미사를 집전하면서 놀란 마음을 진정시킬 수가 없었다. 미사가 끝나고 혼자 남은 그는 십자가 위의 예수님께 속마음을 털어놓았다.

"예수님, 그들은 정말 비난받아 마땅합니다. 고질적인 경쟁심 때문에 이런 엄청난 싸움을 걸다니요. 저들을 가만두실 겁니까?"

"돈 까밀로야, 나는 이것을 자연스러운 경쟁으로 보고 있느니라."

예수님이 대답하셨다.

돈 까밀로는 깜짝 놀라 눈을 휘둥그레 뜨며 예수님을 올려다보았다.

"예수님, 경쟁은 장사치들이나 하는 겁니다. 극장은 장사를 하는 장소니까 그렇다 해도 여기는 주님의 집입니다. 극장이 감히 주님의 집과 경쟁을 할 수는 없는 것 아니겠습니까."

돈 까밀로가 부르짖었다.

"왜 안 되느냐? 극장에서나 하는 공연을 기획한 건 바로 너다. 네가 먼저 하느님의 집을 싸구려 공연장으로 만들어 놓고서는 어찌 괴로워하느냐?"

돈 까밀로는 절망적으로 양팔을 벌렸다.

"예수님, 저들이 내세우는 긴장완화에 대한 선전이 혹시 천국에까지 이르렀습니까?"

"돈 까밀로, 지금 누구와 대화를 하고 있는 건지 잊었느냐?"

돈 까밀로는 고개를 숙였다.

"예수님…, 저의 무례를 용서해 주소서. 하지만 시골의 불쌍한 신부로서, 성당의 오르간 연주는 극장에서 공연하는 오케스트라 연주와 전혀 다르다고 생각합니다."

"사람들이 하느님과 더욱 가까워지도록 하는 종교의식에 사용될 때 너의 오르간은 비로소 제 역할을 담당하는 것이니라. 하느님을 생각하는 그리스도교인들의 정신을 훼손시킬 목적으로 쓰인다면 그 오르간은 차라리 없느니만 못하다. 문제는 그 쓰임새이니라. 돈 까밀로, 이번에는 네가 경솔했구나."

11시 미사가 시작했다. 돈 까밀로는 미사를 집전하며 신자들에게 차분한 목소리로 강론했다.

"형제 여러분, 다음 주 일요일 오후 4시에 오랫동안 여러분의 호기심을 불러일으킨 휘장이 드디어 걷힙니다. 존경하는 주교님이 오셔서 고인이 된 데솔리나 카마티 할머니가 기부한 돈으로 마련한 오르간을 축성해주실 겁니다. 축성식이 끝나면 유명한 오르간 연주자의 연주에 맞춰 산타 카탈리나 음대 합창단원과 유명한 솔리스트들이 노래하는 종교음악회가 열립니다. 같은 시간에 읍 위원회가 주최하는 연주회가 극장에서 열리는데 그 연주회가 끝난 뒤엔 로마에서 파견한 공산당 고위 간부가 정치 연설을 늘어놓는다고 합니다. 여러분 각자는 자유롭게 선택하십시오. 저는 그저 여러분에게 베르디 음악회 뒤엔 공산당들의 꿍꿍이속이 감추어져 있다는 점만을 알려드리는 바입니다."

부하에게서 이 소식을 전해 들은 뻬뽀네는 다음 날 아침 아래와 같은 오르간 연주에 대한 안내문을 발표했다.

> 돼먹지 않은 말로 '위대한 음악가 베르디 기념 음악회'를 모함하는 성직자에게 고한다. 베르디의 음악에는 단순히 론콜레*의 대작곡가를 이해하는 바싸 주민들의 영혼이 담겨져 있을 뿐이다. 읍 위원회가 이처럼 노동자 인민의 문화 복지를 위해 헌신하는데도, 성직자는 본당에 있는 불쌍한 고아들을 위해 걷은 기부금을 멀쩡한 오르간을 갈아 치우는데 써버리고도 반성할 줄 모르니 딱한 노릇이다.
>
> – 공산당 지부당 위원장 주세페 보타치

돈 까밀로도 가만히 있을 수 없어 즉각 반박 성명서를 작성했다.

> 본인은 교회의 새 오르간을 들여오는 데 300만 리라를 기부받아, 그 돈을 고스란히 새 오르간을 사는 데 썼을 뿐이다. 귀하가 속한 공산당 측에서는 혹시 그럴듯하게 보이는 도시의 간부를 내세워 정치 선전을 벌이려는 목적을 교묘히 감추려고 베르디를 이용하고 있는 건 아닌가? 나는 그런 의구심이 드는 것을 피

* 론콜레(Roncole) : 이탈리아의 위대한 작곡가인 주세페 베르디(Giuseppe Verdi 1813~1901)의 출생지.

할 수 없다. 정신이 똑바로 박힌 사람이라면 공산당에서 외쳐대는 허울뿐인 긴장완화와 마찬가지로, 거짓으로 점철된 성명서를 보고 설득당할 리가 없을 것이다.

– 강력한 인내심을 발휘하고 있는 본당 신부 백

목요일에 뻬뽀네가 한 신사의 사진이 인쇄된 벽보를 건물 모퉁이마다 내걸어 돈 까밀로에게 예상치 않은 타격을 입혔다.

1862년 페테르부르크*에서 찍은 주세페 베르디의 모습. 정해진 운명에 따라 베르디는 이미 98년 전부터 긴장완화를 위해 일했노라!

금요일에는 붉은 현수막이 뻬뽀네의 벽보에 덮어 씌워졌다.

98년 전 이탈리아인들은 악기를 연주하러 러시아에 방문했는지 모르지만 지금 갔다가는 몽둥이찜질을 당하고 눈물을 흘리며 돌아오게 될 것이다.

토요일 저녁 돈 까밀로와 뻬뽀네 일당이 우연히 길에서 마주쳤다. 뻬뽀네가 먼저 입을 열었다.

---

* 페테르부르크 : 러시아의 도시.

"신부님, 두들겨 맞고 싶다고 애써 러시아까지 갈 필요는 없소. 계속해서 시비를 걸어보시구랴. 여기서도 얼마든지 매를 벌 수 있을 거요."

"허, 그런가? 나를 두들겨 팰 만큼 배짱 있는 사람이 아직도 자네 당에 있을까?"

돈 까밀로가 대꾸했다.

"신부님 같은 작자를 상대하기 위해서라면 반드시 음악대학에서 공부할 필요는 없소."

뻬뽀네가 비꼬았다. 스미르초가 조심스레 뻬뽀네의 등 뒤에서 소곤거렸다.

"대장, 지난번처럼 괜히 덤볐다가 망신당하지 않게 조심하세요."

그날의 시비는 거기서 끝났다. 돈 까밀로와 뻬뽀네 두 사람 모두 머리끝까지 화가 나 있었기 때문에 일이 그쯤에서 끝난 것은 천만다행이었다.

"우리는 민주주의 국가에 살고 있고, 결정은 인민들이 하는 거요. 내일 인민들은 공산당원이었던 베르디와 속이 시커먼 천사 중 누구를 더 마음에 들어 하는지 보여줄 것이오."

브루스코가 떠나면서 남긴 한 마디였다.

다음 날 아침, 하늘은 화창했고 음악회를 알리는 현수막들이 마을 곳곳에서 펄럭였다.

11시 미사가 시작하자 성당 안은 사람들이 빽빽하게 들어찼다. 미처 안으로 들어오지 못한 사람들은 성당 앞마당에 서서 미사를 드릴 정도였다. 상황이 이랬지만 돈 까밀로는 승리를 확신하지 못했다. 그는 오후에 있을 행사를 기억해 달라고 사람들에게 재차 당부했다.

3시 반이 되자 성당 일에 열심인 신자들이 하나둘씩 도착했다. 돈 까밀로는 주교를 맞이하기 위해 원로들과 함께 마중길에 나섰다. 4시 정각, 주교가 탄 검은 승용차를 선두로 20여 대의 차량 행렬이 마을로 들어섰다. 주교를 모시러 나갔던 돈 까밀로는 성당에 들어서면서 경악을 금치 못했다. 예상했던 것과 달리 마을의 광장과 교회 앞뜰이 텅 비어 있었던 것이다. 게다가 성당 안으로 들어서자 평소 미사라면 절대 빠지지 않는 노인들만이 앞 좌석에 드문드문 앉아 있을 뿐이었다.

휘장을 걷자 새 오르간이 멋진 모습을 드러냈다. 정말로 보통 이상의 멋진 오르간이었다. 잠시 후 주교의 축하 강론이 이어지고 강복의식이 있었다. 이제 오르간이 막 연주될 차례였다.

돈 까밀로는 생각했다.

'지루한 식전행사가 다 끝났으니 이제 슬슬 몰려올 때가 됐는데.'

오르간 연주자의 솜씨는 매우 뛰어났다. 합창단은 어디에 비교해도 손색이 없었고 솔리스트들의 노래 솜씨 또한 뛰어났다.

그렇지만 뒷좌석들은 여전히 텅 빈 채였다. 돈 까밀로는 불안감과 패배감으로 인해 심장이 터질 것만 같았다. 더 이상 아무렇지도 않은 척하고 앉아 있을 수가 없었다. 정말 마을 사람들 모두가 극장으로 몰려갔다는 말인가?

뻬뽀네의 선전이 아무리 대단하다고 해도 오르간 연주회에 대한 흥미를 떨어뜨릴 정도까지는 아니었다. 돈 까밀로의 홍보 역시 만만치 않았기 때문이다. 돈 까밀로는 마지막 순간에 뻬뽀네가 악마의 속삭임에 넘어갔을 거라는 결론을 내렸다. 사람들을 극장으로 끌어들이기 위해 그가 무슨 작당을 한 것이 분명했다.

급히 성당을 빠져나온 돈 까밀로는 자전거를 집어타고 극장을 향해 달리기 시작했다. 텅 빈 마을을 가로질러 극장 앞에 도착하자 뭔가 이상한 기운이 느껴졌다. 뻬뽀네 일당 중 한 명인 자전거 보관소의 노인이 돈 까밀로에게 말했다.

"신부님, 여기도 몇 사람 안 된다오. 주차장에는 도시에서 온 간부 일행이 탄 자동차밖에 없고 객석에는 사람들이 가뭄에 콩 나듯 앉아 있을 뿐이오. 최고의 악단과 가수가 와 있는데도 말이오."

구석에 서 있는 몇 대 안 되는 자전거와 오토바이를 가리키며 노인이 말했다. 돈 까밀로는 자전거에 다시 올라탔다. 마을 사람들은 어디로 간 것일까? 도통 알 수가 없었다. 그는 자전거 페달을 밟으며 이 기이한 일에 대해 곰곰이 생각해 보았다.

'어쩌면…. 우리 둘 다 잘못한 건지도 몰라. 우리가 싸워대는 꼴에 사람들이 진저리를 친 거야. 사람들은 정치 얘기를 듣고 싶지 않은데 우리가 일을 정치적으로 만들어 버린 거야.'

"아니, 이게 뭐하는 짓이오?"

상념에 빠져있던 돈 까밀로의 귀에 익숙한 목소리가 들려왔다. 돈 까밀로는 급브레이크를 밟아 고함을 지른 사람의 자전거와 충돌하는 것을 간신히 피했다.

"도대체 정신을 어디다 놓고 다니는 거요?"

돈 까밀로와 충돌을 피하느라 담벼락에 처박힐 뻔한 남자가 고함을 질렀다.

"자네와 똑같은 생각을 하느라 정신이 팔려 있었던 모양일세, 읍장 동지."

돈 까밀로가 작은 소리로 대답했다. 뻬뽀네는 자전거를 일으켜 세우며 투덜거리더니 퉁명스럽게 쏘아붙였다.

"그래, 이제 속이 시원하시오?"

"그러는 자네는?"

뻬뽀네와 돈 까밀로는 서로를 노려보며 으르렁거렸다.

"적이 운다고 내가 웃을 수 있는 건 아니지. 못된 이웃 마을 놈들의 수작에 우리 둘 다 넘어간 셈이오."

"아니? 그게 무슨 소린가?"

그 순간 오토바이 한 대가 도착했다. 스미르초였다.

"대장, 아까 내가 말했던 대로예요. 죄다 그곳에 모여 있답니다. 마을 사람들 전부 다요."

돈 까밀로가 소리쳤다.

"그럼 다들 대체 어디 있다는 건가?"

스미르초가 볼멘소리로 대답했다.

"어딘 어딥니까? 토리첼라지."

늙은 주교는 굉장히 기뻐했다. 주교가 보기에는 하나도 흠잡을 것 없는 완벽한 연주회였기 때문이다. 하지만 주교의 비서 신부는 생각이 달랐다. 연주회가 끝나갈 무렵 그가 돈 까밀로에게 속삭였다.

"이런 사소한 일에 번잡스럽게 주교님을 부르시다니요. 차라리 모시지 않는 편이 나았겠군요."

"이보다 나은 연주회를 쉽게 볼 수 있을 것 같소, 비서 신부님? 오르간 연주자는 저명인사이고 솔리스트들은…."

"연주회에 대해 말하는 게 아닙니다, 신부님. 사람들에 대해 말하는 거지요. 성당이 거의 절반이나 텅 비지 않았습니까. 부끄러운 줄 아세요!"

비서 신부가 말을 자르자 돈 까밀로는 화가 치밀었다. 그는 화를 꾹 참고 대답했다.

"아니, 마을 사람들 전부가 토니 달라라*의 콘서트를 보러

* 토니 달라라(Tony Dalala) : 1950~60년대의 이탈리아를 대표하는 칸초네가수. 한국에도 많이 알려진 '라노비아'를 불렀다.

토리첼라로 달려갈 줄 내가 무슨 수로 알았겠소?"

"그럼 콘서트가 있다는 걸 염두에 두셨어야지요. 신부님은 이 마을이 아니고 어디 별나라에 사십니까? 신문도 안 읽으세요? 사람들이 떠들어 대는 것도 못 들으신 겁니까?"

주교의 비서 신부는 냉정하게 쏘아붙였다. 하지만 뻬뽀네가 처하고 있는 상황에 비교하면 그래도 돈 까밀로의 경우는 한참 나았다. 같은 시각, 뻬뽀네는 중앙당에서 온 간부로부터 한참 꾸지람을 듣고 있었으니까.

"동무, 이게 도대체 무슨 장난이오! 로마에서 중앙당 소속 국회의원을 모셔오도록 한 달 내내 나를 들볶아대더니 겨우 이걸 보여주려고 한 거였소?"

"겨우 이거라뇨? 일류 악단이 연주하는 베르디 음악회로는 만족할 수 없다는 말이오?"

뻬뽀네가 따졌다.

"차라리 삼류 악단이라도 객석에 사람들이 조금 더 있는 편이 낫소. 이건 정치적으로는 매우 수치스런 일이오. 기획도 시원치 않고 청중 동원에도 실패했단 말이지요. 안 그렇소?."

"잠깐, 그건 내 탓이 아니오. 마을 사람들이 몽땅 토니 달라라의 노래를 들으러 토리첼라로 가버린 걸 어떻게 합니까!"

"동무 잘못이 아니라니! 미리 인민들의 취향을 고려했어야지요. 토리첼라에 토니 달라라가 온다는데, 공연을 하려면 최소한 미나*는 출연시켰어야 되는 것 아니오? 인민들이 대중가요를 원하면 대중가요를 들려줘야 하는 게 아니냔 말이오?"

"베르디는…."

"베르디, 베르디, 망할 놈의 베르디! 인민들이 베르디를 원해야 베르디를 들려주지!"

"인민들의 문화적 수준을 끌어올리는 것도 우리 당이 수행해야할 임무 중 하나요!"

빼뽀네가 항변했다.

"아니, 인민들의 문화적 수준에는 아무 문제가 없소."

당 간부가 단정적으로 말했다.

"아무래도 동무의 정치력이 당의 중대한 과업을 성공적으로 이끄는 데는 부족한 게 아닌가 의심이 드오. 이 행사를 기획할 때도 그랬지만 지금에 와서 동무와 이런 대화를 나눠야 한다는 사실이 정말 마음에 들지 않소."

"지금 동무는 당에 대한 나의 충성심을 의심하는 거요?"

빼뽀네가 이를 악물며 말했다. 그의 표정에서는 심상치 않은 기운이 풍겨 나왔다.

당 간부는 떨리는 목소리로 말했다.

"그, 그런 게 아니라…."

"우리는 어디까지나 위대한 음악가 베르디를 기념하고 싶어 이 음악회를 열었소. 인민들이 참석하건 참석하지 않건 그건 둘째 문제요. 만약 동무가 이 음악을 개인적으로 싫어하는 것

* 미나(Mina) : 이탈리아의 저명한 칸초네 여가수.

이 문제가 된다면 그냥 잠자코 돌아가시오. 지금 내 주먹이 근질근질해 미칠 지경이니까 말이오."

당 간부는 자신의 의견을 계속 고집하다가는 뼈도 못 추릴 것이라는 사실을 금세 눈치챘다.

그는 굳은 얼굴에 애써 미소를 지으며 한마디 했다.

"그야, 베르디야말로 우리나라가 낳은, 세계에서 으뜸가는 음악가가 아니겠소. 얼마나 베르디가 중요한지는 두말할 필요조차 없지요. 하지만 이런 중요한 음악회에서는 마땅히 당의 노래를 연주하는 것이…."

뻬뽀네는 화등잔만한 눈으로 그를 사납게 노려보다가, 기분이 좀 누그러져서 말했다.

"당신 말도 맞소. 인민들이 베르디를 사랑하는 건 사랑하는 거고, 당의 노래도 좋아해 줘야 하니까 말이오."

어떤 자존심

지독한 여름 가뭄으로 인해 우물이 바짝 말라 버렸다. 작열하는 태양 아래 느릅나무 잎사귀들이 타들어 가고 있었다. 심지어는 들판의 잡초들도 말라 비틀어져 갈색빛을 띠었다. 그러나 바디아에서는 대가 굵고 짙푸른 풀들이 무릎 근처까지 무성하게 자라났다. 이런 놀라운 일이 가능했던 이유는 바디아의 땅이 워낙 기름진 데다 로바차 운하의 물이 적당하게 흘러들어 항상 땅을 촉촉하게 유지해 준 덕분이었다.

바로 이 농지 한가운데, 소작농인 가바 일가의 집이 자리 잡고 있었다. 그 집도 한때는 사람들을 아래로 내려다보며 호령하듯 오만한 자태를 한껏 뽐내던 건물이었다. 그러나 세월의 흔적을 이기지 못하고 이제는 퇴락할 대로 퇴락해 조금만 건드려도 툭 무너질 것 같은 느낌마저 들었다.

보치의 소작농으로 일하며 정착하게 된 크리스토포 가바와 그의 가족이 어떤 부류의 사람들인지 얘기를 하자면, 이 일가가 바디아에 몰려와 살기 시작한 이래 바디아를 '작은 크레믈린화 했다' 고 소개하는 것만으로도 충분할 것이다.

가바 일가는 60대의 노부부, 큰아들 내외와 그들의 자녀 둘, 그리고 세 아들과 딸 두 명을 합해 모두 열한 명이었다. 그 밖에 그들이 키우는 다섯 살짜리 개 한 마리도 있었는데, 마을 사람들은 그 개를 가바 집안의 일원으로 취급했다. 사실을 말하자면 그 개는 공산당에 가입하지 않은 유일한 가바의 가족이라서 그 일가 중에 가장 문명인이라는 평을 듣곤 했다.

마을 사람들은 언제나 그들에 대해 떠들어대고 있었다. 열한 명의 가바 집안사람들은 정치적인 측면에서 보면 최소한 뻬뽀네의 직속부하 서른네 명만큼의 가치가 있었다. 왜냐하면 가바 일가의 남자들은 공산당원 두 명, 그리고 여자들은 네 명 몫을 거뜬히 해치울 정도로 극렬한 열성당원들이었기 때문이다.

바디아 농지 주인인 보치는 도시에 살았다. 그는 한때 일주일에 한 번씩 바디아에 들르기도 했지만, 전쟁이 끝나고 가바 일가가 공산당에 입당하자 발길을 뚝 끊고 더 이상 찾아오지 않았다. 그렇게 일단 한번 생겨난 불신의 골은 점점 깊어져만 갔다.

어느 날 갑자기 가바 일가 앞에 집주인 보치 대신 관리인이 찾아왔다.

"저는 새로 고용된 관리인입니다. 오늘은 임대료를 계산하러 왔습니다. 사실 여러분들이 계산하기를 원하든 원치 않든 상관없습니다. 어쨌든 주인은 보치 씨니까요."

가바 노인이 문을 손으로 가리키며 말했다.

"보치 씨가 집을 제대로 수리해 주면 그때 가서 계산하십시다."

젊은 관리인은 이 말을 듣고 순순히 물러갔다. 그리고 한 달 후 답변을 갖고 돌아왔다.

"보치 씨가 말씀하시기를 먼저 임대료부터 내야 한답니다."

관리인은 싸늘한 표정으로 바디아를 떠나갔다. 얘기는 쉽게 끝나지 않는 복잡한 국면으로 접어들었다. 보치는 최후통첩장을 보냈다.

> 비용이 엄청나기 때문에 집수리를 할 생각이 없음. 계속 눌러앉아 살고 싶으면 집세를 내야 함. 나중에 상황을 봐서 집수리 문제를 고려하겠음. 만약 그곳에 계속 살 생각이 없다면 내 소유의 집과 농지를 즉각 비워주기 바람.

근방에서 바디아 같은 좋은 땅을 찾는 것이 어렵다는 걸 잘 알고 있었던 가바 노인은 이 위태로운 상황을 애써 무시하고 능구렁이 담 넘어가듯 하려고 했다. 그러나 보치 역시 만만한 인물이 아니었다. 한참 동안 임대료 문제로 실랑이하던 가바 노인은 결국 할 수 없이 돈을 지불했다. 그리고 그들은 더욱더 극렬한 공산당원이 됨으로써 주인에 대한 복수를 했다.

그 큰 저택이 다 쓰러질 정도로 형편없는 집이 된 것은 이런 연유였다. 얼마나 형편이 없었느냐 하면, 가축을 집안으로 몰아다 넣고 차라리 마구간에서 생활하는 게 나을 정도였다. 그런데도 보치는 여전히 얼굴을 보이지 않았고, 관리인에게 집수리에 대해 말해도 벽을 보고 얘기하는 것과 다름이 없자, 가바 일가의 울분은 날이 갈수록 커져만 갔다.

가바 일가는 짐승보다 못한 취급을 받으며 주인에게 착취당하는 소작농의 상징이 되었다. 뻬뽀네는 연설을 할 때마다 지주들이 드러내는 전형적인 이기심의 일례로 바디아에 대한 얘기를 들먹였다. 바디아 농가 내부를 찍은 사진은 당 잡지에 대문짝만 하게 실리곤 했다. 보치가 보낸 경고문 사본과 함께 매번 그 사진을 찍어 보내는 자가 있었기 때문이다. 하지만 상황은 좀처럼 나아지지 않았다. 오히려 보치를 화나게 해서 더 악화될 뿐이었다.

시간이 흐르면서 이 소동은 차츰 잊혀져 갔다. 프롤레타리아 혁명의 날은 기약 없이 연기된 듯 보였다.

*

어느 일요일 오후, 바디아의 농가 마당에 고급 승용차 한 대가 와서 멈춰 섰다. 차 안에는 부인 한 명과 젊은이 그리고 아름다운 소녀 하나가 타고 있었다.

"여기가 바디아 농지가 맞나요?"

자동차 근처로 다가온 두세 명의 가바 집안사람들에게 젊은이가 물었다.

"그렇소만…."

가바 노인이 경계하는 기색으로 대꾸했다.

"안녕하세요? 전 보치라고 합니다. 아들 보치입니다. 그리고 여긴 제 여동생과 어머님이고요."

자동차에서 내려 악수를 청하며 젊은이가 유쾌하게 말했다. 가바 집안사람들은 뭐라 대꾸해야 좋을지 몰라 서로의 얼굴을 멀뚱멀뚱 바라만 볼 뿐이었다.

"바디아에 잘 오셨소. 안으로 들어가십시다."

가바 노인이 인사치레로 말했다.

"감사합니다. 나중에요. 햇볕이 좋을 때 호숫가를 좀 둘러보려고 해요. 열 살 때 한 번 봤는데 굉장히 멋졌던 기억이 나서요."

젊은이가 큰 소리로 말했다.

"난 그때 여섯 살이었어. 나도 기억해. 다시 보고 싶어. 어서 가요, 엄마!"

소녀도 잔뜩 흥분해 외쳤다.

"요즘은 애들이 상전이에요. 저희 마음대로 해야 직성이 풀리죠."

부인이 미소를 지으며 설명했다. 가바 노인이 앞장서고 보치 일가가 그 뒤를 따랐다. 미루나무 숲 한가운데에 있는 그 '멋진' 호수에 도착하기에는 오랜 시간이 걸리지 않았다.

12월의 어느 일요일 오후에 다시 찾아간 그 '멋진' 호수는 썩은 물이 고여 있는 커다란 물웅덩이일 뿐이었다. 하지만 젊은이와 소녀는 신기한 듯 주변을 둘러보았다. 그리고 호수를 구경한 후에는 근처에 있는 강둑 제방에 올라가 보고 싶어 했다.

제방 위에 올라가 경치를 구경한 그들은 저 멀리 로바챠 너머에 있는 작은 교회를 방문했다. 그렇게 그들이 이곳저곳을 다니는 사이에 어느덧 땅거미가 내리기 시작했다. 부인은 걱정이 되는지 어둠이 깔리기 전에 도시의 집으로 돌아가자고 아이들을 재촉했다.

보치 가족은 바디아의 농가 마당으로 돌아와 가바 사람들 모두와 작별인사를 나눈 뒤 자동차에 올라탔다. 젊은이는 운전석에 앉아 시동을 걸었다. 그런데 털털거리는 소리와 함께 시동이 꺼지는 게 아닌가. 젊은이는 계속해서 시동을 걸어 보았지만 어디가 문제인지 엔진은 꿈쩍도 하지 않았다. 보다 못한 가바 일가 중 한 사람이 보닛을 들어 올려 자동차를 점검하기 시작했다.

"이건 배터리만의 문제가 아닌 것 같은데. 점화 장치와 전기 코일에도 문제가 생겼나 봐. 우리로선 손쓸 도리가 없네요. 정비공이라도 부르면 모를까."

들판에 안개가 내려앉기 시작했다. 보치 부인은 초조한 듯 연신 손톱을 물어뜯었다. 가바 노인이 손자 하나에게 마을에 가서 대장장이를 불러오라고 시켰다.

가바 노인이 안타까운 목소리로 말했다.

"쯧쯧, 이 일을 어쩐다. 이 근처에는 제대로 된 정비공장이 없소. 대장장이라도 가게에 있다면 좋겠지만 하필 일요일이라…. 자, 우선 집 안으로 들어가십시다. 여기 이대로 있다간 감기 걸리기 십상이오."

부인과 두 아이들은 난로가 피워진 방안으로 노인을 따라 들어갔다. 가바 집안 여자 하나가 석유램프에 불을 켜자 노인이 설명했다.

"여긴 전기가 들어오지 않는다오. 너무 불편하지 않았으면 좋겠구려."

방은 낡을 대로 낡아 있었다. 바닥은 갈라졌고 천장을 떠받친 두꺼운 대들보는 휘어 있었다. 쥐가 뜯어 먹기라도 한 것처럼 구멍 난 창문 사이로 바람이 휘익 소리를 내며 불어왔다.

부인은 당황해서 주변을 둘러보았다. 가바 노인은 모른 척하며 탁자 위에 잔을 올려놓았다. 그런 다음 딸 한 명을 불러 지시했다.

"냅킨을 가져다 잔 좀 닦아라!"

노인은 보치 부인에게 양해를 구했다.

"깨끗하게 닦은 잔이지만 수채통이 없어서 말이오. 현관 밖 물건 쌓아둔 곳 아래서 설거지를 해야만 합지요. 그러다 보니 먼지가 금방 달라붙어 이 모양 이 꼴이라오."

아들 보치가 깜짝 놀라 동그래진 눈으로 그를 바라보았다.

"수채통이 없다고요?"

"없다네."

"왜요?"

"그냥."

딸이 냅킨으로 닦은 잔에 적포도주를 채우면서 가바 노인이 대꾸했다.

"저…, 포도주 대신 물이나 한 잔 마실 수 있을까요? 전 포도주는 마시지 않거든요."

부인이 머뭇거리며 물었다.

"달콤하고 약한 포도주라 괜찮을 게요. 게다가 이 집에서 나는 물은 그냥 마시기엔 적당하지 않다오. 우물이 워낙 지저분해서 그렇다오."

가바 노인이 무표정한 얼굴로 말했다.

마을에 갔던 노인의 손자는 시간이 한참 지난 후에야 돌아왔다. 짙게 깔린 안개 때문에 길을 찾기가 쉽지 않아서였다. 돌아온 아이는 마을에서 정비공을 만날 수 없었다고 전했다.

"급히 와달라는 전갈을 남겼느냐?"

"예, 그 집 아줌마에게 전갈을 남겼어요. 그런데 대장장이 아저씨는 일 때문에 마을 밖으로 나가서 내일 아침에나 돌아온대요."

이 말을 듣자 보치 부인이 동요하기 시작했다.

"여기 앉아서 마냥 기다릴 순 없어요. 대중교통 수단이라도 타고 집으로 돌아가야 해요. 마을까지만 나가면 버스라도 다닐 거 아녜요!"

"그렇소. 하지만 대장장이가 버스 운전을 하는데 그가 자기 버스를 타고 출장 나갔다지 않소."

가바 노인이 설명했다.

"하지만 마을 사람들에게 자동차라도 있을 거 아녜요! 성가시게 한 대가는 충분히 지불하겠어요."

부인이 짜증을 냈다.

"이런 안갯속에 누가 도시까지 운전하고 가려 하겠소."

가바 노인이 중얼거렸다. 잔뜩 흥분한 보치 부인이 자식들을 돌아보며 목소리를 높였다.

"우리가 이런 지경에 빠진 게 모두 너희 탓인데 너희는 어쩜 그렇게 남의 일처럼 태연하게 있는 거니?"

"엄마는, 참…. 우리가 뭐 사하라 사막 한가운데에서 길을 잃기라도 했나요."

아들이 태연한 투로 말했다. 노인이 끼어들었다.

"뭐 그런대로 참을 만 하다면 주무실 방은 있소."

"아니에요, 공연히 폐 끼치고 싶지 않습니다. 마을로 가겠어요. 마을에는 호텔이 있겠죠."

부인이 대답했다.

"물론이요. 그런데 문제는 마을까지 어떻게 가느냐는 거지요. 우리 집엔 그저 자전거랑 낡은 스쿠터 한 대밖엔 없으니 말이오."

날은 이미 저문 지 오래고, 한 치 앞도 보이지 않을 정도로 안개가 짙게 끼어 있었다.

아들 보치가 어머니를 설득하기 시작했다.

"걱정하지 마세요, 엄마. 일단 여기서 자요. 아빠는 로마에 가서 내일 저녁이나 돼야 집에 돌아올 테니 아빠에게 알릴 필요는 없잖아요."

흥분을 가라앉힌 부인은 가바 집안 아낙네들이 저녁 식탁을 차리는 사이 딸, 아들과 함께 벽난로 앞에 잠자코 앉아 있었다.

저녁 식사를 하는 동안 가바 노인은 날씨 얘기를 하며 분위기를 화기애애하게 이끌려고 나름대로 애를 썼다. 하지만 두 명의 젊은 보치는 너무 배가 고파 노인의 말에 귀를 기울일 여유가 없었고, 보치 부인은 그저 무관심하게 듣고 있을 뿐이었다. 노인을 제외한 다른 열 명의 가바 사람들도 보치 부인만 멍하니 쳐다보면서 딴생각들을 하는지, 저녁 식사 내내 침울한 분위기가 식탁 위를 맴돌았다.

지루한 저녁 식사가 끝나자 보치 부인은 피곤하니 먼저 잠자리에 들겠다고 말했다.

"마님과 따님을 위해 커다란 더블베드가 있는 방을 준비해두었소이다. 그리고 도련님 방은 그 방 옆에 있고요."

가바 노인은 석유 램프를 밝혀 앞장서며 말했다. 보치 부인과 딸 그리고 아들이 그 뒤를 따랐다. 노인은 층계 앞에 이르자 짧게 주의를 주었다.

"넘어지지 않도록 조심하시오. 층계가 가팔라서 넘어지기라도 하면 자칫 크게 다칠 수 있거든요."

2층 침실이 아니라 건초를 쌓아두는 헛간에 올라간다고 해도 믿을 수 있을 정도로 집안 꼴은 말이 아니었다. 계단을 다 오르자 엄청나게 높은 침대가 눈에 들어왔다. 어마어마하게 커다란 침대 위에는 빨갛게 타는 석탄이 들어 있는 프라이팬이 놓여 있었다. 부인이 놀라서 외쳤다.

"침대에서 모락모락 연기가 나요! 불이 옮겨붙은 것 아니에요?"

노인이 미소를 지었다.

"허허, 이건 연기가 아니외다. 수증기가 증발하는 거지. 침대 위에 불씨를 올려놓은 건 침대를 덥히기 위해서가 아니라 침대 시트와 이불의 축축함을 말려볼까 싶어서요. 부족한 게 없기를 바랍니다. 편히들 주무시길."

침대 옆 탁자 위에 석유 램프를 얹어두고 시트를 걷은 노인은 프라이팬을 침대 한쪽 구석으로 밀어놓고 자리를 뜨려 했다.

"제발 그걸 가져가세요! 빨갛게 달아오른 석탄이 아직도 많이 남아있는데 그것 때문에 질식이라도 할까 걱정이 돼요."

부인이 애원했다. 노인이 프라이팬을 집어 들었다.

"천장과 창문 사이에 깨진 틈이 많아 그곳으로 바람이 들어올 텐데…. 뭐, 싫으시다니 치워드리지요."

어머니와 딸은 옷을 벗고 뜨끈뜨끈한 침대 시트 안으로 들어갔다.

"엄마, 빨리 자고 싶으니까 불 꺼요."

딸이 졸린 목소리로 속삭이듯 말했다.

"안 돼. 왠지 이 어둠이 무섭구나. 무슨 일이라도 생기면 어쩌려고? 불빛이 없으면 아무것도 안 보일 텐데 말이야."

어머니가 대답했다.

"엄만, 무슨 일이 생긴다고 그래."

딸은 입김으로 불을 끄고 침대 속으로 파고들며 중얼거렸다.

그러나 부인의 말대로 얼마 지나지 않아 무슨 일이 생기고야 말았다. 한 시간 정도 잠이 오지 않아 침대에서 뒤척이던 부인은 '쿵' 하는 소리를 듣고 깜짝 놀라 자리에서 벌떡 일어나 앉았다. 그러고는 절망적으로 딸에게 매달리며 신음하듯 말했다.

"불 켜라! 무서워 죽겠다, 빨리 불 켜!"

석유 램프를 다시 켜기란 쉬운 일이 아니었다. 성냥을 찾을 수 없었기 때문에 소녀는 오빠를 깨우러 옆방으로 달려갔다.

"쥐, 쥐야! 침대 위에 쥐가 있다고!"

부인이 징그럽다는 듯 얼굴을 찡그리며 말했다. 성격이 예민

한 부인은 다시 잠을 이룰 수 없었다. 잠시 후 석유 램프의 기름이 다 떨어져 불빛마저 꺼지자 부인은 어둠 속에서 가만히 웅크리고 있었다. 창문 틈으로 휙 소리를 내며 들이치는 바람과 다락방 위에서 쿵쿵거리며 뛰어다니는 쥐들이 내는 소리를 애써 견디며 아침이 오기만을 기다렸다.

새벽 4시에 잠자리에서 일어난 가바 노인은 눈앞에 갑자기 나타난 부인을 보고 깜짝 놀라 큰 소리로 물었다.

"벌써 일어나셨습니까? 뭐 필요한 거라도 있으신가요?"

"저…. 제발 개 좀 붙잡고 있어 주시겠어요? 자동차 안의 핸드백에 둔 알약을 가지러 가야 하니까. 이가 아파 죽을 지경이에요."

노인은 부인이 헛간 지붕 아래 세워둔 자동차까지 걸어갈 수 있도록 개를 줄에 묶어두었다.

부인은 출발하기 전까지 꼬박 다섯 시간을 차 안에서 보냈다. 그리고 그 시간 내내 차창 밖으로 가바 집안사람들이 사는 집을 바라보며 전날 저녁에 보았던 것보다 훨씬 더 허름하다는 것을 깨달았다.

"앞으로도 종종 들르시오."

보치 일가를 떠나보내며 가바 노인이 말했다.

"도련님은 운전 조심하시고, 주인 나리에게도 인사 전해 주시오."

보치는 저녁 무렵 집에 돌아왔을 때 단단히 화가 난 아내와 자식들을 마주해야 했다.

"내 평생 처음으로 당신의 아내라는 게 부끄러웠어요!"

분노한 아내가 부르짖었다.

"우린 아버지의 자식이라는 게 창피했어요!"

아들과 딸이 덧붙였다.

사회주의 운동가라도 된 듯 흥분한 부인은 자식들의 지지를 받으며 어젯밤의 공포에 대해, 그리고 그 집의 옹색함에 대해 자세하게 설명했다.

"나 원 참, 이렇게 세상 물정을 몰라서야. 바로 그 몹쓸 놈들이 자동차를 일부러 고장내 당신과 아이들을 그 형편없는 침실에 묵게 한 거라고!"

보치가 외쳤다.

"하지만 왜 그랬겠어요? 그들은 우리한테 현실을 확인시켜야만 했던 거예요. 집수리는 당신의 의무이기도 하잖아요."

아내가 남편에게 말했다.

"싫어! 그 몹쓸 작자들이 이사 가지 않는 한, 절대로 수리하지 않겠어. 그들이 존경하는 스탈린한테 가 집을 수리해 달라고 하라지!"

보치가 소리쳤다.

아들은 어쩔 수 없다는 듯 양팔을 벌렸다.

"아버지 마음대로 하세요. 집주인은 아버지니까. 하지만 그래봤자 아버지만 손해죠, 뭐."

보치는 하루 종일 곰곰이 생각하더니 고집을 꺾었다.

"좋아, 집을 수리하자."

겨울이 지나고 봄이 왔다. 화창한 어느 날 관리인이 바디아에 모습을 드러냈다.

"두 달 동안 다른 곳에 가 있으면 집을 수리해 주겠소. 그럴 수 없다면 없던 얘기로 합시다."

"미장공들이 도착하는 날, 저장창고부터 곡물 창고까지 집 전체를 비워주겠소."

가바 일가는 지주에 대한 공산주의의 눈부신 승리라며 몹시 기뻐했다. 보름 후 가바 일가는 집안의 창고와 선반을 깨끗이 정리하고 집을 비워 주었다. 도시의 인부들이 바디아로 일하러 왔다.

인부들은 한마디 말도 없이 부지런히 일만 했다. 그들은 가바 일가의 말을 듣지 않게 하려고 공산당 반대파 중에서 특별히 선별하여 보낸 이들이었다. 작업에 대해 누가 묻기라도 할라치면 인부들은 이렇게 대꾸하곤 했다.

"우린 그저 맡은 일을 할 뿐, 그 밖의 것은 모르오."

두 달에 걸친 집수리가 다 끝났다. 지붕꼭대기부터 땅바닥까지 회벽을 바르고 파스텔톤의 초록색으로 창문 덧창을 칠하자, 밀라노 도회지의 집처럼 근사해 보였다. 게다가 집안도 현대

건축 기준에 따라 전부 새로 바뀌었다. 집안으로 들어선 가바 집안 여자들은 반짝거리는 대리석 바닥을 보고 숨이 막힐 정도로 깜짝 놀랐다. 전깃불도 들어왔다. 새로 만든 우물에다 자동 전기 펌프를 설치해 어느 수도꼭지에서나 똑같은 수압의 물을 끌어다 쓸 수 있었다.

욕실도 완벽하게 갖추어져 있었다. 초록색 타일이 반짝거리는 바닥하며 커튼으로 가려진 욕조까지 완비된 최신식 시설이었다. 따뜻한 물을 사용할 때에는 거름더미에서 모인 메탄가스를 이용했기 때문에 가스비를 걱정할 필요도 없었다.

새집의 축성식에는 보치네 식구들도 모두 참석했다. 부인은 가바 집안 여자들에게 줄 선물로 창문에 달 꽃무늬 커튼을 골랐고, 딸은 신발털이개와 커다란 양탄자를, 아들은 가바 집안 남자들에게 최신식 라디오를 각각 선물했다.

보치는 집안을 둘러보고 만져보고 점검하며 물건 하나하나에 대한 메모를 했다. 떠나기 전에 가바 노인을 불러 말했다.

"계약서도 다시 써야겠소. 법에 따라 모든 가구를 포함해서 집을 '임대' 하는 거요. 관리인이 새 계약서를 가져올 거요."

보치가 떠나고 한 시간 뒤에 관리인이 계약서를 들고 왔다. 생각해 낼 수 있는 모든 법을 동원해 모든 물건의 소유물을 밝힌 계약서에는 다음과 같은 조항도 들어있었다.

소유주는 매년 가바 일가에게 성탄절에는 성탄절 케이크를, 8월의 성모승천대축일에는 아이스크림 케이크를 선물할 것을 약속한다.

보치의 마음이야 어땠든, 그 조항에는 가바 일가가 사는 모습을 안타깝게 여겼던 보치의 부인과 아들, 그리고 딸의 선의가 담겨 있었다. 그러나 가바 집안사람들은 노인이 그 조항을 읽자 모두들 망연자실한 얼굴로 노인을 바라보았다. 노인은 잠시 돌부처처럼 꿈쩍도 않고 있더니 갑자기 계약서에 가래침을 탁 뱉었다.

보름 뒤, 가바 일가는 자신들의 남은 짐을 바리바리 싸들고 바디아를 떠났다. 노인은 아직 아무도 살아 본 적 없는 새집을 떠나면서 누런 담벼락에 석탄으로 이렇게 휘갈겨 썼다.

돼지 같은 지주 놈들, 이젠 우리를 거지 취급하는 거냐! 감히 우리 자존심을 건드리다니!

어린 양의 복수

마르첼로가 나타나면 마을엔 늘 골치 아픈 일이 일어났다. 마르첼로가 경품가게 안으로 들어오는 것을 발견한 돈 까밀로는 만반의 준비를 했다.

마을의 공산당원들은 뭔가를 박살 내거나 누군가의 머리통을 깨부술 일이 있을 때면 마르첼로를 선봉으로 내세우곤 했다. 스물세 살의 마르첼로는 작은 몸집에 귀여운 얼굴을 하고는 있었지만 성격이 대단해서, 한번 난동을 부리기 시작하면 아무도 그를 말리지 못했다. 성질 더럽기로 이름난 스미르초도 혀를 내두를 지경이었다.

돈 까밀로가 필로티의 아들을 돌아보며 중얼거렸다.

"만일 저 녀석이 못된 장난을 칠 생각으로 여기 나타난 거라면 내가 손수 자근자근 밟아주지."

그런데 웬일로 오늘은 마르첼로가 조용했다. 그는 경품이 놓인 진열대를 한참 들여다보더니 열 장의 경품권을 샀다. 그러고는 경품권을 뒤집어 숫자를 바라본 뒤 주머니에 집어넣었다. 잠시 뒤에 다시 경품권을 사서 뒤집어 숫자를 보더니 또 주머니 속에 쑤셔넣었다. 그는 이런 식으로 같은 행동을 한참 동안이나 계속했다. 돈 까밀로는 단 1초도 마르첼로에게서 시선을 떼지 않았다. 무엇 때문에 그가 경품권을 계속 사는지 통 영문을 알 수 없었기 때문이다.

마침내 마르첼로가 돈 까밀로에게 다가와서 말했다.

"잠깐 드릴 말씀이 있는데요."

"…"

"신부님한테만 살짝이오."

돈 까밀로는 아무 말 없이 사제관 현관 쪽으로 걸음을 옮겼다. 마르첼로 역시 침묵을 지키며 그의 뒤를 따랐다.

"우리 둘뿐일세."

현관으로 나온 돈 까밀로가 입을 열었다. 마르첼로가 기다리기라도 한 것처럼 호주머니에서 한 다발이나 되는 경품권을 꺼내며 설명했다.

"백 장입니다. 정확히요. 5천 리라를 가지고 왔는데 지금 남은 돈이 한 푼도 없거든요. 여기 아흔여덟 장은 자선바자회의 시시한 경품에 당첨됐어요. 하지만 여기 이 두 장은 축구공이랑 레코드플레이어를 뽑았어요. 확인해 보세요."

그는 외투 안주머니에서 두 장의 경품권을 꺼내 돈 까밀로에게 내밀었다. 축구공은 9등에, 레코드플레이어는 3등에 해당하는 경품이었다. 돈 까밀로는 1등에게 주는 텔레비전부터 10등 상에 해당하는 여행용 작은 가방까지 모든 경품을 정확하게 기억하고 있었다.

"그래, 축하하네."

돈 까밀로가 두 장의 표를 되돌려주며 말했다.

"당첨된 경품권을 전부 드릴 테니 2등 상을 제게 넘겨주세요, 신부님. 남는 장사일 거예요."

그렇다, 그건 정말 남는 장사였다. 왜냐하면 2등 상은 3등 상과 거의 똑같은 가치를 지니고 있었기 때문이다. 하지만 돈 까밀로는 고개를 가로저었다.

"안 돼, 그런 제안은 받아들일 수 없네. 2등 상에 해당하는 경품권이 이미 팔렸을 수도 있잖아? 2등 상을 받을 권리는 경품권을 가진 사람에게 있지, 자네에게 있는 게 아니야. 이 경품 행사를 망칠 생각이었다면 안 됐군. 자네의 계획은 실패야."

마르첼로가 애원했다.

"계획이라니, 무슨 계획이요? 전 그저 2등에게 주는 경품이 갖고 싶을 뿐이에요. 남은 경품권이 몇 장이나 되죠? 제 지갑에는 지금 2천 리라가 있어요. 제가 당첨된 경품권을 드릴 테니 아직 팔리지 않은 나머지 경품권을 2천 리라에 제게 넘겨주시면 안 될까요."

돈 까밀로가 물끄러미 그를 바라보았다.

"이봐 마르첼로, 3등 상품인 레코드플레이어만 해도 3만 리라가 넘어. 원한다면 그 경품을 전당포에다 팔라고. 아무리 싼 값에 넘긴다 해도 2만 리라는 족히 받을 수 있을 걸세. 그런 다음 그 돈으로 다른 경품권을 원하는 만큼 사면 되지 않겠나."

"신부님한테 레코드플레이어를 1만 5천 리라에 넘길 게요."

마르첼로가 부르짖었다.

"난 폭리나 취하는 장사치가 아닐세."

경품장소로 다시 돌아온 마르첼로는 이미 한발 늦었음을 깨달았다. 2등 상품이 보이지 않았다. 누군가 2등에 당첨되어 상품을 가져가 버린 것이었다. 축구공과 레코드플레이어를 받은 마르첼로는 힘없이 자리를 떴다. 필로티의 아들이 그를 보며 말했다.

"저 작자는 상품을 두 개나 탔으면서 왜 저런 표정을 짓고 있담?"

"나를 골탕먹일 작전이 수포로 돌아갔거든."

돈 까밀로가 대답했다.

밤 11시, 경품 행사의 정리를 끝낸 돈 까밀로가 판매수익금을 금고 안에 넣고 있었다. 그때 누군가 문을 두드렸다. 뭔가 이상

한 느낌이 든 돈 까밀로는 벽에 걸린 사냥총을 꺼내 장전한 다음, 현관문 앞으로 다가갔다. 그러고는 문 뒤에 몸을 숨기고 나지막한 목소리로 물었다.

"누구요?"

"신부님, 할 말이 있어요."

마르첼로였다. 그는 평상시보다 더 창백한 얼굴이었다.

"그럼 거기 서서 말하게."

"들어가게 해 주세요. 신부님을 해치지는 않을 테니까요."

"자네가 감히 나를 해친다고? 열 번쯤 죽었다 깨어나도 그렇게는 못할 텐데?"

"그렇다면, 왜 절 두려워하시죠?"

돈 까밀로는 남에게 약하게 보이는 것을 죽기보다 싫어하는 사람이었다. 1분 뒤, 사제관의 현관문이 삐거덕 소리를 내며 활짝 열렸다.

"뒤로 돌아서 들어오게. 어리석은 짓을 할 생각은 추호도 하지 말고. 나는 총을 갖고 있으니까."

돈 까밀로가 그에게 위협적으로 말했다. 그가 아무런 무기를 지니고 있지 않음을 확인한 돈 까밀로는 그제야 마르첼로에게 의자에 앉으라고 명령했다.

"신부님, 2등 상 때문에 또다시 왔어요."

"뭐, 아직도 그 얘긴가? 2등 상은 지나가던 여행자가 당첨되어 가지고 갔네. 이젠 어쩔 수가 없어."

돈 까밀로는 어이가 없었다.

"알아요."

"그럼 뭘 더 알고 싶은 건가?"

"그 선물을 누가 기증했나요?"

"내가 직접 구입한 걸세, 텔레비전, 레코드플레이어 그리고 축구공도 모두 다 내가 구입한 거야."

마르첼로가 웃으며 말했다.

"그렇다면 속아서 물건을 사셨네요. 흠결이 있는 물건이던데…."

"자네 공산당들이 생각하는 것처럼 나는 그렇게 어리석은 사람이 아니야."

돈 까밀로가 대꾸했다. 그러고는 책상 서랍을 열어 종이 한 장을 꺼내 큰 소리로 읽기 시작했다.

"아주 섬세한 독일제 12인용 자기제품 세트. 받침 접시와 과일 접시에 난 흠 때문에 4만 리라짜리를 3만 리라에 판매함."

마르첼로가 갑자기 손을 뻗어 종이를 낚아채려 했다. 하지만 돈 까밀로는 재빨리 책상 서랍에 종이를 다시 집어넣었다.

흥분한 마르첼로가 부르짖었다.

"흥, 내 그럴 줄 알았어! 신부님, 그걸 어디서 샀는지 어서 말해 주세요!"

"그걸 왜 알려줘야 하나? 난 그럴 의무가 없네. 가만히 있으니까 사람이 만만해 보이나 보지? 당장 꺼지게!"

돈 까밀로가 큰 소리로 말했다.

"어디서 그걸 샀는지 알 때까진 여기서 한 발자국도 움직이지 않겠어요."

마르첼로는 발을 동동 굴렀다. 돈 까밀로는 사냥총을 내려놓고 그의 목덜미를 덥석 움켜잡았다.

"어디서 행패야, 행패가? 정말 정신이 나갔구먼. 내가 정신을 번쩍 들게 해주지."

돈 까밀로가 그를 거칠게 흔들며 말했다. 마르첼로가 소리쳤다.

"신부님, 나는 15년째 복수의 칼날을 갈아 왔어요. 드디어 한 줄기 빛이 보이는데 이제 와서 포기할 수는 없다고요!"

마르첼로가 한 맺힌 목소리로 부르짖었다. 돈 까밀로는 그를 내려놓았다.

"무슨 말인지 자세히 말해보게."

다시 그를 자리에 앉히며 돈 까밀로가 중얼거렸다.

"그럴만한 이유가 있다면…."

마르첼로는 돈 까밀로가 내민 포도주 한 잔을 벌컥벌컥 들이마시고는 자기 제품에 얽힌 사연을 털어놓기 시작했다.

"나는 여기 출신이 아닙니다. 신부님이 아시다시피 8년 전에 이 마을에 왔지요."

"차라리 오지 말지 그랬나!"

"아뇨, 와야만 했어요. 세 살 때 어머니가 세상을 돌아가신 이후 나는 아버지와 단둘이 살고 있었어요. 아버지는 근처 장터를 찾아다니며 그릇을 파는 행상이었죠. 전쟁이 끝나고 얼마 지나지 않았을 때였어요. 어느 날, 우리는 짐 마차 위에 실을 수 있는 건 모두 때려 싣고 야반도주를 했어요. 아버지는 젊었을 때 파시스트 당원이었는데, 누군가 아버지에게 원한을 품고 죽여 버리겠다고 협박한 것이었어요. 그래서 아버지는 목숨을 구하기 위해 급히 마을을 떠나야만 했죠. 뽀 강 근처까지 온 아버지는 안심할 만하다고 생각했는지 바싸의 장터를 찾아다니며 그릇 행상을 다시 시작했어요. 한 달 정도는 모든 일이 잘 풀려나갔지요. 안전을 기하기 위해 우리는 밥을 먹거나 잠을 잘 때조차 여인숙에 머무르지 않고 짐마차에서 숙식을 해결했어요. 매일 이 마을에서 저 마을로 옮겨 다녔는데, 멀리 마을 시가지가 보이면 아버지는 나를 깨웠어요. 그러고는 짐마차에서 나를 내려주고 짐마차 지붕 위에 붙들어 매어놓았던 자전거도 내렸죠. 아버지는 짐마차를 몰고 장사를 하러 가고, 난 나대로 자전거를 타고 돌아다녔어요. 헤어지기 전에 아버지는 점심 값 몇 푼을 내 손에 쥐여주시곤 했지요. 나는 장터를 돌아다니다가 아버지 노점상 앞에 멈출 때도 있었죠. 그럴 때면 서로 전혀 모르는 사이처럼 시치미를 뚝 떼고 순전히 물건에 호기심이 생겨서 멈춘 척해야 했어요. 아버지는 항상 '아무도 네가 내 아들이란 걸 알아선 안 된다' 라고 말하곤 하셨어요. 그러다 장이 끝

날 즈음 나는 아버지와 만나기로 한 곳으로 되돌아갔어요. 자전거가 다시 짐마차 지붕 위로 올라가고 난 짐마차 안으로 기어들어가곤 했죠. 저녁이 되면 한적한 길가나 길가에 마차를 세우고 저녁 식사를 준비했어요. 누가 지나가더라도 우리를 집시로 여기곤 눈길도 주지 않고 그냥 지나갔어요. 밤이 되면 아버지는 자전거를 끌어내려 나무 덤불 뒤나 웅덩이에 감춘 다음 나를 짐마차 아래 건초로 만든 잠자리에 재우곤 했죠. 그리고 매일 잠들기 전에 말했어요. '어떤 일이 생겨도 넌 이 자리에 없는 듯 입 다물고 있어야 한다. 네가 있다는 걸 생각도 못할 정도로 말이야. 내게 무슨 일이 생기면 네가 할 일은 입을 꾹 다물고 있다가 기회가 생길 때 자전거를 타고 할아버지 댁으로 달려가는 거야, 알겠니? 그렇게 하겠다고 약속하렴.' 매일 저녁 나는 그러겠다고 약속했어요. 한 달 정도는 아무 일 없이 잘 지냈어요. 그러던 어느 날 밤 이상한 소리가 나서 잠에서 깨어났어요. 숨어있던 곳에서 고개를 살짝 내밀고 무슨 일인가 봤어요. 짐마차가 조금 흔들리더니 아버지가 강가를 향해 걸어가는 게 눈에 들어왔어요. 두 손을 머리 위로 치켜들고 걸어가는 아버지 뒤로 총을 든 두 명의 사내가 쫓아가고 있었어요…. 아버지와 굳게 다짐한 것이 있었기 때문에 나는 입을 다물고 지켜보다가 그들이 멀리 갔을 때 짐마차 밖으로 빠져나와 나무 뒤에서 거리를 두고 뒤를 따랐죠. 그들이 아버지 등에 총을 마구 쏘아대더군요. 그러고는 구덩이를 파더니 아버지를 그 안으로 떠밀어 버렸어요. 그때까지도 아버진 살아있었던 것 같아요. 그들은 구덩이를 흙과 돌로 덮은 다음 마차를 타고 떠나 버렸어요. 난 자전거를 집어타고 이 마을에 들어설 때까지 그들의 뒤를 쫓았죠. 그런데 갑자기 커다란 트럭이 앞을 가로막으며 헤드라이트로 시야를 가리는 바람에 그들을 놓쳐 버렸어요. 그때 난 여덟 살이었어요. 하지만 할아버지 댁으로 가는 길을 찾아갔죠. 할아버지는 굶기를 밥 먹듯이 하는 가난한 분이셨어요. 할아버지랑 7년을 함께 살았어요. 내가 열다섯 살 때 할아버지가 돌아가시자 나는 다시 자전거를 타고 이 마을로 돌아왔어요. 아버지가 묻혀있는 구덩이는 가요 농지에 있어요. 제일 먼저 그리로 달려갔죠. 아무것도 변한 게 없더군요. 1미터는 됨직한 풀들이 무성하게 자라 그곳을 덮고 있는 것을 빼면요. 마을로 돌아온 나는 곧장 인민의 집을 찾아 갔어요. 어머니는 폭격에 그리고 아버지는 파시스트들이 추방된 독일에서 돌아가셨다고 말했죠. 그리고 일자리를 얻어 보시다시피 지금까지 이렇게 살고 있는 거예요. 신부님, 제 말이 이해가 되세요?"

돈 까밀로는 양팔을 좌우로 벌렸다.

"어느 정도는 알아듣겠네. 그런데 자기 제품 세트는 무슨 상관인가?"

"당연히 상관이 있지요. 뭔가 알아내기 위해 돌아온 이 마을에서 일한 지 8년 만에 처음으로 찾아낸 실마리인걸요. 그 자기 제품은 우리 아버지 짐마차에 있던 거예요. 컵 받침, 냄비, 접시 그리고 솥단지들이 있었는데 한결같이 한 가지 특징이 있었죠. 아버지가 어머니와 결혼하면서 선물한 것들이었어요. 어머니는 아깝다며 그것들을 쓰고 싶어 하지 않으셨어요. 비록 장식에 흠이 약간 있었지만 말이죠. 경품가게에서 발견하자마자 난 금방 알아봤어요. 신부님, 그 물건을 어디서 구했는지 말씀해주세요. 그래야 아버지를 죽인 원수 놈들을 알아낼 수 있단 말이에요. 이제는 이해하시겠지요?"

"그래, 이해하네. 하지만 상황이 그러하다면 더더욱 말해줄 수가 없네."

"흥, 그놈이 신부님 패거리 중의 한 명이라 내게 말해 주기가 싫은 거죠!"

마르첼로가 부르짖었다.

돈 까밀로는 고개를 저었다.

"그게 아니란 걸 자네도 알고 있지 않나. 그렇게 생각했다면 자네는 나를 찾아오는 대신 뻬뽀네를 찾아갔겠지. 하느님께서는 복수를 원하지 않으시기에 자네를 내게 보내신 거야."

젊은이가 괴로워하며 큰 소리로 외쳤다.

"이 순간을 15년 동안이나 기다려 왔다고. 우리 아버지를 죽인 원수가 누군지 알아내야 한다고요!"

"그게 누구건 중요하지 않아."

돈 까밀로가 단호하게 말했다.

"중요한 건 자네 아버지가 살해당했다는 걸 알았다는 거지."

"아버지는 아무에게도 나쁜 짓을 하지 않았어요. 그런데도 개죽음을 당해 15년째 구덩이 속에 아무렇게나 묻혀 있다고요."

"자네 아버지가 묻힌 곳으로 가세."

돈 까밀로가 침통한 표정으로 말했다.

가요 농지는 읍내에서 3킬로미터 떨어진 지점에 있었는데, 두 사람은 자정 무렵 그곳에 도착했다. 수풀을 헤집으며 나아가던 마르첼로는 단번에 그 장소를 찾아냈다.

"이 아래예요."

그가 부르짖었다.

돈 까밀로는 성호를 긋고 오랫동안 간절하게 기도를 올렸다. 그리고 눈을 들어 하늘을 바라보았다.

"축복받은 영혼이여, 당신의 죽음을 치욕적으로 여기는 원한으로부터 자유로워지도록 당신 아들의 영혼을 도우소서. 축복받은 영혼이여, 당신 아들에게 그 당시처럼 자전거를 타고 왔던 곳으로 돌아가라고 말해주옵소서."

돈 까밀로는 혼자 마을로 돌아갔다. 마르첼로가 덤불 숲 자갈 밭에 앉아 자신의 아버지와 함께 이야기를 나누고 싶어 했기 때문이다.

다음 날 아침, 돈 까밀로는 자전거를 타고 읍내에서 7킬로미터 떨어진 토리첼라로 달려갔다. 그리고 광장에 있는 벨로키오의 가게 안으로 성큼성큼 걸어 들어갔다.

벨로키오가 돈 까밀로를 보고 인사를 했다.

"별일 없으신가요, 신부님?"

돈 까밀로가 대꾸했다.

"아니, 별일 있네. 지난번에 사간 것과 똑같은 자기 세트가 필요해."

그는 난처하다는 듯 양팔을 벌렸다.

"그건 없는뎁쇼, 신부님. 창고 안에 딱 하나 남아 있던 것이었거든요."

"공장에 주문해서 다시 한 세트 보내달라고 하게."

"여러 해 전에 우연히 여기를 지나던 사람에게서 산 거예요. 그 이후로 그 사람을 본 적이 없는데 이제 와서 어떻게 찾겠어요?"

"그래? 어쩌면 갸요 농지에 있지 않을까? 쪼개진 버드나무 아래, 구덩이 속에 말이야."

돈 까밀로가 나지막하게 말했다.

"가, 가요!"

벨로키오의 얼굴이 새하얗게 질렸다.

"가요 농지라니요? 무슨 말씀인지 못 알아듣겠습니다."

"그래? 그런데 이상하군. 자네 얼굴이 왜 그렇게 창백해졌지? 차라리 내 말을 조금이라도 빨리 알아듣는 게 신상에 좋을걸."

돈 까밀로가 계속해서 말했다.

"내일 자정까지 트럭에다 아연 관 하나를 준비해서 그리로 오게. 죽은 자를 축복받은 땅에 편안히 묻어 줘야 하니까. 물론, 그 옛날 자네와 함께했던 자네 패거리도 말이야."

벨로키오는 비 오듯 땀을 흘리며 괴로운 표정을 지었다.

"초, 총을 쏜 건 내가 아니에요. 신부님께 맹세합니다. 그때 죽은 사람과 같은 마을에 살았던 다른 작자가 쐈어요. 산에서 게릴라 활동을 할 때 알게 된 그자가 어느 날 나를 찾아왔습디다. 광장에서 그릇 행상인을 봤다면서 정치적인 이유로 그를 없애야 한다고 나에게 말했어요. 그가 총을 쐈어요. 난 그에게 나름대로 대가를 지불하고 짐마차와 말을 가지고 왔을 뿐이라고요. 돈 까밀로 신부님, 그게 전부예요."

"그 사람에게 알리게. 내일 저녁 그도 그곳에 함께 있어야 하니까 말일세."

벨로키오는 고개를 절레절레 흔들었다.

"몇 년 전에 죽었습니…."

"그렇다면 할 수 없군. 자네도 그처럼 되고 싶지 않으면 자네 혼자라도 나오는 게 신상에 좋을 게야."

"싫어요. 우리 당의 위신을 떨어뜨리려고 나를 이용할 속셈인 모양인데 어림도 없습니다. 증거도 없으면서 어디서 설쳐대는 겁니까? 증거를 대 보라고요!"

"증거라고? 내일 나오지 않으면 알게 되겠지. 그릇 행상인의 아들이 자네를 찾아올 테니 말이야. 그는 미친 듯이 자네를 찾고 있네. 내가 자네 이름을 말해 주면 개죽음을 면치 못 할걸."

다음 날 밤, 벨로키오는 아연 관을 차에 싣고 가요 농지에 모습을 드러냈다. 그는 창백하게 질린 얼굴로 구덩이에서 시체를 파내 관에 집어넣었다. 이렇게 해서 그릇 행상은 축복받은 땅 아래에 편히 잠들게 되었다. '무명 씨' 라고 적힌 무덤 아래 누가 잠들어 있는지는 돈 까밀로와 마르첼로만이 알고 있다. 일을 마친 돈 까밀로는 성당에 돌아와 십자가 위의 예수님에게 말씀드렸다.

"예수님, 어둠 속에서 헤매는 우리를 언제나 올바른 길로 인도해 주심에 감사드립니다."

"트럭 운전석에 앉아 있던 건 내가 아니니라."

돈 까밀로가 속삭였다.

"압니다, 주님. 이번엔 일부러 예수님께 아무런 말씀도 드리지 않았습니다. 누군가의 귀에 들어가면 법정까지 갈 수 있는 골칫거리에 예수님이 말려들게 하고 싶지 않았으니까요."

"아들아, 지나친 걱정이구나."

십자가의 예수님이 미소를 지으며 말씀하셨다.

"죄인은 반드시 하늘나라의 법정에 서게 될 것이니라."

"그대로 이루어지소서, 아멘."

돈 까밀로가 다소곳이 고개를 숙였다.

공장주와 노동자

마을에서 2, 3킬로미터 떨어진 거리에 리노 살바토레의 벽돌공장이 있었다. 50여 명의 사람에게 일자리를 제공하는 오래되고 큰 벽돌공장이었다. 그리고 한편으로는 골머리를 크게 앓고 있는 문제의 공장이기도 했다. 왜냐하면 불평불만이 많은 공산당원을 한 사람씩 상대하는 것도 보통 노릇이 아닌데 한꺼번에 50여 명을 상대해야 했기 때문이다.

공장주인 리노 살바토레는 마흔다섯 살이었다. 살바토레는 일상적인 화젯거리도 곧잘 싸움거리로 바꾸는 취미를 가지고 있는 그야말로 한 가닥 하는 인물이었다. 그는 진보와는 명백히 반대되는 자신의 원칙을 가지고 있었다. 예를 들면 이런 것이다. 노동자들에게 돈을 주는 사람은 자신이니 노동자들이 단 1분 1초도 게으름을 피우지 말고 작업에 열중해야 한다고 큰소리를 쳐댔다. 자신이 흠잡을 데 없이 완벽한 지폐로 임금을 지불하니 노동자들 역시 흠잡을 데 없이 완벽한 작업으로 그 대가를 지불해야만 한다는 것이다.

게다가 살바토레는 '폼생폼사'를 인생의 좌우명처럼 여기는 사람 중의 하나였다. 도시 사람처럼 세련된 명품 옷차림에 최신식 고급 승용차를 직접 운전했다. 그뿐만 아니라 그는 욕실, 난방기, 전화기, 냉장고 등 도시 사람들이 사용하는 값비싼 물건으로 가득한 저택에서 살았다. 마을 사람들과는 일정하게 거리를 두고 지내면서, 자기 아내와 함께 가끔씩 교회에 올 때면 조물주에게 대단한 선심이라도 쓰는 듯한 거만한 모습이었다.

마을 사람들은 죄다 그를 못마땅하게 생각했다. 바싸 같은 작은 마을에서 존경을 받으려면, 누구에게도 손을 벌리지 말아야 하는 것은 물론이지만 때로는 뭔가를 양보할 줄도 알아야 하는 법이다. 그런데 살바토레는 결코 아무것도 양보한 적이 없었다. 누군가 그에게 인사를 건네면 그는 웃는 얼굴로 답례를 했다. 그러나 그에게 인사를 건네지 않으면 마치 지나가는 낯선 이방인이라도 보는 듯 아는 체도 하지 않고 지나가곤 했다.

그런 그가 어떻게 뼛속까지 공산당인 공장 일꾼들과 매일 부대끼며 공장을 운영해 나가는지 마을 사람들은 신기하게 여겼다. 벽돌공장의 노동자들은 혁명 이야기가 나올 때면 다들 한

마디씩 거들었다.

"이번엔 살바토레가 분명히 목숨을 내놓아야 할 걸."

벽돌공장의 노동자들은 근무 시간뿐만 아니라 퇴근한 이후에도 여전히 그를 증오했다. 민주주의가 도래했는데도 노동자들의 임금을 땡전 한 푼 올려주지 않았기 때문이다.

온갖 권위와 겉치레에 가득 찬 살바토레지만 다른 사람들이 치를 떨 정도로 근면 성실하게 일한 것은 칭찬해 줄 만하다. 문제는 그렇다면 임금을 올려주는 측면에서도 성실해야 하는데, 임금을 올려주지 않으면서도 일은 똑같이 시켜대고 있다는 점이었다.

그러던 어느 날 노동자들이 한자리에 모여 중대한 결의를 했다. 그들은 자신들과 사회 정의의 실현을 위한다는 구실로 첫 번째 파업을 일으켰다. 대문 밖으로 나온 살바토레는 시위대의 말을 제대로 들어보지도 않고 대꾸했다.

"마음에 안 들면 다른 주인을 찾아가게."

조직위원장인 조바시가 대꾸했다.

"더 이상 주인은 존재하지 않소! 지금은 피고용인과 고용인이 존재할 뿐이오. 피고용인들은 권리를 가지고 있소. 그리고 고용인들은 의무를 지고 있고. 오늘날 명령하는 사람은 고용인이 아니라 인민이오!"

"그래 좋아. 주인이 인민이라면 인민에게 가서 자네들 급료를 올려달라고 하게!"

살바토레가 외쳤다. 말을 마친 그는 자물쇠로 철제 대문을 잠그고 집으로 들어가려고 했다.

"인민들의 고혈을 빨아먹는 이 흡혈귀야!"

순간 격노한 조바시가 살바토레의 뒤통수에 대고 소리쳤다. 하지만 그는 꿈쩍도 하지 않았다.

"주인이 인민이라며? 인민하고 얘기하라니까."

노동자들은 작업을 중단했다. 그들은 매일 아침 똑같은 시간에 정확하게 도착해 출근부에 도장을 찍고 살바토레가 사는 저택 철문 앞에서 시위를 벌였다. 살바토레는 결코 물러서지 않았다. 결국 그를 죽이거나 그에게 항복하거나 둘 중의 하나였다.

"그래도 그놈을 죽이기엔 아직 너무 성급하지?"

그래서 그들은 살바토레에게 항복하기로 했다.

"계산은 나중에 하자고."

조바시는 마음속으로 복수의 칼날을 갈았다.

얼마 뒤, 국회에서 임금 인상 법안이 통과됐다. 살바토레는 어쩔 수 없이 일꾼들의 임금을 인상해 주어야 했다. 하지만 이것이 한층 그의 화를 돋우어 그와 일꾼들 사이의 관계는 점점 더 긴장감이 감돌았다.

살바토레와 노동자들의 대립이 커지던 어느 날, 드디어 일이 터지고야 말았다. 집 안으로 들어가는 살바토레를 노동자들이 막아섰다. 그러자 그는 주머니 안에 있던 권총을 밖으로 뽑아 들어 노동자들을 위협하고는 자신의 집 안으로 들어갔다. 높은 담으로 둘러싸인 데다 단단한 철제문까지 달린 저택은 마치 작은 요새 같았다.

사태가 끝 간 데를 모르고 심각해져만 가자, 뻬뽀네가 끼어들었다. 그는 노동자들의 요구사항을 적은 메모를 직접 들고 살바토레를 찾아갔다.

그는 요구사항을 보고 일갈했다.

“읍장 나으리, 난 농담할 기분이 아니오. 얼마 전에도 임금 인상이 있었잖소.”

“다른 할 말은 없나?”

뻬뽀네가 퉁명스레 물었다. 살바토레는 더 이상 할 말이 없다는 듯이 양팔을 벌렸다. 밖으로 나가 노동자들과 상의를 한 뻬뽀네는 잠시 후 다시 저택 안으로 들어왔다.

“선택하게, 임금을 올려주든지, 아니면 파업을 감수하든지.”

살바토레는 어쩔 도리가 없다는 듯 고개를 흔들었다.

“정치색으로 가득한 노동계가 드디어 파업을 시작하는군. 매일 그들한테 득이 될 일거리 주문을 놓치고 있소. 그들이 당장 공장으로 돌아오지 않으면 주문을 다 취소하고 공장을 닫아 버리겠소.”

“공장 폐쇄는 불법이네!”

뻬뽀네가 외쳤다.

"공갈 협박은 불법이 아니란 말이오?"

살바토레가 대꾸했다.

"내 조건은 이렇소. 일단 공장으로 돌아와 급한 주문부터 처리하고 난 다음 이 건에 대해서 다시 의논합시다. 지금은 단 1초도 낭비할 시간이 없으니까."

그의 대답을 들은 노동자들은 토론을 벌였다. 그 자리에서 모두가 납득할 만한 결론에 이르렀다. 만약 우리가 이대로 계속 파업을 하면 그는 공장을 폐쇄할 것이다. 그가 공장 폐쇄를 하면 우리가 공장을 떠맡자. 벽돌공장을 떠맡고 운영 위원회를 정하고 작업을 다시 시작하자.

조바시가 엄숙하게 선언했다.

"이 순간부터 작업은 우리가 결정하는 새로운 조건 아래 시작되는 거다. 그 못된 부르주아는 집에서 지내다가 지겨워지면 밖으로 나와 우리한테 밀린 임금을 지불하겠지. 연체금까지 받아내야 하오. 그 작자는 너무 오랫동안 우리를 착취했소. 이제 계산을 제대로 할 때가 온 것이오. 만일 그가 공권력을 동원한다면 우린 마지막 순간까지 저항하고 우리의 손톱과 이빨로라도 맞서 싸워 우리의 승리를 지켜내자!"

조바시는 살바토레가 공권력을 동원하지 못하게끔 저택과 마을의 교환수가 연결되어 있는 전화선을 끊어버렸다. 그러고는 노동자들 각자에게 임무를 주었다.

시위대는 저택에서 눈길을 떼지 않았다. 그들은 다음 날 아침 살바토레의 가정부가 문밖으로 나오는 것을 보고 그녀를 불러 세웠다.

"어디 가시오?"

"집에요."

"뭐하러?"

가정부는 별걸 다 묻는다는 듯이 어깨를 움찔했다.

"주인어른이 나까지 위험한 처지에 빠지게 하고 싶지 않답니다. 그래서 밖으로 나왔어요."

가정부는 자신의 짐이 든 큰 옷 가방 하나를 들고 있었다.

"거짓말하지 마! 경찰을 부르러 나온 거 아냐?"

조바시가 위협적으로 소리쳤다.

"경찰? 아니, 왜요? 어제 주인어른이 경찰서장이랑 통화하면서 그에게 상황이 더 꼬일 뿐이니까 공장 근처엔 얼씬도 말라고 했어요. 모든 일이 순리대로 해결될 거라면서, 아무튼 도움이 필요하면 집 안에 있는 사이렌을 울려 도움을 청하겠다고 하시던데요."

부위원장인 로쏘가 자신의 이마를 손으로 툭 치며 말했다.

"아차! 전선도 끊었어야 했는데."

"소용없소."

다른 부위원장인 마그로가 중얼거렸다.

"저택 안 지하 창고에 발전기가 있소. 전기 수리할 때 내가 설치한 거요. 만일 그가 사이렌을 울리고 싶다면 한 달 내내 울릴 수도 있소. 원유로 가득 찬 저장탱크도 있으니까."

망을 보던 누군가 달려와서 경찰들이 담장을 따라 순찰을 돌고 있다고 보고했다.

다시 이틀이 지났다. 상황은 더 심각해졌다. 주문받은 주문서와 회계 장부가 전부 저택 안에 있었으므로 시위대는 생산된 벽돌을 어떻게 처리할지를 놓고 골머리를 앓기 시작했다.

닷새째 되는 날 아침, 벽돌공장에 돈 까밀로가 도착했다. 조바시, 로시, 마그로가 헐레벌떡 뛰어와 돈 까밀로의 앞을 막아섰다.

"신부님, 노동자들의 저항을 꺾어버릴 심산으로 여기에 왔다면 가만두지 않을 거요."

"인민들과 관계된 일에 끼어들지 않는 게 신상에 좋소."

그들은 강경한 어조로 말했다.

"진정들 하게. 나는 읍장의 부탁을 받고 왔네. 내가 이 자리에서 돌아가 그가 내게 부탁한 것을 인민들이 허락하지 않아서 할 수 없었다고 말하길 바라나?"

돈 까밀로는 그들과 입씨름할 생각이 없었다. 그들은 잠시 투덜대더니 돈 까밀로가 원하는 대로 하게 내버려 두었다. 돈 까밀로는 저택 문 앞에 이르러 한참 동안 초인종을 울렸다. 살바토레는 방문자가 돈 까밀로임을 확인하고 난 다음, 문을 열고 들어오라고 말했다.

"아니, 어쩐 일이십니까?"

돈 까밀로가 앞에 모습을 보이자 살바토레가 물었다.

"다 죽어가는 사람한테 성수를 뿌려 주러 오시기엔 아직 이른 것 같은데요."

"자네에게 제발 정신 좀 차리라고 말하러 왔네."

돈 까밀로가 대답했다.

"이건 이기고 지는 문제가 아니야. 그저 약간의 성의만 보여주면 되네. 조금만 양보하면 모든 게 정상으로 돌아올 걸세. 내 장담하지."

"나는 터럭만큼도 양보할 수가 없어요."

살바토레가 선언했다.

"원한다면 할 수 있네."

돈 까밀로도 지지 않고 고집스레 말했다.

"내 일은 내가 잘 압니다. 신부님한테는 내 사업에 간섭할 권리가 없다고요. 내가 언제 교회 일에 끼어든 적이 있습니까? 각자 자기 일을 하는 겁니다. 나는 사업을 하고 신부님은 신부의 직무를 수행하는 거지요. 그렇게 정치가 역할이 탐난다면 조바시에게 당 조직의 자리를 하나 달라고 하시던가요."

돈 까밀로는 화가 치밀어 올랐지만 평상심을 유지하려고 노력했다.

"난 이 마을의 본당 신부로서 막중한 책임을 느끼고 이 자리에 온 걸세. 서로 적대적으로 대치하고 있는 두 진영이 이성적으로 행동하도록 중재하려고 말이야! 여기 오기 전에 뻬뽀네하고 한참 이야기를 나누었네. 그도 꽤 많이 양보했다네. 자네도 조금이나마 물러서는 게 어떻겠나."

"나는 한 번 뱉은 말을 번복하지 않습니다. 절대 뒤로 물러설 수 없어요."

살바토레가 냉정하게 대꾸했다. 돈 까밀로가 한숨을 쉬었다.

"자네는 상황을 더 악화시키고 싶어하지 않으리라고 여겼는데…."

"상황을 더 복잡하게 만들고 싶었다면 벌써 공권력의 개입을 요청했겠죠. 난 아무의 도움 없이도 내 일을 해왔습니다. 이번에도 마찬가지고요."

살바토레가 반박했다.

"하느님께서 자네에게 지혜의 등불을 밝혀 주시길. 여전히 생각할 능력이 자네에게 남아 있다면…."

돈 까밀로가 문가를 향해 몸을 돌리며 중얼거렸다.

저택 담장 밖에서 조바시, 로쏘, 그리고 마그로가 기다리고 있었다.

"어찌 됐소?"

"저 안에 생각을 제대로 하는 사람이라곤 존재하지 않네."

돈 까밀로가 대답했다.

다시 며칠 밤낮이 흘렀다. 그러던 어느 날 갑자기 살바토레가 사라졌다는 소문이 들려왔다. 공장의 강철 문 앞에 있는 안

내판에 나붙은 안내문을 보고 일꾼들은 난리 법석을 떨었다.

안내문

사업 활동 중지에 대해 알리노라. 살바토레 벽돌공장의 모든 노동자들은 오늘부로 해고되었다. 이번 주 안에 각자의 임금을 법에 따라 지급 받게 될 것이다.

리노 살바토레

살바토레는 소동을 틈타 감쪽같이 사라졌다. 아무도 그가 어디로 사라졌는지 알지 못했다. 토요일에 노동자들 각자에게 해고 통지서가 날아왔고 임금이 지급되었다.

"흥, 마음대로 하라지. 어쨌든 우리는 탱크가 와서 밀어버린다 해도 벽돌공장을 떠나지 않을 테니까."

조바시가 고함쳤다.

"아무도 우리를 내쫓을 수 없어."

그에게 응답하듯 여기저기서 사나운 고함이 들려왔다. 마치 벽돌공장 안에는 극렬 시위자들만 모여 있는 것 같았다.

여러 날이 지나자 노동자들은 제풀에 지쳐 묵묵히 벽돌을 생산하는 데에만 몰두하기 시작했다.

"흥, 누가 지옥에 떨어질지 두고 봐!"

노동자들은 큰 소리로 떠들어댔다.

"이제 벽돌공장에서 벌어들이는 돈은 전부 우리 주머니 속으로 들어올 거야!"

도시에서 신문기자들이 몰려와 이 실험적인 벽돌공장 운영을 취재해 갔다. 사람들도 이에 대해 신 나게 떠들어 댔다.

"노동자들이 굶주리는 것은 아랑곳하지 않고, 수익이 신통치 않은 자신의 사업체를 내팽개치고 도망간 주인은 모든 정직한 이들의 경멸을 받게 될 것이다! 인민들에게서 훔친 돈으로 폭음과 폭식을 즐기면서 아무도 모르는 자신의 은신처에 숨어 있는 살바토레! 인민들은 그에게, 그리고 다른 모든 착취자에게 노동자의 능력과 강인함이 얼마나 큰 것인지 보여줄 것이다…!"

시간이 지날수록 상황은 점점 더 어려워졌다. 노동자들은 벽돌은 잘 만들어 냈지만 파는 게 쉽지 않았다. 그나마 벽돌을 사가는 사람들도 당장 돈을 지불할 생각을 하지 않았다. 벽돌을 굽는 데 필요한 석탄과 원유는 점점 줄어들었다. 시간이 흐를수록 노동자들의 살바토레에 대한 증오심은 점점 더 커져갔다.

"그동안 우리가 열심히 일해서 번 돈을 외국에서 흥청망청 써대고 있겠지!"

노동자들이 말했다.

"그 작자가 가진 돈을 우리가 가지고 있다면 지금 상황은 전혀 딴판일 텐데. 우리에겐 아무도 돈을 빌려주지 않으니…. 그 겁쟁이가 우리 같은 처지에 빠져 봐야 해!"

다섯 달이 지나자 재고품이 바닥을 드러냈다. 은행에서는 벽돌공장 노동자들에게 보증을 서주길 꺼렸다. 파업을 일삼는 노동자들을 믿을 수 없다는 게 은행 측의 주장이었다. 노동자들은 어딘가에서 이 모든 상황을 낱낱이 지켜보며 쇠고기 스테이크를 게걸스레 먹어치우고 있을 살바토레에 대한 증오로 미쳐가고 있었다.

이즈음에 놀라운 소식 하나가 들려왔다. 살바토레가 외국이 아니라 밀라노에 있다는 것이었다. 그가 보석으로 치장한 아름다운 미녀와 함께 값비싼 고급승용차에 타고 있는 것을 보았다는 소문이었다. 승용차가 어느 집으로 들어갔는지까지도 확인했다니 이젠 살바토레를 잡아다가 복수극을 펼치는 것도 시간문제였다.

벽돌공장의 노동자들은 머리카락이 곤두설 정도로 깜짝 놀랐다. 모두 그를 잡아다 족쳐야 한다고 난리법석을 떨었다. 뻬뽀네가 적절한 순간에 끼어들어 말했다.

"다들 입 다물고 내 말을 들어! 내가 알아 처리하겠네. 우리에게 들켰다는 걸 그가 알게 되면 다른 곳으로 도망을 칠 걸세. 그러니까 나랑 조바시, 로쏘 그리고 마그로가 오늘 저녁 밀라노에 가서 그를 현장에서 덮치겠네."

"그는 우리에게 자신의 재산 전부를 주어야 할 거요! 우린 돈을 원한다고! 그 작자를 이리로 끌고 오면, 우리가 그 작자의 창자를 갈라버리겠소!"

결혼식에 참석하는 것처럼 옷을 잘 차려입은 뻬뽀네와 일당

세 명은 아침 8시에 밀라노에 도착했다. 기차역에 도착하자마자 로쏘가 전화번호 안내책자를 뒤졌지만 살바토레의 이름은 어디에도 없었다. 삐뽀네가 낄낄거리며 말했다.

"아이고, 살바토레가 바보가 아니고서야 이름하고 주소를 전화번호부에 올리겠어? 아무튼 나는 그 작자가 사는 곳을 알고 있으니 따라오게!"

9시경, 일행은 소문의 저택 현관문 앞에 도착했다.

"우리 돈으로 잘도 살고 있구먼!"

로쏘가 소리쳤다.

"이 으리으리한 집 좀 봐!"

"돼지 같은 놈!"

마그로가 투덜거렸다.

"자네들은 여기서 기다리게. 조바시가 나와 함께 들어가기로 하지."

삐뽀네가 명령했다. 대리석으로 반짝거리는 현관 홀에 들어선 그들은 크리스털로 장식된 현관문을 노크했다.

"실례합니다. 여기에 살바토레라는 분이 사십니까?"

가정부가 창틈으로 내다보더니 문을 열었다. 삐뽀네와 조바시는 눈을 둥그렇게 뜨고 서로를 바라보았다.

"들어들 오시구려."

가정부가 말했다.

"다른 두 명도 얼른 들어와요, 얼른!"

그녀는 삐뽀네와 나머지 일당들을 데리고 현관 옆에 붙은 작은 침실로 갔다.

"여기까지 쫓아와서 못되게 굴 참이에요? 도대체 원하는 게 뭐예요?"

증오심으로 가득 찬 목소리로 가정부가 말했다. 좁은 침실의 한쪽 벽면에 벽돌공장을 전경으로 한 커다란 그림이 액자에 담겨 걸려있었다. 삐뽀네는 달리 뭐라 대답할 말을 찾을 수 없었다.

"당신들이 원하는 게 뭐냐고요. 우리 재산을 마지막 한 푼까지 싹싹 쓸어가고 아직도 부족한 게 있어요?"

가정부가 소리쳤다.

"살, 살바토레 부인…."

삐뽀네가 말을 더듬었다.

"그래, 그렇게 부를 수 있겠지. 흥, 살바토레 부인? 꼴 보기 싫은 당신네들 얼굴 좀 안 보고 사나 했더니 말이요!"

바로 그 순간 운전사 차림을 한 남자가 들어왔다. 리노 살바토레였다.

"엉?"

전혀 예상치 못했던 사람들이 방 안에 있는 것을 본 살바토레의 눈이 휘둥그레졌다.

"아니, 이게 누구야. 여기까지 나를 찾아왔군. 아직도 더 원하는 게 있나? 휴가를 두 배로 늘려주길 바라나? 미지급된 봉급이라도 있나? 아! 그렇군. 벽돌공장을 통째로 먹고 싶은 거로군. 마음대로 해. 저당 잡힌 것까지 전부 가지라고. 공장을 돌리기 위해, 나는 내 전 재산을 다 털어 넣었어. 내게 남은 건 오직 존경받는 사업가라는 명예뿐이었지. 돈을 마련하려고 안간힘을 다 썼지. 내 머리를 벽에다 찧어댈 정도로 말이야. 간신히 공장을 돌리는 형편이었다고. 다행히도 하느님이 보우하사 명줄이 짧아질 정도로 신경 쓰이던 일을 그만둘 수 있어 정말 감사하지! 지금은 우리 부부 둘 다 난방기가 달린 작은 집에서 잘 살고 있어. 게다가 나는 밀라노에서 제일 멋진 고급 승용차를 몰고 있고! 신경 쓸 필요 없이 매달 말이면 월급봉투를 받는 데다 팁까지 두둑하지! 안 그래, 여보?"

"그럼요, 팁이 꽤 많죠."

여인이 말했다. 전화벨이 울리자 여인은 전화를 받기 위해 거실로 급히 달려갔다.

"주인어른이에요."

잠시 살바토레 부인이 돌아와 말했다.

"주인어른이 외출할 준비가 다 됐는지 물으시네요."

"그럼, 다 됐지."

살바토레가 대답했다.

"커피 한 잔 마실 시간은 있으니까 한 잔 주구려."

여인이 부엌으로 갔다가 커피메이커와 잔 하나를 들고 왔다.

"이 친구들에게도 커피 한 잔씩 돌려. 술도 괜찮겠군. 어제 주인마님께서 우리한테 독한 포도주를 한 병 주셨거든. 마님은 너무 독해서 싫다시고 주인어른은 술을 안 드시니까 필요 없다며 말이야."

네 명은 꿔다놓은 보릿자루처럼 아무 말 없이 우두커니 서 있을 뿐이었다.

"부끄러운 줄 알게!"

갑자기 빼뽀네가 소리쳤다.

"아니, 뭐가 부끄럽소이까, 읍장 동지?"

의자에 앉아 커피를 홀짝거리던 살바토레가 반문했다

"이보게, 고향 사람들에게 부끄럽지 않나?"

빼뽀네가 퉁명스레 말했다. 조바시, 로쏘 그리고 마그로가 옆에서 고개를 끄덕였다. 그 순간 화난 듯한 목소리가 다른 방에서 들려왔다.

"아니, 이 사람 대체 어디 간 거야?"

"주인어른이에요. 여보, 어서 서둘러요!"

당황한 여인이 부르짖었다. 살바토레가 일어나려 했지만 빼뽀네의 손이 그의 어깨를 눌러 자리에 다시 앉혔다.

잠시 후 주인어른 앞에 코끼리처럼 덩치 큰 사내가 나타났다. 빼뽀네였다. 주인어른은 깜짝 놀라 두 눈을 휘둥그레 떴다.

"유감이지만 당신 운전사가 차를 운전하지 못하게 됐소."

빼뽀네가 설명했다.

"난 운전사가 살던 고향 마을의 읍장이외다. 그가 커다란 벽돌공장을 물려받게 되었다오. 불쌍한 사람, 거의 심장 마비를 일으킬 정도로 기뻐합디다."

뻬뽀네는 자신의 신분증을 꺼내 주인에게 보여주었다. 그의 확실한 신분에 어느 정도 안심한 주인어른은 애써 미소를 지었다.

"그, 그런데 문제는 내가 지금 당장 외출을 해야… 중요한 사업상의 약속이 있어…."

그가 더듬거리며 말했다.

"괜찮다면 내 운전사를 빌려드리리다."

뻬뽀네가 말했다. 그리고 방으로 돌아가서는 살바토레의 운전기사 복장을 벗겨 마그로에게 입으라고 건넸다. 운전기사의 모자도 마그로의 머리에 뒤집어씌웠다.

"됐군. 주인어른을 당장 모시고 가라. 새로운 명령을 받을 때까지 그분의 시중을 들어드려라."

뻬뽀네가 명령했다.

"예, 알겠습니다 대장!"

마그로가 대답했다. 주인어른은 정신을 차릴 새도 없이 뻬뽀네에게 떠밀려 집을 나섰다.

"자네는 이제 옷을 차려입고 우리를 따라오게."

뻬뽀네가 살바토레에게 말했다.

"자네가 있을 자린 여기가 아니야. 당장 가자고. 2, 3일 후면 부인도 올 거니까 말일세."

살바토레는 가지 않으려고 몸부림쳤지만 그들의 강철 같은 손아귀를 벗어날 수 없었다.

"가요, 여보. 어서 가세요!"

여인이 울음을 터뜨리며 살바토레에게 외쳤다. 살바토레는 흘깃 아내를 쳐다보았다. 그러고 나서 벽돌 가마 그림을 향해 눈길을 주었다.

"이제 와서 나더러 저 벽돌공장 일에 다시 끼어들라고?"

살바토레가 손사래를 치며 말했다.

"그렇소. 사장은 당신이지 우리가 아니잖소."

조바시가 중얼거렸다. 살바토레가 걸음을 옮겼다.

"이번엔 너희가 피를 토할 정도로 부려 먹을 테다!"

살바토레가 분한 듯이 말했다.

"그건 두고 볼 일이오."

조바시가 미소 띤 얼굴로 대꾸했다.

사흘 뒤, 살바토레의 부인도 고향 저택으로 돌아왔다. 하지만 마그로는 다시 돌아오지 않았다. 아직도 그가 밀라노에서 주인어른의 운전사 노릇을 하고 있다는 소문이 가끔씩 들려오곤 한다.

도망자

돈 까밀로가 신문 기사 하나를 가리키며 필로티에게 말했다.

“이걸 좀 보게. 빨간색으로 밑줄을 긋고 게시판에 붙일 만한 일이 하나 생겼네. ‘공산주의 천국보다 자본주의 지옥을 선호하다’ 라는 제목으로 말이야.”

기사의 내용인즉, 도시 부근에서 공산당이 운영하고 있는 대규모 포도주 생산조합에 러시아의 젊은 기술자들이 방문했다. 그런데 그들 중 젊은 남녀 두 명이 몰래 도망을 쳤다는 것이었다.

“지금쯤이면 뻬뽀네가 화가 나서 펄펄 뛰고 있겠구먼. 또 다른 사연은 없소, 신부님?"

신문을 보며 필로티가 낄낄거렸다.

"그게 전부네. 신문을 잘 챙겨 두게."

돈 까밀로가 말했다.

어느새 저녁이 되어 주위가 어두워졌다. 혼자 남은 돈 까밀로는 카모밀라 차 한 잔을 마시고 침실을 향해 걸음을 옮겼다. 그는 계단을 중간 정도 올라갔을 즈음, 성당 출입문을 잠그지 않았다는 것을 기억해 냈다. 돈 까밀로는 혹시 모를 일을 대비해 문을 잠그러 돌아갔다.

성당은 어두컴컴했다. 돈 까밀로가 큰 문에 빗장을 걸고 돌아섰다. 중앙 제대 앞에 막 이르려는 찰나 등 뒤에서 낮은 목소리가 들려왔다.

"저기요…."

돈 까밀로는 화들짝 놀라 몸을 획 돌렸다. 그러고는 야간 순찰 중에 항상 가지고 다니는 전기 횃불을 켰다. 어둠 속에서 두 명의 낯선 얼굴이 보였다. 회색 오버코트를 입고 있는 스물다섯 살 정도의 젊은 남자와 여자였다. 가슴이 철렁했던 돈 까밀로가 안도의 숨을 내쉬며 소리쳤다.

"아니, 이것 보게! 사람을 이렇게 놀라게 할 수가 있나?"

"선생님, 죄송해요. 우리가 여기서 살아도 될지 물어보고 싶었어요."

낯선 여자가 이상한 억양에다 부정확한 어휘를 구사하며 말을 꺼냈다.

그녀의 옆에 있던 남자가 뭔가를 중얼거렸다. 여자가 그의 말을 통역해 주었다.

"이 사람은 이탈리아어를 할 줄 몰라요. 프랑스어만 조금 해요. 여기 들어오면 안 되는 걸 우리는 전혀 몰랐어요."

"이보시오, 여기 들어오는 게 금지된 건 아니요. 누구든 하느님의 집에 들어올 수 있으니 말이오. 하지만 잠 잘 곳이 없다고 해서 여기 머물 수는 없소. 성당은 여인숙이나 기차역의 대합실이 아니니까."

돈 까밀로가 말했다.

여자가 남자와 속닥거리더니 돈 까밀로를 돌아보았다. 창백한 얼굴에 온통 수심이 드리워져 있었다.

"여기가 안 되면 밖에라도, 마구간이이라도 괜찮아요. 우리는 여인숙에 갈 수 없어요."

"돈이라면 내가 주겠네."

돈 까밀로가 지갑을 꺼내 돈을 내밀자 여자가 고개를 저으며 서둘러 말했다.

"아녜요. 돈은 우리도 있어요. 우리는 외국인인데 여권이 없어서 그래요."

돈 까밀로는 그들을 유심히 바라보았다.

"이게 무슨 뚱딴지같은 소린가? 아니, 그럼 당신들은 여권도 없이 어떻게 이탈리아에 왔는가?"

"단체 여권으로 들어왔어요. 다른 동지들과 함께요."

여자가 당황해서 설명했다.

"그렇다면 당신 동료들은 지금 어디에 있다는 말이오?"

여자가 고개를 저으며 양팔을 벌렸다. 남자가 알 수 없는 언어로 무언가를 말했다. 두 사람은 한참 동안 나지막한 목소리로 자기들끼리 토론을 벌였다. 마침내 토론을 그치고 여자와 남자는 가방 안에서 신분증을 꺼내 돈 까밀로에게 내밀었다. 돈 까밀로는 전기 횃불을 들고 두 개의 신분증을 훑어보았다.

모든 게 명확해졌다. 미처 눈치채지 못한 것이 놀라울 지경이었다. 돈 까밀로는 두 사람에게 손짓으로 자신을 따라오라는 신호를 하며 걸음을 옮겼다. 그리고 제대 앞을 지날 때 고개를 숙이며 살며시 속삭였다.

"예수님, 그들입니다!"

돈 까밀로가 찬장에서 음식을 꺼내놓자 그들은 굶주린 시베리아 늑대처럼 엄청난 식성을 과시했다. 식탁에 놓인 모든 음식을 싹쓸이한 뒤 여자는 가방 안에서 500리라짜리 지폐와 1천리라 정도 되어 보이는 동전을 꺼내 그에게 내밀었다.

돈 까밀로는 한사코 돈 받기를 사양한 뒤 어쩌다 여기까지 흘러들어 오게 되었는지를 물었다. 그녀는 자신들의 처지를 하나둘 설명하기 시작했다.

그녀는 이탈리아어와 프랑스어 통역사 과정을 모두 공부했고 모스크바에서 관광가이드로 일하면서 이탈리아 관광객을 여러 차례 안내한 적이 있다고 했다. 그들의 계획은 파리로 가서 그곳에 있는 친구들의 도움을 받아 파리에 정착하는 것이었다. 하지만 그 계획은 그들이 생각했던 것보다 훨씬 더 어려웠고 러시아에서 가져온 얼마 되지 않는 돈은 금세 바닥을 보이고 말았다고 한다.

"그럼 젊은이들은 생각을 바꿨나?"

돈 까밀로가 물었다.

"아뇨. 돌아가느니 차라리 감옥에 가겠어요!"

여자가 단호한 목소리로 대답했다.

"그렇다면 진정하고 문제를 해결해 보세. 지금 당장 어디에 잠자리를 마련할지 연구할 필요가 있네."

돈 까밀로가 그녀를 진정시켰다. 그러고는 그들의 신분을 철저히 밝히기 위해 용의주도한 질문을 시작했다.

"자네 둘은 결혼한 사인가?"

"아뇨."

여자가 정색을 하고 대답했다.

"놀랍군! 서로 결혼한 사이도 아닌 남녀가 아무렇지도 않게 이처럼 위험한 모험을 감행하다니 경솔하기 짝이 없구먼!"

돈 까밀로가 부르짖었다. 여자가 놀라서 그를 쳐다보았다.

"무슨 말인지 이해가 안 가네요, 시뇨레*…."

돈 까밀로가 흥분해서 소리쳤다.

"이곳에서 시뇨레는 제대 위 십자가에 못 박힌 예수님뿐이네! 난 일개 신부일 따름일세. 아무튼 순결한 아가씨라면 남편이 아닌 남자와 함께 다니는 게 부적절한 일이라는 걸 모를 리야 없겠지. 남자 동지 대신 여자 동지를 구할 수는 없었나?"

별 말을 다 듣겠다는 듯 여자가 어깨를 으쓱이며 말했다.

"아니, 왜요? 남자나 여자나 똑같죠. 남자와 여자는 동등한 걸요."

"어느 시점까지만 동등한 거지! 남자는 여자와 결혼하고 여자는 남자와 결혼하는 게 사실이잖나!"

돈 까밀로가 낮은 소리로 말했다. 여자는 그 문장의 의미를 완벽하게 이해하지 못한 듯 말을 더듬었다.

"우, 우린 결혼하려는 게 아닌데요."

남자는 무슨 말이 오가는 건지 설명해 달라고 여자를 붙들고 말했다. 여자가 설명하자 남자는 힘차게 고개를 저으며 서툰 프랑스어로 돈 까밀로에게 말했다.

"난 이미 아내가 있소. 고향에 말이오. 한 명도 벅차요."

돈 까밀로는 이쯤 상황이 되자 계속 따지고 들 수가 없었다. 이미 밤이 늦었기 때문에 여자는 종지기의 어머니 집으로 보내고 남자는 사제관 창고에 잠자리를 마련해 준 뒤, 돈 까밀로 역시 침대에 들어가 누웠다.

---

* 시뇨레(signore)는 '어르신' 이라는 호칭 이외에 '주님' 이라는 뜻으로 쓰이기도 한다.

그날 밤 돈 까밀로는 간신히 잠이 들었다. 뭔가 불안한 느낌을 떨쳐버릴 수 없었기 때문이다.

시골의 본당 신부가 갑자기 나타난 그런 부류의 인물들과 마주치는 것은 아주 큰 사건이었다.

러시아의 신세대 동지 두 명이 새장에서 나와 스스로 돈 까밀로의 손아귀에 날아 들어왔다. 돈 까밀로를 화나게 하는 어떤 한 사람뿐만 아니라, 지부를 통틀어 200여 명 정도가 되는 모든 공산당 읍장들을 미쳐버리게 할 만한 대단한 화젯거리였다.

돈 까밀로는 신문에 기사를 싣고, 텔레비전 인터뷰를 하고, 사진을 찍는 등의 시끌벅적한 상상을 하면서 한숨도 제대로 자지 못했다. 결국 그는 아침에 눈이 뻘겋게 충혈된 채 자리에서 일어났다.

모닝커피를 마시러 사제관 부엌으로 간 돈 까밀로는 두 명의 젊은이가 자신을 기다리고 있는 것을 발견했다. 돈 까밀로가 잘됐다는 듯 말했다.

"이제 마을로 자네들을 데리고 가서 내 친구들에게 인사시켜 주겠네."

여자의 얼굴이 새하얗게 질렸다. 그녀가 근심스런 목소리로 부르짖었다.

"안 돼요, 그건 안 돼요. 부탁이에요."

"아니, 무엇 때문에 안 된다는 겐가?"

돈 까밀로가 물었다.

"우린 두려워요."

여자가 대답했다.

"두렵다고, 뭐가?"

돈 까밀로가 껄껄 웃으며 조롱하듯 말했다.

"우리는 이탈리아에 있네, 자유로운 국가 이탈리아 말일세!"

"하지만 우리는 불법체류자인걸요. 우린 여권이 없어요. 우리를 데려온 위원회가 우리를 당장 찾아낼 거예요."

"그대들이 여기 있는 걸 그들이 무슨 수로 알겠소?"

돈 까밀로의 말에 여자가 냉소를 치며 대답했다.

"이탈리아에는 공산주의자들이 많아요. 어딜 가든 공산주의자들이 있죠."

여자의 말이 틀린 건 아니었다. 하지만 돈 까밀로는 이 멋진 기회를 놓칠 생각이 조금도 없었다. 그는 잠시 이 문제에 대해 생각하더니 결론을 내렸다.

"이제부터 그대들은 러시아인이 아니네. 리옹 농업대학교에 재학 중인 프랑스인일세. 자네들은 농사를 주요 산업으로 하는 이 지역을 견학하러 왔고, 프랑스 가톨릭청년회 회원이기 때문에 내 손님일세. 그럼 됐지?"

여자는 동료와 한참 동안 대화하더니 괜찮은 방법 같다며 동의했다.

근방에서 가장 중요한 토지 소유자, 임대인들, 소작농들은 돈 까밀로와 같은 생각을 하고 있었다. 그들은 공산당을 목구멍에 걸린 가시처럼 못마땅한 존재로 여겼다. 돈 까밀로는 필로티를 불러 상황을 설명했다.

"내 말을 잘 듣고 다른 사람들에게 알리게. 공식적인 견학을 목적으로 농지를 방문한 거라고 말일세. 외부인이나 친척, 일꾼들 앞에서는 두 젊은이를 프랑스 유학생으로 대해야 하네. 집으로 데리고 들어가 새끼 양고기와 과일 파이 그리고 포도주 몇 잔을 먹이면 저 프랑스인들은 기운을 차릴 걸세. 하루에 적어도 세 집은 방문하도록 해 주게. 아침 식사 때는 자작농의 집에, 점심 식사 때는 소작인의 집에, 그리고 저녁 식사 때는 대지주의 집 순서로 말일세."

필로티가 서둘러 출발했다. 다음 날 아침, 적당한 시간에 농장방문이 시작되었다.

*

로로니는 좋은 시기를 만나 주인의 농지를 사들인 성공한 자작농 중 한 명이었다. 농지의 경작 상황에 대한 설명을 듣고, 우리에 있는 가축들을 본 두 명의 프랑스인들은 놀라 입을 떡 벌렸다.

카페라테, 시칠리아산 백포도주를 넣은 푸딩, 푹 삶은 양고기, 갓 구운 빵, 톡 쏘는 맛이 나는 포도주, 흑맨드라미로 만든 케이크와 호두로 아침 식사를 하면서 여자는 이 곳이 러시아와는 전혀 딴판이라고 경탄했다. 그들은 러시아의 집단 농장 생활에 대해 설명하고 수많은 질문에 대답했다.

10시가 되자 토레타의 임대인인 보치가 자신의 중형 승용차를 타고 그들을 데리러 왔다.

토레타는 로로니 농지의 세 배쯤 되는 농지로, 세상에 있는 온갖 종류의 기계 설비를 다 갖추고 있었다. 정오가 지나 1시에 식탁에 앉았을 때 두 명의 외국인은 잔뜩 기가 죽어 있었다.

멜론을 곁들여 먹는 프로슈토 요리, 양고기 수프, 삶은 쇠고기, 양파를 넣은 닭볶음, 칠면조 구이, 과일, 각종 케이크, 모데나산 적포도주, 생선 오븐구이, 이탈리아 중북부산 백포도주, 꿀에 절인 버찌 등 이번에도 상이 푸짐하게 차려져 나왔다.

돈 까밀로는 맛있는 음식을 입으로 쉴 새 없이 집어넣으면서 그들에게 질문을 던졌다.

"왜 그렇게 낙담한 얼굴이오?"

"우린 비록 탈출했지만, 그동안 우리가 참아왔고 참아내야 했던 조국 러시아를 사랑하는 마음은 하나도 변치 않았어요. 그래도 여기 농지와 우리나라 농지를 비교하니 낙담하지 않을 수가 없네요."

여자가 침울한 얼굴로 대답했다.

오후 3시, 베르나스키의 고급 승용차가 그들을 데리러 왔다.

그는 바싸 마을 아래에 200헥타르나 되는 칼루냐 농지를 소유하고 있었다. 막대한 부를 누리는 베르나스키는 고대 로마 귀족의 오래된 저택에 살면서 커다란 나무들이 우거진 정원을 가지고 있었다.

두 명의 프랑스인들은 농업 분야에서 얻을 수 있는 최고의 결실이 어떤 건지를 이곳에서 확인할 수 있었다. 천국에서나 열릴 것 같은 맛 좋고 색깔 고운 사과와 배 과수원, 숨이 멎을 정도로 근사한 토마토밭, 긴 장대같이 높이 자란 사탕무, 품종을 개량한 가축들, 낙농공장, 세계 전람회에 내놓아도 전혀 손색이 없는 포도나무들을 구경했다. 가끔씩 두 프랑스인은 뒤를 돌아 돈 까밀로를 쳐다보았다. 그들의 눈에는 많은 이야기가 담겨있었다.

집 안으로 들어간 그들은 화려하고 멋진 장식품과 가구를 보고 그 엄청난 위용에 얼어버린 듯했다. 프랑스인들을 맞이하기 위해 베르나스키의 아내와 두 딸이 계단을 걸어 내려왔다. 프랑스인 여자가 예의를 갖춰 인사하며 말했다.

"죄송해요. 도망칠 때 짐 가방을 들고 올 여유가 없었어요. 지금 제가 가지고 있는 거라곤 걸치고 있는 이 옷이 전부예요. 옷 가방을 들고 올 수 있었다면 비록 초라하긴 하지만 깨끗한 옷을 입을 수 있었을 텐데…."

여자는 용서를 구하며 부인과 아가씨들의 옷과 신발을 부러운 눈길로 바라보았다.

"우린 아가씨의 입장을 충분히 이해해요. 기분 나쁘지 않다면 당신을 돕고 싶어요."

부인이 미소를 지으며 말했다.

부인이 딸들에게 고갯짓을 하자 딸들은 프랑스 여자의 팔짱을 끼고 자신들의 방으로 데리고 갔다. 베르나스키의 아들 역시 똑같은 행동으로 프랑스 남자를 데리고 갔다. 잠시 후, 두 동지들이 돌아왔을 때 그들은 머리부터 발끝까지 값비싼 그리고 아름다운 옷으로 치장하고 있었다.

돼지의 넓적다리 살로 만든 소시지, 기름에 볶은 버섯과 엉겅퀴, 콘소메 수프, 마카로니, 파스타, 모듬 야채 샐러드, 신선한 과일, 영국식 스튜, 아이스크림, 값비싼 포도주, 커피, 그리고 축음기에서 흘러나오는 음악. 모든 것이 갖추어진 멋진 저녁 식사였다.

여성 동무는 자신들의 씁쓸한 처지를 흉금 없이 깡그리 털어놓았다. 말수가 적은 남성 동무까지 두어 번 정도 자신의 느낌을 말하고 싶어 했으므로 그의 말을 통역해 주기도 했다.

그들은 저녁 늦게 선물을 잔뜩 껴안고 돌아왔다. 베르나스키는 자신의 고급 승용차에 그들을 직접 태워 데려다 주었다. 그리고 헤어지기 전 여자의 손에 두툼한 봉투 하나를 쥐어 주며 말했다.

"스탈린의 망령에 사로잡힌 불쌍한 동유럽 시민에 대한 자유로운 서유럽 시민의 격려일세. 부담 갖지 말고 넣어 두게나."

다음 날, 그 다음 날에도 아침 식사는 자작농의 집에서, 점심 식사는 소작농의 집에서, 그리고 저녁 식사는 지주의 집에서 하는 빡빡한 일정이 되풀이되었다.

며칠이 지나자 돈 까밀로가 두 젊은이에게 말했다.

"내일부터는 자네들끼리 다니게."

그들은 놀라울 정도로 둘이서 잘해냈다.

두 프랑스인은 매일 아침 자신들의 낡은 누더기를 걸치고 출발해서, 돌아올 때는 새 옷을 걸치고 선물 꾸러미를 한아름씩 들고 왔다. 이 일은 열흘 정도나 계속되었다. 두 명의 젊은이는 마치 꿈같은 나날을 보냈다.

그러나 결국 꿈은 언젠가 깨지게 마련이다.

*

어느 날 커다란 안경을 쓰고 머리를 짧게 깎은 젊은 남자 한 명이 뻬뽀네를 찾아왔다. 공산당 간부들 대부분이 그렇듯 그는 얼굴을 잔뜩 찌푸리고, 꼭 필요한 말만 하는 퉁명스러운 사람이었다. 그는 로마의 중앙당에서 보내는 신임장을 뻬뽀네의 코 앞에 내밀며 말했다.

"동무, 우리는 10일 전에 에밀리아 지방 포도주 조합을 견학하러 온 소비에트 위원회 소속 젊은이 두 명을 찾는 중이오. 위원회가 러시아로 돌아가기 전에 그들을 붙잡아 로마로 데려가야만 하오."

삐뽀네는 갑자기 나타나 고압적인 태도를 보이는 이 젊은이가 도대체 맘에 들지 않았다. 간부는 가죽 가방 안에서 두 장의 사진을 꺼내 삐뽀네에게 보여주며 물었다.

"이들을 본 적 없소?"

"가만! 이들은 돈 까밀로가 농가를 견학시켜 준다며 데리고 다니는 리옹 가톨릭청년회 소속의 프랑스인들이잖아!"

삐뽀네가 소리쳤다. 젊은이는 사진을 다시 집어넣고 삐뽀네에게 말했다.

"날 그 사람에게 데려다 주시오."

"그 사람은 생각만큼 만만한 사람이 아니오."

삐뽀네가 젊은이에게 경고했다.

"당신이 그것까지 신경 쓸 필요는 없소, 동무."

그가 자리에서 일어서며 딱딱하게 말했다.

돈 까밀로는 두 명의 불청객을 맞이하며 마지못해 문을 열어주긴 했지만, 그다지 달가운 기색이 아니었다.

젊은이는 바로 본론으로 들어갔다.

"나는 이 두 명의 러시아 시민을 데려가려고 로마에서 왔소."

그가 사진 두 장을 꺼내 보이며 돈 까밀로에게 말했다. 돈 까밀로는 사진을 거들떠보지도 않은 채 위협적으로 소리쳤다.

"로마에서 왔다면 돌아가는 길도 알겠군. 나가는 문은 당신이 들어왔던 저쪽이오!"

그러나 상대방은 꿈쩍도 하지 않았다.

"신부님은 신분증도 없는 외국인 두 명을 데리고 있소. 신부님이 프랑스인이라고 주장하는 그들은 사실 러시아 국민이오. 당신은 바티칸의 법에 따르는 것 이외에, 살고 있는 조국의 법도 지켜야 하잖소. 쓸데없는 외교적 마찰거리를 만들지 말고 자선 행위는 이쯤에서 그만두는 게 모두를 위해 좋을 거요."

이 불량한 젊은이는 모든 면에서 유리한 입장에 놓여 있었다. 돈 까밀로가 말했다.

"내가 그들을 소비에트 연방에서 훔쳐온 게 아니오. 그들은 자유롭게 왔으니 자유롭게 갈 거요. 100년에 한 번 일어날까 말까 한 대사건이 터진다 해도 그 젊은이들이 떠날 생각이 없다면 아무도 그들을 여기서 데려갈 수는 없소!"

젊은 간부는 자신보다 고집이 더 센 사람을 상대하고 있다는 걸 알아차렸다. 그는 잠시 생각하더니 타협안을 제시했다.

"일단 그들을 만나게 해주시오."

"좋소, 하지만 내가 보는 앞이어야만 하오. 오늘 저녁 10시 반에 다시 오시오."

저녁이 되자 머리부터 발끝까지 새 옷으로 단장하고 잔뜩 선물을 받아든 프랑스인들이 돌아왔다. 돈 까밀로는 그들을 사제관 식당 의자에 앉힌 뒤 낮은 목소리로 말했다.

"자네들을 다시 데려가려는 사람이 왔었네. 자네들은 그의 얘기를 듣고 난 뒤 자유롭게 결정하게. 자네들이 다시 러시아로 돌아가는 걸 동의하지 않겠다면 아무도 자네들을 돌려보낼 수 없을 걸세. 현명하게 결정하게."

여자가 남자 동지와 의견을 주고받더니 단호하게 말했다.

"신부님이 우리를 억지로 보내지 않으신다면 우린 다시 러시아로 가고 싶지 않아요."

밤 10시경, 뻬뽀네와 러시아의 간부가 찾아왔다. 간부는 두 젊은이를 보자마자 그들에게 러시아어로 말하기 시작했다. 돈 까밀로가 그의 말을 가로막았다.

"멈추게! 이탈리아어로 말하시오. 그리고 아가씨는 러시아어로 청년에게 통역해 주시오."

돈 까밀로의 말에 간부가 눈에 띄게 당황하는 기색을 보였다. 돈 까밀로는 조금도 물러서지 않았다. 어쩔 수 없이 간부가 이탈리아어로 말했다.

"동지들이 자네들을 기다리고 있네. 나는 자네들이 위대한 조국 러시아를 절대 배반하지 않으리란 걸 확신하네."

"우린 아무것도 아무도 배반하지 않았어요. 우린 단지 우리 인생을 자유롭게 결정하고 싶을 뿐이에요."

여자가 대답했다.

"자네들 인생은 자네들에게 모든 걸 마련해 준 조국에 속해 있어."

간부는 인민들의 혹독한 희생, 스탈린, 서구의 위험에 대해 한참을 설명했다.

"우린 지금 성당 안에 있고, 성당에서는 공산당 정치 집회를 열 수 없네. 화제를 바꾸시오."

돈 까밀로가 그의 말을 가로막았다.

간부는 한참 동안 무언가를 생각하더니 천천히 입을 열었다.

"자네들이 동지는 잊더라도 부모님은 잊지 않기를 바라네. 자네들이 돌아가지 않는다면 자네 부모님들께 부끄러운 짓을 하는 걸세."

"그렇지 않아요! 우리 부모님은 나를 이해하세요. 내가 절대로 나쁜 짓을 하지 않으리란 걸 잘 알고 계세요!"

여자가 부르짖었다.

"조국을 배신하는 건 나쁜 짓이야! 자네와 함께 도망친 동지는 부모님뿐만이 아니라 아내와 아들까지 있다는 걸 알고 있겠지?"

"당연히 알고 있어요."

여자는 남자 동지에게 성실하게 통역을 해주었다. 긴 대화를 다 듣고 난 그가 자리에서 벌떡 일어나 간부에게 러시아어로 뭔가를 말했다.

"통역!"

돈 까밀로가 엄명했다.

"자기 아내와 아들은 자신이 돌보는 거지 당이 돌보는 게 아니라고 하네요."

여자가 설명했다.

"당! 당은 모든 이를 돌보지. 당은 배신자의 아버지, 어머니, 아내 그리고 아들을 고운 시선으로 볼 수는 없어."

간부가 냉소를 지으며 대꾸했다.

"부모님과 친척들은 상관없어! 우리가 하는 행동에 대해 그분들은 어떤 책임도 질 필요가 없어!"

여자가 외쳤다. 간부는 자기가 알 바 아니라는 듯 양팔을 벌렸다.

"감상주의는 부르주아들이 이용해 먹는 거야. 당은 감상주의에 빠지지 않아. 잘 생각하라고!"

"가만 보니 이 자는 순 사기 공갈단이로구먼!"

돈 까밀로가 벌떡 일어서더니 못 참겠다는 듯 주먹을 꽉 움켜쥐었다. 젊은 간부는 움찔했지만 자리를 피하지는 않았다.

두 도망자는 나지막한 목소리로 한참 얘기를 나누었다. 그러고는 여자가 간부를 향해 러시아어로 짧게 몇 마디 했다.

"그래 어쩔 셈인가?"

말을 마친 여자에게 돈 까밀로가 물었다. 여자 대신 간부가 입가에 미소를 띠며 말했다.

"러시아로 돌아가겠다고 하오. 자, 그럼 나는 내일 아침 7시에 자동차를 갖고 이곳으로 오겠네. 자네들은 떠나온 곳을 향해 다시 출발할 걸세. 왔던 차림 그대로 말이야."

말을 마친 젊은 간부는 돈 까밀로에게 살짝 고개를 숙인 뒤 밖으로 나갔다.

"결국 이런 식으로 항복하고 마는군!"

돈 까밀로가 한숨을 지었다. 여자가 고개를 들어 눈물이 글썽한 눈으로 돈 까밀로를 바라보았다.

"신부님! 신부님은 당 간부들이 어떤지 모르세요."

그녀가 괴로워하며 말했다.

"아니, 생각보다는 그들을 잘 알고 있네."

돈 까밀로가 단호한 목소리로 대답했다. 그러고는 그 자리에 입을 쩍 벌리고 서 있던 뻬뽀네에게 경멸에 가득 찬 말투로 소리쳤다.

"잘 가게! 읍장 동무!"

밤 1시, 돈 까밀로는 여전히 속을 끓이며 서재에서 이리저리 서성대고 있었다. 그때 그의 앞에 뻬뽀네가 유령처럼 소리 없이 나타났다.

"자동차가 밖에 준비됐소. 그 두 사람을 불러오시오."

"지금? 내일 아침 7시에 오기로 하지 않았나?"

돈 까밀로가 눈을 동그랗게 뜨고 말했다.

"내일 아침에 오기로 한 건 그 사람이오. 지금은 내 개인적인 용무로 온 거요. 신부님이 밀라노에 도움을 청할 곳이 있다면 서둘러 편지나 한 통 써주시오. 내 그들을 밀라노에 데려다 줄 테니까.”

“내일 그자가 와서 저들이 없어진 걸 알면?”

“그는 날 찾아올 거요. 그가 부주의해서 저들이 도망가도록 내버려 둔 거나 마찬가지니까. 그러니 저들을 찾아냈다는 걸 아무한테도 말하지 않는 편이 나을 거라고 내가 설득하겠소.”

돈 까밀로는 어처구니없다는 듯 고개를 저었다.

“상상도 못 한 일이야. 내가 생각했던 것보다 자넨 훨씬 덜 빨갱군.”

돈 까밀로가 중얼거렸다.

밀라노의 한 카페에 모여 앉은 세 명의 젊은이가 주크박스에서 흘러나오는 음악을 듣고 있었다.

“크, 정말 기가 막히게 재밌었어!”

간부가 소리쳤다.

“나랑 역할을 바꿨더라면 열흘 동안 칠면조, 돼지고기, 람브루스코 포도주를 실컷 먹었을 텐데!”

“그런 말 하지 말아. 우리도 네가 조금만 더 늦었더라면 배터져 죽을 뻔했다고. 게다가 이불, 옷, 돈까지 잔뜩 쥐여주던걸.”

러시아에서 도망친 남자 동무가 말했다.

“그 뚱뚱보 신부가 우리한테 하느님의 존재에 대해 설명하고 예수의 일생에 대해 얘기하던 거 기억나니? 하하! 당 간부라는 읍장은 자기네 당을 속이면서까지 우리를 탈출시키고 헤어질 때는 주머니를 털어 2천 리라나 쥐어 주더라고."

'젊은 간부' 와 '남자 도망자' 가 낄낄거렸다.

"도대체 뭐가 그렇게 웃기니?"

여자가 사납게 말했다.

"그 신부랑 읍장이라는 사람을 생각하면 왜 자꾸 눈물이 나는지 모르겠어."

간부는 여자를 쏘아보며 쌀쌀맞게 말했다.

"마리올리나, 감상주의에 빠지면 게임은 끝이야!"

"그래, 끝났어. 난 이제 다 그만둘 거야."

여자가 힘없이 대답했다.

"맞아, 나도 이 짓 그만둘래."

'남자 도망자' 역시 중얼거렸다.

*

"주님. 저 불쌍한 두 젊은이를 축복하소서."

돈 까밀로는 제대 앞 십자가상 앞에서 간절한 기도를 올리고 있었다. 예수님은 대답 없이 미소만 지으셨다. 왜냐하면 벌써 그렇게 하셨기 때문이다.

돌아온 탕자

자코모네는 뽀 강 저지대 마을에 조그만 목공소를 가지고 있었다. 목공 작업대와 자그마한 난로, 철제 금고만 달랑 놓여있는 보잘 것 없는 가게였다.

그는 가게 안의 작업대 위에서 잠을 잤다. 금고 안에 담요를 넣어두었다가 저녁이 되면 꺼내 목공 작업대 위에 펼쳐 놓았다. 작업대가 꽤 높았기 때문에 자는 동안 땅바닥에 떨어져도 다치지 않도록, 잠들기 전엔 꼭 몸에 두꺼운 외투를 둘둘 말고 잤다. 그렇게 하면 돌로 된 바닥에 굴러떨어져도 크게 아프지 않았다.

자코모네는 끼니걱정도 거의 하지 않았다. 빵 한 조각과 딱

딱한 치즈 한 덩어리면 하루가 거뜬했다. 문제는 마시는 것이었는데, 자코모네의 위는 특이하게도 포도주가 들어가지 않으면 도무지 움직일 생각을 하지 않았다. 그의 위장은 얼큰할 정도로 포도주가 들어가야만 비로소 건강하고 생기 있게 소화 기능을 발휘했다.

아마도 오늘날처럼 칼로리, 단백질, 비타민 등 삶을 복잡하게 만드는 여러 가지에 대해 신경을 쓰지 않았기 때문에 가능한 일이었을 것이다. 아무튼 자코모네는 틈만 나면 물 마시듯 포도주를 들이켰고 항상 곤드레만드레 취한 채 일과를 마치곤 했다.

자코모네는 의자, 액자, 물통 등 가벼운 일감의 수리만 맡아서 했다. 커다란 가구 따위에는 통 관심이 없었다. 무거운 목재를 다루는 것은 대패, 끌, 톱을 다룰 줄 아는 사람들이나 하는 일이라고 생각했다.

그는 단지 접착제, 망치 그리고 드라이버만 사용했다. 그 밖의 다른 연장은 가지고 있지도 않았다.

가끔은 중고가구를 판매하고 수수료를 챙기는 중개인 역할을 하기도 했다. 낡은 가구를 다만 얼마라도 받고 처분하길 원하는 사람들은 자코모네를 불렀다. 수수료라고 해봐야 고작 몇 푼밖에 안 되었지만 그는 기꺼이 일을 맡았다.

자코모네의 가게 맞은편 집 2층에 살던 노파가 세상을 떴다.

그녀의 죽음으로 꽤 돈벌이가 되는 일감이 떨어졌다. 노파의 조카딸이 집을 상속받았는데, 집안을 가득 채우고 있었던 세간 전부를 팔아치우려고 했던 것이다.

그는 딱 일주일 만에 모든 가구를 처리했다. 딱 하나, 사람 키만한 목제 십자가상만 빼고 말이다.

"저건 왜 안 치웠어요?"

노파의 조카딸이 십자가상을 가리키며 물었다.

"그거 말이오? 난 집 안에 걸어둘 거라고 생각했지."

자코모네가 시큰둥하게 대답했다.

"어디에 걸어야 좋을지도 모르는데…. 그냥 이것도 팔아버려요. 굉장히 오래된 골동품 같은데 어쩌면 의외로 값이 꽤 나갈지도 모르잖아요?"

그는 골동품 십자가를 구경한 적은 별로 없었다. 그러나 자코모네는 지금 눈앞에 있는 이것이 그동안 살아오면서 본 것 중 가장 볼품없는 십자가라고 장담할 수 있었다.

"어쩔 수 없지…."

그는 십자가를 어깨에 짊어지고 돌아다니며 적당한 작자를 물색하러 다녔다. 그러나 그 십자가를 사려는 사람은 어디에도 없었다.

다음 날도, 그 다음 날도 똑같았다. 결국 그는 상속인의 집으로 돌아가 아무도 십자가를 원하지 않는다고 불평했다.

상속인이 대답했다.

"이제 신경 쓰고 싶지 않아요. 제값을 받고 팔 수 있다면 정말 좋겠지만…. 에이, 그냥 가져가세요. 수고비로 드리죠. 이제부턴 구워먹든 삶아드시든 상관 안 할게요."

자코모네는 십자가를 가져다 목공소에 걸어 놓았다. 며칠을 공쳤더니 수중에 돈이 한 푼도 남지 않았다. 그는 다시 십자가를 어깨에 짊어지고 밖으로 나섰다. 밤늦게까지 돌아다녔지만 아무도 십자가를 사려 하지 않았다.

자코모네는 고단한 몸을 이끌고 단골 선술집에 들어갔다. 그는 십자가를 벽에 기대어 세워놓은 다음 적포도주 반병을 주문했다.

선술집 주인이 굳은 목소리로 말했다.

"자코모네, 벌써 외상만 열두 병째야. 먼저 외상값을 갚아. 포도주를 가져다 줄 테니."

"내일까지 다 갚을게."

자코모네가 대꾸했다.

"유산을 상속한 그 부잣집 부인이 그랬어. 골동품 십자가라고. 예술 작품이라 꽤 큰 돈벌이가 될 거라더군."

선술집 주인이 십자가를 바라보더니 머리를 긁적거렸다.

"나야 물건을 볼 줄 모르니…. 하지만 왠지 이 세상에서 가장 볼품없는 십자가상이란 생각이 드는걸."

"원래 골동품은 볼품이 없을수록 값어치가 나가는 거야. 성당의 동상들을 보라고. 어디 그 동상들이 이 십자가보다 더 아름답던가?"

그는 포도주를 병째로 마시고도 목이 마르다며 주인을 졸랐다. 술집 주인은 투덜거리며 다시 한 병을 내왔다. 선술집은 사람들로 북적거렸다. 자코모네가 술을 마시는 동안 십자가 위의 예수님은 머리카락이 쭈뼛 설 정도로 추잡한 농담들 사이에서 괴로움을 겪으셔야 했다.

그는 자정 무렵 십자가를 어깨에 지고 가게로 돌아왔다. 술에 취해 다리가 풀려 비틀거렸다. 두세 번 정도는 땅바닥에 이마를 찧을 뻔도 했다. 그는 그때마다 위 속에 있던 포도주를 게워내며 온갖 천박한 소리를 내뱉었다.

십자가상을 짊어진 자코모네의 순례는 계속되었다.

저녁마다 그는 알고 있는 술집을 돌아다니며 십자가를 핑계로 공짜 술을 얻어 마셨다. 어깨에 십자가를 메고 비틀거리며 걷는 그의 모습은 마치 폭풍우에 흔들리는 난파선 같았다.

어느 날 밤, 순찰을 돌던 경찰이 그를 붙잡아 유치장에 집어넣었다. 자코모네와 함께 경찰서로 간 십자가 위의 예수님은 야간 근무를 서는 경찰들이 범죄자들을 향해 쏟아놓는 욕지거리를 밤새도록 들으셔야만 했다.

아침이 되자 경찰서장이 자코모네를 불러 심문했다.

"어디서 이 십자가상을 훔쳤나, 엉?"

"훔친 게 아닙니다. 누가 내게 준 거지."

자코모네는 세상을 뜬 노파의 조카 이름과 집 주소를 대며 항변했다. 그러나 그는 저녁 무렵이 되어서야 경찰서에서 풀려났다.

경찰서장은 고압적인 태도로 이렇게 말했다.

"당신 말이 맞았군. 뭐, 좋아. 하지만 다시 십자가상을 메고 길거리를 활보하지 말라고. 선술집에 갈 땐 더더욱 말이야. 한 번만 더 눈에 띄면 바로 감옥에 처넣어 버릴 테니 그리 알라고."

그 후로 자코모네는 십자가상을 지고 마음대로 거리를 돌아다닐 수 없게 되었다. 하지만 경찰의 순찰이 뜸해지는 새벽 3시가 되면 어김없이 잠자리에서 일어나 십자가상을 팔기 위해 한적한 골목길을 비틀거리며 돌아다녔다.

쌀쌀해지기 시작한 어느 가을 아침, 자코모네는 어깨에 십자가상을 들쳐 메고 먼 길을 떠날 준비를 했다.

"다른 마을에 가서라도 기필코 이 십자가상을 팔아치울 테니 어디 두고 보라지!"

며칠 후, 자코모네는 포장되지 않은 농로를 걷고 있었다. 세수를 안 해 덕지덕지 때 묻은 얼굴과 낡고 두꺼운 외투 덕분에 제법 먼 길을 떠나온 수도자 같은 분위기를 풍겼다.

그는 새벽녘에 외딴집 앞을 지나게 되었다.

고추밭에 있던 한 노파가 십자가를 짊어진 자코모네를 보고 성호를 그었다.

"순례자이신가 보구려. 따뜻한 우유 한잔 드시겠수?"

자코모네가 걸음을 멈추었다.

"로마에 가요?"

노파가 그에게 물었다. 자코모네는 그렇다고 고개를 끄덕거렸다.

"어디서 오는 길이우?"

"프리울리요."

지친 자코모네가 짧게 대답했다.

노파는 깜짝 놀라 양팔을 벌렸다.

"어휴, 장거리 순례길에 나서려면 뱃속이라도 든든해야지."

노파는 당장 집으로 들어가서 뭐라도 먹고 가라고 권유했다. 그는 하느님의 이름을 팔아 끼니를 연명한다는 생각에 잠시 죄책감을 느꼈다. 그러나 따끈한 우유와 신선한 빵이 일단 뱃속에 들어가자 그런 생각은 순식간에 사라졌다. 오히려 다음부터는 국도를 피해 들판을 따라 걸으며 외딴집들의 문을 두드리며 능청을 떨기 시작했다.

"길이 자갈투성이에 먼지가 가득해서 이쪽 길로 돌아가는 중입니다. 아휴, 발에 피가 나서 눈물이 날 지경입니다그려."

때로는 이렇게 말하기도 했다.

"로마를 향해 가는 순례자요. 프리울리에서 오는 길입니다. 물 한잔 얻어마실 수 있겠소?"

순례길을 자처하는 사람에게 포도주 몇 잔과 빵 한 조각쯤

주기를 마다하는 이는 없었다. 자코모네는 허름한 자루에 빵을 담고 포도주를 얻어 마시며 계속 걸었다. 낮에는 술에 취해 길을 걷고, 밤이 되면 들판에 있는 오두막집 처마 밑에서 잠을 잤다. 그러나 한밤중이 되면 술기운이 다 떨어져서 잠을 깨는 일이 잦았다.

당연히 꾀가 생겼다. 그는 그날로 2리터짜리 큰 통을 얻었다. 그리고 사람들이 포도주를 줄 때면 조금만 마시고 나머지는 통 안에 부어넣기 시작했다.

"오늘 저녁에 춥거나 지쳤을 때 마시려고요."

그렇게 술을 모아두면 잠잘 곳을 마련했을 때 혼자서 느긋하게 포도주를 마실 수 있었다. 그는 요령 있게 굴었기 때문에 통은 언제나 포도주로 찰랑거렸다. 자코모네는 낮이나 밤이나 가리지 않고 마음이 내킬 때면 언제든지 실컷 취할 수 있었다.

어느덧 가을이 지나고, 겨울이 찾아왔다. 밤에는 하얗게 서리가 내렸고 제법 추위도 느껴졌다. 별 문제는 아니었다. 통에 포도주만 가득하면 자코모네의 뱃속은 난로라도 켜놓은 듯 훈훈했으니까.

그는 예수님을 어깨에 짊어진 채 계속해서 길을 걸었다.

"로마에 가는 길이오. 프리울리에서 오는 길입니다."

이렇게 한 마디 하고 나면, 더 이상 다른 말을 늘어놓을 필요도 없었다.

그가 술에 취해 비틀거리는 것을 보면 사람들은 종종 이렇게 말하곤 했다.

"가엾어라, 얼마나 힘들면!"

어느 날, 자코모네는 길을 잃고 인적이 드문 산속을 헤매게 되었다. 오르막길은 끝이 보이지 않을 만큼 아득했다. 얼마나 산을 올랐을까, 너무 힘에 부쳐 차라리 왔던 길을 다시 내려가는 게 낫지 않을까 하는 생각마저 들었다. 하지만 걸음을 멈추고 생각해 보니 해가 떨어지기 전에 산을 넘는 게 차라리 나을 것 같았다.

그는 포도주를 한 모금 들이켰다. 그러고는 산속에 오두막이 있기를 기대하면서 오솔길을 따라 계속 걸었다.

다행히도 술이 깨기 전에 작은 오두막을 발견할 수 있었다. 자코모네는 오두막에 들어가자마자 쓰러지듯 잠에 빠져들었다. 다음 날 정오쯤 잠에서 깨어 오두막에서 고개를 내민 그는 밤새 무릎 깊이까지 눈이 내렸음을 알아챘다. 게다가 눈은 그칠 기미 없이 계속해서 내리고 있었다.

"이대로 여기 있다간 오도 가도 못 하고 얼어 죽기 딱 십상이군. 빨리 마을로 가야겠어."

자코모네는 어깨에 십자가상을 들쳐 메고 걷기 시작했다. 전날 엄청 마셔댄 포도주 때문인지 그는 완전히 방향감각을 잃어버렸다. 늦은 오후가 되었는데도 아직 그는 눈 속에서 헤매고 있었다.

자코모네는 커다란 바위 아래에 잠시 멈추어 숨을 골랐다. 어느새 취기가 완전히 가셨다. 전 생애를 통틀어 지금보다 머리가 맑았던 적은 한 번도 없었던 것 같았다.

그는 고개를 들어 주위를 둘러보았다. 흰 눈 이외에는 아무것도 보이지 않았다.

세상은 온통 하얀색이었고 눈은 끊임없이 쏟아졌다. 그는 바위에 기대놓은 십자가상을 바라보며 중얼거렸다.

"예수님, 고생시켜 드려 죄송합니다. 옷도 거의 벗고 계시는데…."

자코모네는 십자가상 위에 쌓인 눈을 두 손으로 털어낸 뒤, 외투를 벗어 예수님을 감싸드렸다.

며칠 후, 예수님 발밑에 웅크린 채 영원한 안식에 빠진 자코모네를 마을 아낙네들이 발견했다. 그렇게 추운 날씨에 왜 자코모네가 자신의 외투를 벗어 십자가상을 덮어 주었는지 아무도 알지 못했다.

마을의 본당 신부는 그 기이한 모습을 보고 생각에 잠긴 채 한참을 그 자리에 우뚝 서 있었다.

"참 이상한 일이로다. 어느 마을에서나 볼 수 있는 주정뱅이인 듯한데, 이렇게 신실한 믿음을 보여 주다니. 예수님 얼굴에 걸린 미소가 마치 돌아온 탕자를 반기는 아버지의 웃음처럼 보이는구나."

그리고 그는 종지기를 불러 양지바른 언덕에 자코모네를 묻은 뒤 이런 글귀를 비석에 새겨 추모했다.

여기 한 성자가 잠들다.
우리는 그의 이름을 모르지만 하느님께서는 아신다.
왜냐하면 그는 자신의 모든 것을 아낌없이 그분께 내어드렸기 때문이다.

주효숙 | 옮긴이

한국외국어대학교 이탈리아어과를 졸업하고 동 대학원에서 비교문학 박사학위를 수여받았다. 이탈리아 페루자 국립언어대학교에서 이탈리아어 교사 자격증을 취득했으며, 조반니노 과레스키의 '돈 까밀로' 시리즈를 번역해 이탈리아 외무성에서 수여하는 번역상을 받았다. 한국외국어대학교 이탈리아어통번역대학에서 학생들을 가르치며 번역가로 활동하고 있다. 옮긴 책으로는《돈 까밀로의 사계》와《돈 까밀로와 뽀 강 사람들》,《돈까밀로의여 양떼들》,《돈까밀로의 작은세상》,《새천년 세계는 어디로 가는가》(공역) 등이 있다.

*신부님 우리들의 신부님 8
힘내세요 돈 까밀로

1판 10쇄 발행 | 2012년 01월 20일
개정 2쇄 발행 | 2019년 11월 15일

지은이 | 조반니노 과레스키
옮긴이 | 주효숙
펴낸이 | 김정동
펴낸곳 | 서교출판사

주소 | 서울시 마포구 성지길 25-20 덕준빌딩 2층
전화 | 3142-1471(대) 팩스 | 6499-1471
등록번호 | 제10-1534호
등록일 | 1991. 09. 25

Email | seokyodong1@naver.com
Blog | https://blog.naver.com/seokyobooks

ISBN 979-11-89729-17-2 04860